Erwin Kohl

Der dritte Daumen

Eine nächtliche Beobachtung, eine übervorsichtige Ehefrau und ein eifersüchtiger Bogenschütze – die Privatdetektivin Gertrud Grimm soll einen Ehebruch aufdecken und gerät dabei in null Komma nix in die Ermittlungen zu einem Mordfall. Der passiert ausgerechnet auf der Ausgrabungsstätte am Fürstenberg, wo sich vor 2000 Jahren das größte Militärlager der Antike befand. Mutter Grimm nimmt sofort die Spur auf und lässt sich auch von unbedeutenden Nebensächlichkeiten – wie dem rechtschaffenen Oberstaatsanwalt Claus Gunther Struck a. D. – nicht aus der Ruhe bringen.
Tatkräftig unterstützt von ihrem jungen Gelegenheitsfahrer macht sich die resolute Mittsiebzigerin daran, das Geheimnis des Fürstenbergs zu lüften – und bedient sich dabei nicht immer ganz lupenreiner Ermittlungsmethoden.

Gertrud Grimm, am Niederrhein geborene Mittsiebzigerin, wittert Verbrechen und solche, die es noch werden könnten, schon von Weitem. Sie ermittelt auf eigene Faust und bugsiert sich mit Vorliebe in brenzlige Situationen.

Erwin Kohl, in Alpen geboren, entdeckte erstmals 2002 den Niederrhein als optimalen Schauplatz für Lügen und Intrigen. Inzwischen ein alter Hase in Sachen regionale Morde, ist er manchmal selbst von den skurrilen Ermittlungsmethoden seiner sympathischen Figur Gertrud Grimm überrascht.
Infos auch unter: www.erwinkohl.de

Bereits im Droste Verlag erschienen:
Die Motte (Fall 1) und Schwarzes Wasser (Fall 2) – ISBN 978-3-77001448-4
Das Hornveilchen-Indiz (Fall 3) – ISBN 978-3-7700-1431-6

Erwin Kohl

Der dritte Daumen

Fall 4

Droste Verlag

Figuren und Handlung dieses Romans sind frei erfunden. Ähnlichkeiten mit lebenden Personen sind rein zufällig und nicht beabsichtigt.

Bibliografische Informationen der Deutschen Nationalbibliothek
Die Deutsche Nationalbibliothek verzeichnet diese Publikation in der Deutschen Nationalbibliografie; detaillierte bibliografische Daten sind im Internet über http://dnb.d-nb.de abrufbar.

Die Veröffentlichung dieses Werkes erfolgt auf Vermittlung der Autoren- und Verlagsagentur Peter Molden, Köln.
Umschlaggestaltung: Helge Jepsen, Essen
Satz: Droste Verlag
Druck und Bindung: CPI – Clausen & Bosse, Leck
ISBN 978-3-7700-1468-2

www.drosteverlag.de

Prolog

Der Regen prasselte auf die blanke Erde, sammelte sich hier und dort in kleinen Pfützen. Blitze mit beeindruckenden Silhouetten erhellten den Abendhimmel über Xanten, gefolgt von dumpfem Donnern, das die Luft für Sekundenbruchteile erbeben ließ.

Er zog die Kapuze seines Regenmantels tief in die Stirn. Sein Blick haftete auf einer Stelle am Boden, dicht vor seinen Füßen. Ein Regenwurm kroch über die leblosen Glieder, hinterließ eine silbrig glänzende Spur. Er hatte ihn finden müssen, bevor ihm ein anderer zuvorkommen würde. Dieses Ziel hatte seine ganze Aufmerksamkeit gekostet – und ein kleines Vermögen noch dazu. Nun lag er vor ihm, zum Greifen nah und doch so fern. Ein kurzer Blick auf die Uhr, ein letzter auf den reglosen Körper, noch eine Vorsichtsmaßnahme, die lediglich seiner Beruhigung dienen konnte – dann wandte er sich ab. Der Termin war wichtig, es galt, den Schein zu wahren. Was sollte schon passieren? Niemand wusste, wo er begraben lag. Niemand außer ihm. Die Zeugen waren seit Langem verstummt. Kein Grund zur Nervosität, redete er sich ein, verdrängte die Zweifel, die sich penetrant in seinem Bewusstsein hielten.

Wenige Stunden später sollten sie sich bestätigen …

01

Xanten, Samstag, 14. Juli

Julia Roth winkte ihrer Freundin geistesabwesend hinterher. Ihr Blick verlor sich in der Ferne, irgendwo im Laub einer Buche, und präsentierte ihr doch ein ganz anderes Bild. Nachdenklich schloss sie die Haustür. Es beschlich sie das Gefühl, jemand habe sie in eine tiefe, dunkle Grube geworfen. Ihre Finger formten sich zu verkrampften Fäusten, ein stummer Schrei drang durch ihren Körper, fand nicht heraus.

Sie ging in die Küche. Ihre Schritte hallten in der Stille, sie fühlte sich einsam. Auf dem Tisch stand noch das Kaffeegeschirr, in der Mitte lagen die Prospekte eines Reiseveranstalters. Eine vierwöchige Kreuzfahrt durch die Karibik als Geschenk zur Silberhochzeit im September. Bernd hatte es nicht länger ausgehalten, hatte ihr die Überraschung bereits am vergangenen Dienstag zum Geburtstag präsentiert. Der Gedanke, dass ihr Mann Geheimniskrämerei hasste, sein Herz meist auf der Zunge trug, machte ihr für einen kleinen Moment Hoffnung. Bernd betrügt mich nicht! Julia Roth versuchte, diesen Gedanken unverrückbar in ihr Bewusstsein zu pressen, doch er entglitt ihr immer wieder, verdrängt von Monika Horlemanns mahnenden Worten.

Du musst ihn zur Rede stellen, dich notfalls von ihm trennen. Was ich gesehen habe, war eindeutig. Alle wissen es. Sogar Siggi hat schon Angst, ich könnte was mit ihm anfangen.

Ihre Freundin hatte Bernds Wagen gestern Abend am Fürstenberg gesehen, unweit der Stelle, an der er die Grabungsarbeiten leitete. Heute beim Frühstück hatte er ihr mitgeteilt, dass er auch am Wochenende dorthin wollte. „*Findest du es nicht merkwürdig, dass er sogar am Samstagabend zur Grabungsstätte möchte?*“, hatte Monika zum Abschied gefragt. An einem Samstag wurde dort nicht gearbeitet, wusste Julia.

Ihre Gedanken wanderten drei Tage zurück. Er hatte sich gar nicht die Mühe gemacht, es zu verheimlichen. Bernd wusste, dass sie seine Anzüge in die Reinigung brachte. Einer Gewohnheit folgend, wollte sie sich vergewissern, dass die Taschen leer waren. Die Visitenkarte eines Escortservice in der Innentasche seines Lieblingsjacketts wirkte auf sie beinahe wie eine Beleidigung. Sie kam sich vor wie eine dieser einfältigen Blondinen zweitklassiger Hollywoodproduktionen. Am Abend hatte sie Bernd eine Szene gemacht. Mit dem väterlichen Blick, den er immer dann aufsetzte, wenn er ihr Naivität unterstellte, degradierte er den Anlass zur Bedeutungslosigkeit. Ein befreundeter Archäologe habe ihm die Karte abends an der Bar des Bonner Hotels, in das er zu einem Kongress eingeladen war, zugesteckt. Angeblich, weil er in dem Weseler Etablissement eine Überraschung erleben würde.

„Du glaubst doch nicht im Ernst, dass ich so etwas nötig habe, Liebling?“

Julia wusste nicht mehr, wem oder was sie glauben konnte. Als Bernd heute Abend zum Fürstenberg gefahren war, hatte ihre Freundin sie besucht. Monika wirkte fast konsterniert, als sie die Karte sah und von deren Herkunft erfuhr. Julia hielt ihre Reaktion für übertrieben, wollte ihrem Mann so gerne glauben …

Nervös lief sie im Erdgeschoss umher, versuchte, einen klaren Gedanken zu fassen. Ihre Augen flogen rastlos durchs Wohnzimmer, blieben einen Augenblick an dem Familienfoto oberhalb der Bar haften. Neles Hochzeit im vorigen Jahr, ganz in Weiß, wie sie es sich immer gewünscht hatte. Ihr Bruder in einem schicken schwarzen Anzug mit blutroter Krawatte – auch das hatte sich ihre Tochter gewünscht, sehr zu Louis’ Unwillen, der bis dahin ausschließlich in Jeans gesehen wurde. Auf der anderen Seite standen die stolzen Brauteltern. Harmonie pur, eine rundum glückliche Musterfamilie. Sie galten als unzertrennlich. Unvermittelt kamen Julia Zweifel. Das Foto verlor seine Magie. Hatte dieses Muster damals schon keinen Wert mehr? Sollte Bernd bereits …? Julia glaubte jetzt zu erkennen, dass ihr Mann mit einem Auge das Dekolleté ihrer Schwester begutachtete. Sie öffnete das Barfach, griff nach der Cognacflasche. Den Blick noch immer auf das gerahmte Foto gerichtet, stellte sie die Flasche langsam zurück. Franko, ihr Bruder, natürlich! Franko betrieb eine kleine Detektei in Sonsbeck. Schnellen Schrittes holte sie das Mobiltelefon.

„Hallo, Schwesterherz. Ja, es bleibt beim Grillen am Samstag. Ich habe sogar einen Riesenlachs für deinen Mann besorgt. Frisch geangelt von einem Herrn *Landmann Feinkost.*“

„Das …“, daran hatte sie gar nicht mehr gedacht. Der Gedanke daran stieß ihr bitter auf.

„Ja, das ist gut. Aber deshalb rufe ich nicht an. Wer ist dein bester Konkurrent?“

„Habe ich nicht, ich bin der Beste.“ Dann wurde es plötzlich ruhig. Julia wollte nachhaken, als ihr Bruder den Dialog wieder aufnahm. Seine Stimme hatte jede Fröhlichkeit verloren. „Was ist los, Kleines?“

„Ich … Es ist wegen Bernd …“

„Ist etwas passiert?“

„Ja, ich meine, vielleicht. Aber …“

„Oh, jetzt verstehe ich … Ich hoffe, du weißt, was du da von mir verlangst.“

Julia wollte bejahen, als ihr klar wurde, wie blindlings sie gehandelt hatte. Sie hatte tatsächlich vorgehabt, sich von ihrem Bruder einen Detektiv empfehlen zu lassen, der seinen Schwager ausspionieren sollte. Was, wenn ihr Verdacht falsch wäre? Was, wenn Bernd dahinterkäme, ihren Bruder eines Tages fragen würde, ob er davon gewusst hatte?

„Es tut mir leid, Franko. Ich habe nicht nachgedacht. Ich will dich da in nichts hineinziehen, also … Gibt es irgendwen, den du mir empfehlen kannst?“

Er schwieg einige Sekunden. Die Ruhe tat ihr weh.

„Torsten Gerling soll ganz brauchbar sein. Hat ein kleines Büro an der Marsstraße."

Julia atmete tief durch. Sie hatte Torsten Silvester bei Horlemann kennengelernt. Er hatte einen cleveren Eindruck auf sie gemacht.

„Danke, aber der ist mit Siggi befreundet und Siggi mit Bernd. Da kann ich ja gleich dich engagieren."

„Hm … Wehner und Konsorten aus Moers … zu weit weg, taugen auch nichts", dachte Franko laut nach. Julia vernahm das Rascheln von Papier. „Brückerhoff in Kalkar… nee, besser nicht. Der steht sich seit Jahren in Kaufhäusern die Beine stramm, schlechtes Zeichen. Tja, die Geschäfte sind stark rückläufig. Die Versicherungen haben längst eigene Leute, die Erben morden immer perfider und Ehebruch wird zum tolerierten Volkssport. Oh … entschuldige bitte. Ich wollte dir nicht wehtun."

Er stockte einen Moment.

„Schon gut." Es fühlte sich an, als habe er ihr den Boden unter den Füßen weggezogen. Sie hatte immer an die eine starke Liebe geglaubt. Die Ehe bedeutete Julia mehr als schlichte Geborgenheit. Sie brauchte das grenzenlose Vertrauen, das Gefühl, nie tiefer fallen zu können als in seine Arme. Wenn dieses Gefühl zerbräche, würde niemand die Scherben zusammenkleben können, ohne sichtbare Risse zu hinterlassen. Aber war das Vertrauen nicht bereits gebrochen?

Schuldgefühle kamen in ihr auf. Durfte sie es zulassen, dass die Vermutungen einer außenstehenden Person das in dreißig Jahren dauerhaft gewachsene Vertrauen mit einem Knall zerstörte, als würde jemand eine Nadel in einen Ballon stecken? Aber da war noch die Visitenkarte. Ein Hostessenservice. *Was fehlt ihm bei mir?* Sie brauchte Klarheit.

„Franko, es muss doch noch jemanden geben", unternahm sie einen letzten Versuch.

„Ich habe nicht gesagt, dass das nicht so ist. Also … da hätten wir noch die Oma Grimm aus Wesel. Wir nennen sie so, weil die Dame nicht mehr ganz frisch ist. Seit zwei Jahren auf dem Markt, der Laden läuft auf den Namen ihres Sohnes. Sie hatte in der Vergangenheit einige Erfolge vorzuweisen."

„Das hört sich doch gut an."

„Schwesterherz, die Lady ist vierundsiebzig! Als Köder taugt sie aller Wahrscheinlichkeit nach kaum noch."

„Ich habe auch nicht vor, zu angeln. Hast du die Telefonnummer?"

Als die Sonne langsam unterging, hielt sie es nicht mehr aus. Länger als eine Stunde war Bernd selten am Fürstenberg. Jetzt waren es bereits zwei. Monika hatte recht, dachte Julia erneut. Die Zweifel daran schwanden. Es tat weh. Sie konnte nicht länger tatenlos abwarten, zusehen, wie der Sekundenzeiger auf der Wanduhr in der Küche ihre Befürchtung mit jedem seiner winzigen Schritte wachsen ließ. Nach einem Telefonat mit ihrer Schwester packte sie die nötigsten Dinge fürs Wochenende in ihren Reisekoffer.

Auf dem Weg nach Sonsbeck wich das Gefühl, verletzt worden zu sein, stetig steigender Wut.

Du kannst mich nicht einfach ablegen wie ein verschlissenes Sakko, dir nehmen, worauf du Lust hast.

Vor der Kreuzung zum Fürstenberg fragte sie sich, ob sie diese Niederlage wirklich kampflos hinnehmen musste. Dann setzte sie den Blinker.

02

„Das musste ja irgendwann so kommen. Hast du wirklich geglaubt, es kann für immer dein Geheimnis bleiben?"

„Danke, das hilft mir jetzt sehr." Ein Lieferwagen fuhr vom Parkplatz des Hotels Fürstenberg, erschwerte mit seinem Geräusch das Telefonat.

„Nehmen wir an, es kommt raus, was soll schon passieren?", die Stimme wurde leise, mitfühlend.

„Was passieren soll? Du weißt doch, wie eifersüchtig er ist. Er würde mich umbringen."

„Irgendwann muss er es erfahren. Wie lange willst du mich noch verheimlichen?"

„Bitte lass uns jetzt nicht streiten. Du weißt, dass ich das nicht kann."

Für einige Sekunden war nur das abschwellende Motorengeräusch hörbar.

„Ich habe Angst."

03

Ein mit einer grünen Folie verkleideter Bauzaun entlang der einspurigen Straße, der gut zehn Meter ins Gelände hineinging, riegelte die „Grabungsstätte Kloster Fürstenberg“ vor ungebetenen Besuchern ab und diente zugleich als Sichtschutz. Auch wenn er so weit oben nicht mit Verkehr rechnete, fuhr Bernd Roth den Wagen bis an die Ackergrenze. Der Archäologe wollte nicht gestört werden. Die Autotür bereits halb geöffnet, griff er in die Mittelkonsole und entnahm ihr seine Digitalkamera. Er hatte es sich zur Angewohnheit gemacht, am späten Nachmittag, wenn seine Kollegen von der Grabungsfirma Blomberg nach Hause gegangen waren, bei einem Rundgang das gesamte Areal zu fotografieren. Eine Stunde vor Sonnenuntergang machte er regelmäßig einen Kontrollgang. Dabei waren ihm bereits mehrfach kleinere Unregelmäßigkeiten aufgefallen und das hatte ihm keine Ruhe gelassen. Eine innere Stimme riet ihm, auch an diesem Samstag die Grabungsstätte zu kontrollieren. Julias merkwürdige Reaktion ging ihm nicht aus dem Kopf.

„Ich weiß Bescheid“, hatte sie in einem sonderbaren Tonfall zurückgegeben, als er ihr eben mitgeteilt hatte, er müsse noch kurz zum Fürstenberg.

Als er aussteigen wollte, erkannte er das Fahrrad, das neben ihm anhielt. Norbert Pellmann von der ersten Kompanie der Sankt Viktor Bruderschaft grüßte ihn freundlich. Er trug einen grünen Arbeitsanzug. Auf dem Gepäckträger klemmte eine Heckenschere. Pellmann bemerkte Roths fragenden Blick.

„Ich komm vonne Omma aus Birten. Sie wollte die Haselnusshecke geschnitten haben. Mitten im Sommer.“ Pellmann führte seinen Zeigefinger an die Stirn. „Aber wenn Omma sich wat innen Kopp gesetzt hat, wird so lange rumgequengelt, bis der Jung da ist. Dabei war ich noch bis drei inne Firma, Ware einräumen. Was ist mit dir, Bernie, haste den Schatz vonne Nibelungen schon gefunden?"

Der Angesprochene stieg grinsend aus und verriegelte ohne hinzusehen den Wagen.

„Den dürften wir hier oben wohl kaum entdecken, Pelle."

Pellmann nickte stumm. Er schürzte die Lippen und betrachtete nachdenklich den Bauzaun. In seinen blassblauen Augen standen Zweifel.

„Ich weiß nich, ob dat alles so richtig ist."

„Immerhin habt ihr keine Arbeit mehr damit." Roth klang fast ein bisschen zynisch. Obwohl sich die Fürstenbergkapelle im Besitz der Sankt Viktor Kirchengemeinde befand, kümmerte sich seit Jahren die Bruderschaft um den Erhalt, erledigte Maler- und Putzarbeiten im Innenraum oder reinigte die Dachrinnen. Selbst die Pflege der Grünanlage um das kleine Gotteshaus aus dem frühen siebzehnten Jahrhundert übernahmen die Männer regelmäßig. Zur Belohnung gab es von der Kirche gelegentlich einen Kasten Bier für das fröhliche Beisammensein nach getaner Arbeit.

„Dafür dürfen wir womöglich demnächst Eintritt zahlen, wenn der Kaskopp sein kleines Disneyland fertig hat."

„Ach Pelle, hör auf. Der Archäologische Park ist doch auch kein Disneyland."

Pellmann bedachte ihn mit einem mitleidigen Blick.

„Wirst noch an meine Worte denken. Egal, traurig isset auf alle Fälle. Ich muss dann mal, machet gut."

Bernd Roth klopfte ihm zum Abschied auf die Schulter. Er wusste genau, dass sein Kegelbruder liebend gerne weiterhin bei der Pflege von Gebäude und Grünanlage mitgeholfen hätte, wenn sie denn nur in Kirchenbesitz geblieben und damit jedem weiterhin zugänglich sein würden. Aber er wusste auch, dass der finanzielle Rahmen der Kirchen in Zeiten einer stetig wachsenden Zahl von Kirchenaustritten enger wurde. Das Angebot Steen van Brunecks kam ausgesprochen gelegen. Nachdem der Amsterdamer Kunsthändler vor einem halben Jahr das benachbarte Schloss Fürstenberg für über zwei Millionen Euro erworben hatte, war er seit drei Monaten auch Eigentümer der Kapelle samt dem angrenzenden Grundstück. Aus Kirchenkreisen kam das Gerücht auf, der Niederländer habe einen sechsstelligen Betrag geboten und zusätzlich einen Fonds eingerichtet, der den Erhalt des denkmalgeschützten Gebäudes garantierte. Eine der zahlreichen Auflagen, mit denen van Bruneck sich einverstanden erklärte, beinhaltete das Nutzungsrecht der Bruderschaft für die Kapelle am Sonntag nach dem 14. September, dem Kreuzerhöhungsfest.

In den ersten Wochen danach kursierten die wildesten Gerüchte über den Grund des Zukaufs. Bis van Bruneck seinen schier unglaublichen Plan offenlegte: Der Investor beabsichtigte, auf den in der Erde verborgenen Grundmauern die ehemalige Klosteranlage der Benediktinerinnen mitsamt der dreischiffigen romanischen Abteikirche und den vier umgebenden Türmen wieder aufzubauen. Neben einem kleinen Museum, einem Klostercafé und einem Restaurant mit anspruchsvoller Küche sollte der Gebäudekomplex auch einen Hotelbereich mit dreißig Zimmern beinhalten.

Beim Rat der Stadt Xanten, der dem Tourismus nicht alles, aber sehr vieles unterordnete, rannte er mit seinen Visionen offene Türen ein. Dass man es sich mit den Gastronomen des Ortes, insbesondere denen, die ihr Geld auf dem Fürstenberg verdienten, verdarb, nahm man dabei in Kauf. In der Bevölkerung hielten sich Argwohn und Zuversicht die Waagschale.

Bernd Roth beschäftigten dagegen andere Gedanken. Van Brunecks geschäftliche Interessen galten bisher einzig der Kunst. Mit dem Handel von Kunstgegenständen aller Art hatte er es zum Multimillionär gebracht. Weshalb sollte der Holländer plötzlich zum Hotelier und Gastronom werden? Roth hatte in zwei Gesprächen mit dem Bürgermeister diesen eindringlich gebeten, die Entscheidung zu überdenken. Er hatte argumentiert, dass van Bruneck mehrfach wegen illegalen Kunsthandels angeklagt worden war. Dass Spuren verschwundener Kunstgegenstände immer wieder nach Amsterdam führten und fast immer der Name van Bruneck im Spiel war. Seit zwei Jahren hatte er den Schwerpunkt seiner Tätigkeit auf den Handel mit antiken Exponaten verlegt. Und ausgerechnet in dieser Phase kaufte er die Grundstücke auf dem Fürstenberg? Nur einen Steinwurf von dem Ort entfernt, an dem vor zweitausend Jahren „Castra Vetera" lag, das mit sechzig Hektar umschlossener Fläche und zwölftausend Soldaten größte Militärlager der antiken Welt?

Bernd Roth hatte seine Kontakte genutzt und in Erfahrung gebracht, dass die Landesregierung wohl kaum einer entsprechenden Änderung des Flächennutzungsplanes zustimmen würde. Dieses Wissen besaß auch Steen van Bruneck, bevor er eine Investition dieser Größenordnung tätigte, war der Archäologe überzeugt. Es musste einen anderen Grund geben, einen Plan hinter dem Plan, sinnierte Roth bereits seit Wochen, ohne eine zufriedenstellende Antwort gefunden zu haben. Sicher, es dürften sich große Mengen von Münzen, Scherben und Alltagsgegenständen der dort stationierten Legionen im Erdreich des Areals befinden. Aber damit war der Markt überschwemmt, darauf konnte van Bruneck es nicht abgesehen haben.

Bernd Roth hob einen Zaunpfosten aus dem Betonfuß, schob das Element einen Spalt zurück und betrat die Grabungsstätte. Er hatte sich vor der Haustür mit dem Nachbarn verquatscht, war später als gewöhnlich hier. Die Dämmerung setzte langsam ein, ließ die Konturen der Kapelle dunkler wirken. Aus der Ferne vernahm Roth die Stimmen einiger Nachtigallenmännchen, die mit ihrem Abendgesang um die Gunst der Weibchen buhlten. Für einen Moment glaubte der Grabungsleiter, Schrittgeräusche aus dem hinteren Bereich der Kapelle zu hören. Aber als die Nachtigallen einige Sekunden verstummten, umgab ihn nur abendliche Stille. Nicht einmal die Blätter der angrenzenden Bäume raschelten im lauen Wind des Sommerabends. Er hatte sich verhört. Die Erde war an vielen Stellen noch feucht, die Luft verströmte den einzigartig süßlich reinen Duft, der nur nach einem Gewitter entsteht.

Es ärgerte ihn, dass er keine Taschenlampe mitgenommen hatte. Als könne er das Einbrechen der Dunkelheit verlangsamen, lief er schnellen Schrittes an der Kapelle vorbei zu dem Zelt, das seine Leute zum Schutz vor Regen über ihrem Arbeitsplatz errichtet hatten. Roth schritt den schmalen Pfad um den ersten Schnitt, wie Archäologen die einzelnen Gruben ihrer Ausgrabungsstätten nannten, verschaffte sich einen groben Überblick. Er musste sich dabei leicht nach vorne beugen und darauf achten, keine Erde aus dem Randbereich abzubrechen. Danach zog er die Kamera aus der kleinen Tasche und schaltete das Gerät ein. Das Durchblättern der Aufnahmen vom Freitag sorgte für Zufriedenheit. Es gab keinerlei Differenzen. Selbst die Spitzkelle, mit der ein Kollege die obere Erdschicht vorsichtig abgekratzt, die Fläche geputzt hatte, befand sich noch an derselben Stelle. Erleichtert verließ er die schützende Überdachung, um einen Blick auf die bereits abgeschlossenen Schnitte im südöstlichen Bereich zu werfen. Roth fragte sich auf dem Weg dorthin, wie van Bruneck es geschafft hatte, dass sein Chef alle anderen Projekte auf Eis gelegt und jede verfügbare Kraft zum Fürstenberg beordert hatte. Blomberg hatte es sich dafür sogar erlaubt, einen Auftrag seines besten Kunden, des Landschaftsverbands Rheinland, zu stornieren. Vorbei an einer alten Buche und einigen Sträuchern gelangte Roth zum hinteren Bereich der Grabungsstätte. Was er dort sah, verschlug ihm den Atem. Zwischen ihm und dem erwarteten Blick auf die freigelegten Fragmente der Grundmauern, die sich entlang der Baumreihen an der Böschung erstreckten, befand sich ein eineinhalb Meter hoher und fünf bis sechs Meter langer Erdwall.

Im Innenbereich der Klosteranlage, wenige Meter von der westlichen Begrenzungsmauer entfernt, hatten sie auf van Bruntecks Drängen damit begonnen, Teile der runden Grundmauern der beiden Türme freizulegen. Roth erinnerte sich, dem Kunsthändler erhebliche Zweifel entgegengebracht zu haben, was die Grundrisspläne betraf, die von ihm nach alten Zeichnungen berechnet worden waren. Aber van Brunecks Vorhersagen bewahrheiteten sich bis auf wenige Zentimeter.

Bernd Roth fand sich am Rand der ursprünglich 1,40 Meter tiefen Ausgrabung wieder. Das runde Turmfundament hatte einen Außendurchmesser von 4,80 Meter. In östlicher Richtung wies es in Bodennähe eine Aussparung mit einer Breite von 1,50 Metern auf. Zwei Einfassungen rechts und links, auf denen vermutlich einmal ein tragender Balken gelegen hatte, deuteten darauf hin, dass es dort einen unterirdischen Gang gegeben hatte, der die beiden Türme miteinander verband. Genau dort öffnete sich ein neuer, etwa einen Meter tiefer Schnitt, der sich trapezförmig in nördlicher Richtung ausbreitete. Mit einem mächtigen Satz sprang der Archäologe in den inneren Bereich des Turmfundamentes und von da aus in den tiefer gelegenen Schnitt. An mehreren Stellen ragten runde Sockel kniehoch aus dem Boden. Roth berührte mit den Fingerspitzen einen davon. Opus Caementitium, eine betonähnliche Substanz, aus der die Römer vor zweitausend Jahren Fundamente und sogar ganze Kuppeln fertigten. Einen halben Meter entfernt bückte er sich nach einem halbrunden Bruchstück und rieb den groben Schmutz ab. Es handelte sich zweifelsfrei um Marmor. Roth wusste sofort um die Bedeutung des Fundes. Die Vermutung kursierte schon länger in den Kreisen seiner Kollegen, bislang gab es nur vage Hinweise. Woher wusste van Bruneck davon?, schoss es ihm durch den Kopf. Für einen kurzen Moment empfand er einen Anflug von Bewunderung für den Kunsthändler. Schnell jedoch kehrte die Wut zurück. Mit Ausnahme der Grabungstechniker war es jedem strengstens untersagt, den Boden eigenverantwortlich zu öffnen. Zwei Schritte vor ihm fiel der Boden um einen weiteren halben Meter zur Wand hin ab. Die Reste von zwei Säulen, die aussahen, als wären sie abgebrochen, endeten auf einem breiter werdenden

Sockel. Roth betrachtete den unteren Bereich genauer und fühlte sich bestätigt.

Einen Meter von der nördlichen und östlichen Ausgrabungswand entfernt befand sich ein umgestülpter Plastikeimer auf dem Boden. Bernd Roth schenkte ihm zunächst keine weitere Beachtung. Er zog die Digitalkamera aus der Tasche an seinem Hosengürtel und machte einige Aufnahmen. Der automatische Blitz schaltete sich ein, lange dürfte es nicht mehr bis zur völligen Dunkelheit dauern, wusste er und beeilte sich, die offensichtliche Raubgrabung von allen Seiten zu dokumentieren. Von dem Ort, an dem sich der Eimer befand, bot sich eine gute Gelegenheit für eine Übersichtaufnahme. Sicherheitshalber schoss er gleich mehrere Bilder aus leicht veränderten Perspektiven. Dabei trat er mit der Hacke, ohne hinzusehen, den Plastikeimer um. Roth kontrollierte die Aufnahmen, sie waren schlecht belichtet. Er probierte mehrere voreingestellte Belichtungsprogramme aus und schoss damit noch ein Dutzend Fotos zur Sicherheit, schaltete das Gerät anschließend aus. Halbwegs zufrieden wollte er die Kamera in die Tasche am Gürtel schieben. Die Öffnung war zusammengedrückt, er rutschte immer wieder ab. Als er verärgert nach unten sah, fiel sein Blick auf die Stelle, an der der Eimer gestanden hatte. Schlagartig beschleunigte sich sein Puls. Schweißperlen bildeten sich auf seiner Stirn und in kurzen Stößen schoss sein Atem durch den offenen Mund. Er bückte sich, sah genauer hin. Es gab keinen Zweifel. Mit zitternden Händen zog er das Mobiltelefon aus der Brusttasche seines Hemdes, wählte die vertraute Nummer und berichtete mit sich vor Aufregung überschlagender Stimme von dem Fund. „Komm sofort her!“, rief er und beendete das Gespräch, ohne eine Antwort abzuwarten. Bernd Roth setzte sich auf den Rand der Grube, um zu warten. Die Feuchtigkeit drang in seine Hose. Er spürte es nicht. Van Bruneck wusste ganz genau, wo man dich begraben hat, sinnierte er mit einem Blick auf die im Mondschein silbrig glänzende Hand.

04

Sonntag, 15. Juli

„In ein Hotel!“, rief Gertrud Grimm entsetzt, als würde es sich dabei um eine absolut menschenunwürdige Form der Unterbringung handeln. Annette und Heinrich tauschten einen kurzen Blick, der erkennen ließ, dass sie diese Reaktion erwartet hatten.

„Gertrud“, sprach die Staatsanwältin beruhigend auf die Mutter ihres Freundes ein, „mein Vater soll doch nur vorübergehend dort wohnen. Bis wir eine adäquate Bleibe für ihn gefunden haben.“

Claus Gunther Struck fühlte sich in dem Eifeldorf Schalkenmehren zunehmend unwohl. Nachdem Adelheid, seine zweite Frau, vor sechs Jahren gestorben war, hatte er sich in Hobbys wie das Malen oder Wandern geflüchtet. Ziemlich schnell wurde ihm klar, dass er damit die Einsamkeit nicht besiegen konnte. Der pensionierte Oberstaatsanwalt war nie besonders gesellig gewesen. Die Schalkenmehrener gaben sich wirklich Mühe, luden ihn immer wieder zu Festen und dörflichen Aktivitäten ein, aber alle zwischenmenschlichen Kontakte trieben belanglos auf der Oberfläche. Niemandem wollte es gelingen, auch nur ansatzweise in die Tiefe seiner Seele vorzudringen. Vor einem Jahr fasste er den Entschluss, nach Wesel, in die Nähe seiner Tochter, zu ziehen. Seitdem suchte Annette, wenn auch, wie sie sich eingestehen musste, eher halbherzig, nach einer Wohnung für ihren Vater.

„Eine adäquate Bleibe können wir ihm auch hier bieten. Der ganze Speicher steht leer. Also fast.“

„Bis auf zwei Müllcontainer voll Krimskrams“, konterte ihr Sohn.

„Das kann man alles wegräumen“, antwortete sie spitz.

„Klar. Und eine Heizung brauchen wir auch nicht.“

„Eben, ist ja Sommer.“

„Genau. Da kann Annettes Vater bei lauschigen fünfundvierzig Grad unterm Dach schlafen. Braucht er bestimmt keine Decke."

Frau Grimm kaute nervös auf ihrer Unterlippe. Am vergangenen Freitag war sie oben gewesen, um nach Wolle für die Strickgruppe der katholischen Landfrauen zu suchen. Nach zehn Minuten hatte sie das Vorhaben schweißgebadet abgebrochen. Dann kam ihr eine – wie sie fand – ausgezeichnete Idee.

„Du könntest ein oder zwei große Dachfenster einbauen. Hat Hildes Jupp voriges Jahr auch bei sich gemacht. Herr Struck kommt doch erst zum Wochenende."

Heinrich atmete tief durch. Hildes Jupp, wie sie ihren Nachbarn von gegenüber nannte, war Schreinermeister und hatte sich vierzig Berufsjahre lang mit dem Einbau von Fenstern und Türen beschäftigt. Jeglichen Kommentar vermeidend, schüttelte er nur verständnislos mit dem Kopf. Das schrille Geräusch der Türklingel kam ihm äußerst gelegen.

„Oh, Kundschaft. Wir reden später weiter." Mit einem Satz sprang Frau Grimm hoch und lief aus der Wohnküche in den Flur.

„Hat deine Mutter keinen Ruhetag?"

„Das Verbrechen schläft nicht", imitierte Heinrich die bedeutungsschwere Stimme seiner Mutter.

Vor der Tür stand eine schlanke Frau, deren Alter Frau Grimm auf Mitte vierzig taxierte. Das dunkelblonde Haar umrahmte ihr Gesicht in einem flachen Bogen, der auf der Schulterpartie des rubinroten Kleides endete. Die weiße Perle an dem Goldkettchen um ihren Hals setzte sich deutlich von ihrem braunen Teint ab. Sie trug ein unaufdringliches Make-up, selbst der Farbton des Lippenstiftes fügte sich harmonisch in das Gesamtbild. Ihre kleinen braunen Augen verrieten Unsicherheit.

„Guten Tag. Mein Name ist Julia Roth. Ich möchte zur Detektei Grimm", sie warf einen raschen Blick auf das Messingschild neben der Haustür, „und Sohn."

„Da sind Sie goldrichtig, meine Liebe. Grimm, Gertrud Grimm." Freundlich streckte sie der Besucherin die Hand entgegen. „Treten Sie ruhig ein."

„Sie sind ..." Verunsichert betrachtete Julia Roth ihr Gegenüber. Die Dame machte auf sie eher den Eindruck einer Haushälterin. Frau Grimm schien ihren Gedanken erraten zu haben. Auf dem Weg ins Büro zog sie hastig den Kittel aus.

„Ich hab noch einen Haushalt mit Sohn und Freundin, um den ich mich kümmern muss, wissen Sie? Bitte nehmen Sie Platz. Ein Käffken?"

„Nein, danke. Wenn Sie erlauben, würde ich gerne direkt zu meinem Anliegen kommen."

„Nur keine Zeit verlieren, ist auch meine Devise. Dann erzählen Sie mal, Frau Roth."

„Mein Mann ... also, ich glaube, nein, es scheint beinahe ..." Sie räusperte sich und sprach danach mit fester Stimme weiter. „Ich habe den Verdacht, dass er mich betrügt."

Im gleichen Augenblick überkamen sie Schuldgefühle. Sie hatte den Eindruck, etwas Verwerfliches zu tun, so als würde sie Bernd vor ein Gericht zerren. Es quälte sie die Frage, ob sie wirklich alles versucht hatte, die Situation mit ihrem Ehemann ruhig und sachlich zu klären. Was wäre, wenn Monika sich geirrt hatte? Wenn die Visitenkarte vom Hostessenservice tatsächlich nur einen banalen Hintergrund hätte? War sie es dann nicht, die der fast dreißig Jahre währenden Beziehung das Vertrauen entzog? In einem ersten Reflex wollte sie aufstehen und gehen.

„Beides kommt häufig vor", unterbrach Gertrud Grimm ihren Gedankengang. „Machen Sie sich keine Sorgen, Frau Roth, wir werden die Antwort liefern. Schnell und absolut diskret."

„Beides?"

„Dass Ihr Verdacht begründet ist oder eben nicht. Vertrauen ist gut, Kontrolle besser. Vor allem, wenn es um Männer geht. Ständige Zweifel und Misstrauen höhlen eine Partnerschaft von innen aus, wissen Sie? Sie haben genau den richtigen Schritt getan. Aber etwas mehr Informationen benötige ich schon. Worauf gründet sich Ihr Verdacht, was macht Ihr Mann beruflich und so weiter." Gertrud Grimm holte Block und Kugelschreiber vom Schreibtisch und setzte sich mit forderndem Blick ihr gegenüber.

Julia Roth verspürte einen Anflug von Erleichterung. Ein Tagtraum blitzte vor ihren Augen auf. Sie sah sich mit Bernd auf dem Traumschiff in der Karibik. Sie umarmten sich an der Reling, die warme Sommerluft vor Jamaika streichelte ihre Haut …

„Frau Roth?"

„Oh – Entschuldigung." Mit einem Ruck zwang sie sich zurück in die Realität. Sie erzählte der Detektivin alles, was sie wusste, und musste erkennen, dass sie selbst eigentlich nichts bemerkt hatte. Noch gestern Nachmittag hatte sie den Escortservice angerufen und sich nach ihrem Mann erkundigt. „Wir geben keine Auskünfte über Kunden", sagte man ihr dort.

„Wo ist Ihr Mann jetzt?"

„Das weiß ich nicht. Gestern Abend um kurz nach neun wollte er weg, angeblich zur Grabungsstelle am Fürstenberg. Bernd … ich meine, mein Mann ist Archäologe und mit der Leitung der dortigen Grabung beauftragt. An einem Samstagabend ist er allerdings noch nie zu einer Grabungsstelle gefahren. Nach zwei Stunden Warten hatte ich die Nase voll. Ich habe einige Sachen gepackt und bin zu meiner Schwester nach Sonsbeck gefahren. Meinem Mann habe ich eine Nachricht auf den Küchentisch gelegt, aber es scheint ihn nicht zu interessieren. Jedenfalls hat er sich bis jetzt nicht bei mir gemeldet. Ans Telefon geht er auch nicht. Ich dachte, nun … ich … vielleicht hätten wir noch einmal in Ruhe darüber reden können, aber …" Sie presste die Lippen aufeinander.

„Anscheinend sind für Ihren Mann der Worte genug gewechselt. Manchmal helfen eben nur noch Taten, so bitter das auch klingt."

Gertrud Grimm hatte sich zwischendurch Notizen gemacht. Der Schmerz ihrer Klientin breitete sich unausgesprochen aus. Sie gehörte zu den Menschen, deren Stolz ihren Schatten so sehr anwachsen ließ, dass sie ihn nicht überspringen konnten.

„Ich muss Sie das fragen, Frau Roth: Haben Sie jemand bestimmten in Verdacht? Ich meine, mit wem könnte er …?"

„Nein! Das heißt …." Sie klang plötzlich selbstsicher. „Monika, ich meine Frau Horlemann, hat die Dame im Wagen meines Mannes nicht erkennen können. Es war fast dunkel. Ihm obliegt die Verantwortung für die gesamte Ausgrabung, sagt er immer. Verantwortung!", wiederholte sie nach einer kurzen Pause sarkastisch.

„Ich verstehe Ihre Wut sehr gut, Frau Roth. Sie haben genau den richtigen Schritt unternommen. Sie werden Ihren Mann schon sehr bald mit der Wahrheit konfrontieren können, dafür sorge ich."

Nachdem sie sich über vertragliche Details wie den aktuellen Tages- und Spesensatz geeinigt hatten, brachte Frau Grimm ihre Klientin zur Tür.

„Hostessen sind keine Prostituierten. Sie begleiten Geschäftsleute zu Empfängen oder anderen gesellschaftlichen Anlässen", wollte sie Frau Roth zum Abschied noch besänftigen, obwohl die beiden Bezeichnungen für sie dasselbe meinten.

„Das beruhigt mich. Mein Mann ist ja quasi geschäftlich auf dem Fürstenberg. Ich nehme also an, die beiden saßen in irgendeiner Grube und haben gemeinsam im Sand geschaufelt."

Frau Grimm wirkte hilflos.

„Entschuldigung", fügte Frau Roth mit einem letzten Blick über die Schulter hinzu. „Ich weiß, Sie haben es gut gemeint."

„Und? Neuer Mordfall?", begrüßte ihr Sohn sie beim Betreten der Küche. Annette hatte den Frühstückstisch in der Zwischenzeit abgeräumt. Sie hatten sich für elf Uhr mit einem älteren Ehepaar in Bislich verabredet, die eine Einliegerwohnung im Obergeschoss vermieten wollten. Annette hatte den Tipp von einem Kollegen der Schutzpolizei bekommen.

„Nein, ganz sicher nicht. Nur wieder so ein Kerl, der die Gefühle seiner Frau mit Füßen tritt."

„Kann es sein, dass du befangen bist, Mutter?"

„Ich bin realistisch, und jetzt entschuldigt mich, ich habe zu tun." Sie holte ihre ermittlungstechnische Neuerwerbung, eine digitale Spiegelreflexkamera, aus dem Büro und packte das große Teleobjektiv zusätzlich in die Fototasche. Sie hatte sich die Ausrüstung nach dem Besuch eines Fotografiekurses an der Volkshochschule im Frühjahr zugelegt. Vor allem das Teleobjektiv erlaubte ihr nun ungeahnte Ein- beziehungsweise Ausblicke und wurde zum unverzichtbaren Hilfsmittel.

Ben versprach, sie in fünfzehn Minuten abzuholen, ohne ihr allerdings mitzuteilen, womit. Nur widerwillig hatte sie sich daran gewöhnen können, dass der neunzehnjährige Gelegenheitsdiscjockey, der sich nach eigenen Angaben in einer beruflichen Findungsphase befand, höchst eigenwillige Methoden zur Beschaffung mobiler Untersätze einsetzte. Heidi Heitkamp hatte ihr gestern am Käsestand des Wochenmarktes verraten, dass ihr Neffe jetzt ein eigenes Gefährt gekauft hätte, wusste allerdings nicht, worum es sich dabei handelte.

05

Das Erste, was er sah, waren die grünen Leuchtziffern des Radioweckers neben ihm. 11:15, alles um ihn herum war dunkel. Seine Kehle fühlte sich rau und trocken an wie ein Bogen Schleifpapier. Er hob vorsichtig den Oberkörper, tastete mit der rechten Hand an der Bettkante entlang, suchte nach dem Mineralwasser. In seinem Kopf pochte es. Enttäuscht warf er die leere Flasche zurück und ließ sich kraftlos in die Kissen fallen. Was war passiert? Angestrengt griff er nach den losen Fäden, die die Erinnerung ihm hinhielt. Es gab Streit. In der Gaststätte „Zur Börse“ am Xantener Marktplatz hatte er seine Vereinskameraden getroffen, später waren sie noch im „Einstein“ gewesen. Mühsam erhob er sich, zog den Rollladen hoch. Das grelle Licht schmerzte, er presste die Augen zusammen, massierte seine Schläfen. Vorsichtig drehte er sich um. Das unbenutzte Bett neben ihm verdrängte schlagartig den Schmerz in seinem Kopf. Die Erinnerung bohrte sich wie eine heiße Nadel in seine Brust und die Erkenntnis kam urplötzlich aus dem Nichts. Ohne Vorwarnung, ohne die üblichen Hinweise, denen viele erst dann Beachtung schenkten, wenn sie überflüssig geworden waren.

Er ging ins Badezimmer, drehte den Wasserhahn auf und schluckte gierig. Danach zog er sich aus und stieg in die Dusche. Das kalte Wasser brachte seinen Kreislauf halbwegs in Gang. Beim Abtrocknen stellte er sich die Frage, was ihm den größeren Schmerz bereitete: ihre Untreue oder dass es ausgerechnet sein Freund sein musste. Er nahm sich die erstbeste Hose aus dem Schrank, zog ein T-Shirt an und ging schwermütig, eine Hand am Geländer, die Treppe herab in die Küche. Er sah seine Frau vor sich, die Arm in Arm mit seinem Freund durch den Wald spazierte. Sie waren ausgelassen, lachten sich an und tauschten verliebte Blicke.

Mit dem Glas in der Hand setzte er sich an den kleinen Tisch am Fenster und stellte sich immer wieder die Frage, warum er die Anzeichen nicht früher erkannt hatte.

Während er mit leerem Blick die kleinen Perlen betrachtete, die aus der Kopfschmerztablette sprudelten, bemerkte er sein Handy neben der Obstschale. Die Kaffeemaschine spuckte gurgelnd die letzten Tropfen in den Filter, als sich der Nebel in seinem Kopf langsam lichtete. Was er enthüllte, entfachte die Wut des Vorabends erneut. Er hatte ihn zur Rede stellen wollen, noch in dieser Nacht. Er wollte es endlich zu Ende bringen.

Es ist still gewesen, niemand hat ihm geöffnet. Der Mann mit dem Hund an der Leine sagte, sein Nachbar wäre vor über einer Stunde mit dem Auto weggefahren. Er hat gewusst, wo er ihn um diese Zeit finden würde. Im flackernden Licht der Fahrradlampe sah er den schwarzen BMW am Rand der schmalen Straße. Als der Dynamo stehen blieb, verschwanden die Schatten. Er hielt den Atem an, streckte seinen Kopf in den lauen Sommerwind, wartete auf einen Riss in der Stille. Seine Augen tasteten sich mühevoll durch die Dunkelheit. Schemenhaft erkannte er den abgedeckten Zaun, der die Grabungsstelle umspannte. Der Schrei einer Eule drang durch die Nacht. Vorsichtig ging er am Zaun entlang, der westlich an das Grundstück von Schloss Fürstenberg anschloss. Verwundert sah er auf eine Lücke, an der der Zaun aus dem Betonsockel gehoben war, und zwängte sich hindurch. Sollte er hier mit ihr …?, schoss es ihm durch den Kopf. Wieder blieb er atemlos stehen, horchte die Umgebung ab. Ihm wurde unversehens klar, dass er das vertraute Stöhnen seiner Frau erwartet hatte. In Wellen brandete die stärker werdende Wut durch seinen Körper. Er ballte die rechte Hand zur Faust, bis sie schmerzte. Vorsichtig ging er zur Kapelle. Die Tür war verschlossen.

„Wo zum Teufel seid ihr?“, murmelte er. Für eine Sekunde dachte er darüber nach, ihre Namen in die sternenklare Nacht zu schreien, verwarf diesen Gedanken aber sogleich. Das Areal bei diesen Sichtverhältnissen abzusuchen, hatte wenig Sinn. Vermutlich würde er bereits nach wenigen Metern in eine Grube stürzen.

Das schrille Läuten des Festnetztelefons beendete die gedankliche Aufarbeitung der Ereignisse vorläufig. Er zögerte. Die Angst vor einer Aussprache überkam ihn, der er in diesem Zustand nicht gewachsen war. Schließlich siegte die Neugierde.

„Na, Siggi, alter Junge, wieder nüchtern?“

Er benötigte einen Moment, um die Stimme seinem Vereinskameraden Markus Sandhaus zuzuordnen.

„Geht so.“

„Mann, warst du gestern voll. Theo und ich mussten uns ganz schön anstrengen, dich nach Hause zu bekommen. Kennt man gar nicht von dir.“

„Kann vorkommen.“

„Hast du dein Portemonnaie inzwischen gefunden?“

„Was meinst du?“

„Du hattest es nicht dabei, wolltest es mal eben holen. Wir haben über eine Stunde auf dich gewartet. Dann hast du gesagt, es wäre verschwunden. Erinnerst du dich an gar nichts mehr?“

Der letzte Puzzlestein machte das Bild komplett. Die dunklen Farben wirkten erdrückend. Langsam gerieten sie in Bewegung, verschwammen, wurden zum Gesicht des lachenden Bernd Roth. Die Erinnerung schmeckte bitter.

„Ich ... ja, das habe ich gefunden.“

06

Gelangweilt sah sie auf den Zettel mit der Wegbeschreibung, die sie sich aus dem Internet besorgt hatte. In einen leichten Sommermantel gekleidet und mit der Kameratasche um den Hals wartete sie seit nunmehr einer Viertelstunde vor der Haustür. Sie schaffte es partout nicht, ihrem Chauffeur die Verspätungen abzugewöhnen. Da hat Annette es leichter, dachte sie. Vor zehn Minuten wurde sie von einem Dienstfahrzeug der Weseler Polizei abgeholt, an einem Sonntag! Selbstverständlich hatte die Freundin ihres Sohnes es wieder einmal nicht nötig, ihr mitzuteilen, wohin sie beordert wurde. Aber das würde sie schon noch in Erfahrung bringen. Immerhin, dachte Frau Grimm, hat Ben jetzt ein eigenes Gefährt, ein Dienstfahrzeug gewissermaßen. Die Zeiten, in denen sie mit Wohnmobilen oder Leichenwagen zu Ermittlungen fuhren, hatten endlich ein Ende. Der Gedanke an Bens schmalen Geldbeutel ließen allerdings leichte Zweifel in ihr aufkeimen. Verstärkt wurden diese durch das knatternde Geräusch, das vom Ende der Straße herüberdrang und stetig lauter wurde. Die Zweifel zerschlugen sich zunächst, als ein schweinchenrosa lackierter Motorroller vor ihr am Straßenrand hielt, kehrten jedoch schlagartig zurück, als der Fahrer den Helm abnahm.

„Morgen, Chefin. Steigen Sie auf."

Ben nahm einen Halbschalenhelm vom Haken hinter dem Schutzblech und reichte ihn der verdutzten Detektivin.

„Sie glauben doch nicht im Ernst, dass ich mich da draufsetze? Wenn das Ihr neues Gefährt ist, trennen sich unsere Wege!"

„Keine Panik. Hab mir 'ne eigene Karre gekauft. Aber das Verkehrsamt hat am Wochenende zu. Morgen früh melde ich den an. Bis dahin hab ich den Roller von 'nem Kumpel. Also …"

Mit Nachdruck hielt er ihr den Helm entgegen. Er war knallgelb.

Selbstbewusst befuhr Ben mit 50 Stundenkilometern mittig die Bundesstraße 57 Richtung Xanten. Im Spiegel betrachtete er desinteressiert die wachsende Schlange der Fahrzeuge hinter ihnen. Eigentlich war der Niederrhein an dieser Stelle auch viel zu schön, um achtlos hindurchzurasen. An der linken Seite schmiegte sich ein altes Herrenhaus behütet in den Fürstenberg, zu ihrer Rechten boten der schlafende Altrhein und das dahinterliegende Naturschutzgebiet Bislicher Insel einen einmaligen Ausblick. Auf dem zwölfhundert Hektar großen Areal hatte der Regionalverband Ruhr ein einzigartiges Biotop für schützenswerte Tier- und Pflanzenarten entstehen lassen. Ein Kommentar im Lokalteil ihrer Zeitung kam ihr in den Sinn. Darin hatte der Verfasser die Frage geäußert, ob es tatsächlich im Sinne des Naturschutzes sein könne, einer immer größer werdenden Zahl an Touristen Störche, Kormorane und Biber aus nächster Nähe zu präsentieren. Die Betreiber konterten in einem Leserbrief, die Verwendung von Steuergeldern für den Naturschutz bedürfe einer gewissen Akzeptanz in der Bevölkerung. Aber ohnehin zählte der Eyländer Weg bei Radfahrern zu der beliebtesten Route im Kreis.

Gertrud Grimm klammerte sich an den Gepäckträger. Auch wenn ihre Arme langsam einschliefen, war es ihr zuwider, sie um Ben zu legen. Über seine rechte Schulter hinweg erkannte sie die Leuchtreklame einer Tankstelle. Sie führte ihren Arm umständlich von rechts nach links an seinem Gesicht vorbei, um ihm anzuzeigen, dass er an der nächsten Kreuzung abbiegen solle. Vor der roten Ampel gab sie ihm die nächste Anweisung. In gemäßigtem Tempo fuhren sie die Allee zum Fürstenberg hoch, vorbei am Stadion und einem Restaurant.

Eigentlich hatte sie zunächst die Spur zum Escortservice verfolgen wollen. Dort hatte man sie aber in einem ersten Telefonat mit dem lapidaren Hinweis auf die notwendige Diskretionspflicht abgewimmelt und ihr den Tipp gegeben, stattdessen ein vertrauliches Gespräch mit ihrem Mann zu suchen. Auf den Einwand, ihr Interesse sei beruflicher Natur, hatte man ihr empfohlen, ihre Bewerbung schriftlich einzureichen. Sie würde einen anderen Weg finden müssen, dachte Frau Grimm und beschloss, sich zunächst den Tatort anzusehen. Die Annahme, dass Bernd Roth sich mit einer Geliebten ausgerechnet an einem Aufenthaltsort vergnügen sollte, von dem seine Frau Kenntnis hatte, schien ihr abwegig. Sollte er tatsächlich eine Dame vom Escortservice dorthin bestellt haben, mussten außerdem gleich zwei Fahrzeuge an diesem – abends vermutlich menschenleeren – Ort gewesen sein. Dafür galt es, Zeugen ausfindig zu machen – oder eben nicht.

Wenige Meter hinter der Weggabelung beim Hotel Fürstenberger Hof sollte ihre Fahrt unvermittelt enden. Am Rand parkte ein Streifenwagen, ein Uniformierter stand mittig auf der Fahrbahn und streckte den Arm aus. Misstrauisch beäugte er das ungleiche Paar auf dem rosafarbenen Roller.

„Tut mir leid, hier dürfen Sie nicht durch."

Frau Grimm stieg ab, nahm den Helm vom Kopf und überreichte dem Polizisten eine Visitenkarte.

„Grimm. Gertrud Grimm von der Detektei Grimm und Sohn. Wir befinden uns im Einsatz."

„Ach, Sie sind das." Die Detektivin konnte nicht umhin, den Mangel an Respekt in seiner Stimme zu bemerken. „Im Einsatz, hm. Dann sollten Sie sich vielleicht ein Blaulicht zulegen. So darf ich Sie jedenfalls nicht durchlassen, gnädige Frau."

„So, dürfen Sie nicht!" Sie stemmte die Arme in die Hüften und sah wütend zu ihm hinauf. „Das lässt sich ändern. Dann werde ich wohl meine Schwiegertochter anrufen müssen, die Staatsanwältin Annette Gerland."

Frau Grimm zog das Handy aus der Manteltasche und wählte mit einem Knopfdruck Annettes Nummer.

„Wo bist du?“ Annettes Stimme war so laut, dass Frau Grimm reflexartig das Handy vom Ohr nahm.

„Am Fürstenberg. Ich bin mit der Sache Bernd Roth betraut, habe ich dir das heute Morgen nicht gesagt?“

„Nein, hast du nicht.“

„Egal, dein Kollege will mich hier nicht durchlassen.“

„Das ist auch richtig so, wir haben hier einen Tatort. Du bleibst schön, wo du bist. Hast du das verstanden?“

Tatort? Seit wann kümmert sich die Polizei um Untreue? Es hörte sich jedenfalls vielversprechend an.

„Ähm … dann will ich nicht länger stören. Bis gleich.“

Hastig steckte sie das Handy weg und machte Anstalten, den Helm aufzusetzen.

„Ist ziemlich im Stress, meine Schwiegertochter. Tja, so ist das eben als leitende Staatsanwältin“, murmelte sie gerade laut genug, dass der Uniformierte sie verstehen konnte. Er wirkte leicht verunsichert.

„Also, solange ich nicht persönlich von der Staatsanwältin …“

„Bitte“, fiel sie ihm schnippisch ins Wort und zog erneut das Handy aus der Manteltasche, „ich kann sie gerne noch mal anrufen. Das wird sie sicherlich freuen. Wie lautet Ihr Name?“

„Schon gut, ich will Ihnen mal glauben.“

Ben betrachtete unterdessen gelangweilt den weißen Turm des Hotels, der ihn an eine Bastion aus seinem neuen Computerspiel erinnerte. Sie stieß ihn an.

Zwei Minuten später stellte ihr Chauffeur den Roller vor dem Grundstück der Kapelle ab. Vor ihnen stand der Ford Mustang von Konrad Walther. Typisch, ärgerte sich Frau Grimm. Eine Detektivin im Einsatz behindern, aber jeden Dorfpaparazzo durchlassen.

Zwei Männer und eine Frau in den weißen Schutzanzügen der Spurensicherung verschwanden auf das umzäunte Grundstück. Am Straßenrand zog ein Abschleppwagen eine BMW-Limousine auf die Ladefläche, deren Reifen allesamt luftleer waren. Frau Grimm stutzte.

„Von außen fotografieren? Soll ich meinen Lesern einen Zaun in der grünen Landschaft präsentieren, oder was? Sagen Sie mir wenigstens, wer der Tote ist!"

Gertrud Grimm erkannte die verärgerte Stimme von Konrad Walther. Sekunden später rannte er sie fast um.

„Was machen Sie denn hier, Frau Grimm?"

„Ich bin dienstlich hier."

„Was? Egal, ich muss in die Redaktion. Schönen Tag noch." Frau Grimm wunderte sich über die Reaktion des Journalisten. Er hatte ihren Satz ganz offensichtlich überhört.

„Bernd Roth!", rief sie ihm hinterher. Camel, wie ihn alle nannten, drehte sich abrupt um.

„Wie bitte?"

„Der Name des Toten, Sie fragten danach."

Langsam kehrte der Journalist zurück. Unter demselben Trenchcoat, den er auch im Winter trug, leuchtete ein T-Shirt mit dem farbenfrohen Aufdruck eines Zigarettenmännchens aus den Siebzigerjahren.

„Woher wissen Sie das?"

Ein Blick auf das Nummernschild des BMW hatte gereicht. WES – BR – 141. Bernd Roth hatte am 14. Januar Geburtstag, hatte sie sich notiert, mehr aus einer Routine heraus.

„Dienstgeheimnis. Ich nehme an, er ist ermordet worden. Wissen Sie schon wie?"

Auf Camels Stirn schwoll eine Ader an. Seit einer halben Stunde war er bemüht, wenigstens ein winziges Detail in Erfahrung zu bringen. Aber die Polizei hatte es wieder einmal nicht nötig, die Steuerzahler durch ihn informieren zu lassen. Stattdessen verwies man auf eine sicherlich folgende Pressekonferenz. Seine Aufgabe wäre es dann, über etwas zu berichten, das die Spatzen längst von den Dächern pfiffen. Durch den Spalt des Zaunes waren ihrem Fotografen zumindest einige Aufnahmen gelungen, während er die Polizisten ablenkte. Leider war darauf nicht viel zu erkennen. Dass sie den Namen des Toten kannte, ja, dass sie überhaupt *hier* war, ließ ihn befürchten, künftig wieder einmal auf die Informationen der Seniorin angewiesen zu sein. Auf der anderen Seite hatten diese ihm in der Vergangenheit beachtliche Erfolge beschert. Dummerweise erhielt er von der Detektivin nichts ohne Gegenleistung. Die allerdings konnte er im Augenblick beim besten Willen nicht liefern.

„Leider nicht, Frau Grimm. Was wissen Sie über diesen Bernd Roth? Wo wohnt er, was macht er beruflich?"

Camel zückte erwartungsfroh Block und Stift. Frau Grimm sah ihn gelangweilt an.

„Er wohnt in Xanten und ist hier der Schornsteinfeger."

Camel hob irritiert den Kopf.

„Wo genau in Xanten? Und was macht ein Schornsteinfeger hier an der Ausgrabungsstätte?"

„Da sollten Sie mal drüber nachdenken." Sie hatte den Helm bereits aufgesetzt und schwang sich auf den Roller. Vorerst hatte sie genug erfahren. Und auf eine Begegnung mit Annette wollte sie lieber verzichten. Ohnehin war der Tatort im Moment überlaufen wie ein Wochenmarkt. Für eine halbwegs verlässliche Untersuchung konnte sie diesen Rummel nicht gebrauchen. Sie nahm sich vor, später wiederzukehren.

„Ich muss dann mal, die Arbeit ruft!", rief sie dem verdutzten Camel zu und winkte freundlich, während sie und Ben in einer qualmenden Wolke stinkender Abgase verschwanden.

07

„Die brauche ich."

„Ausgeschlossen, sie ist ein Spurenträger, muss ins Labor." Manuela Warnke verdrehte die Augen. Die Kamera könnte tatrelevante Hinweise enthalten und der Kerl von der Spurensicherung nahm sie einfach mit! Sie atmete einmal tief durch und senkte den Kopf.

„Kannst du schon was sagen?"

„Ja, aber das gehört hier nicht hin."

Seine Augen lachten sie verschmitzt an. Rechtsmediziner Doktor Hajo Klein wollte sich persönlich ein Bild vom Tatort machen. Das war immer öfter der Fall, seit er mit der Weseler Hauptkommissarin liiert war. Mit den Knien auf einer grauen Decke wendete er den Kopf des Toten und betrachtete den Nackenbereich. Er drehte den Kopf erneut, inspizierte die Wunde mit einer Lupe. Bernd Roths Leiche lag mit den Füßen nur einen halben Meter vom Rand der Grube entfernt. Doktor Klein stand umständlich auf und strich mit der Hand über die Knitterfalten seiner Hose.

„Glatter Durchschuss im Halsbereich. Aber irgendwas gefällt mir daran nicht."

Nachdenklich rieb er sein Kinn und warf erneut einen Blick auf den Toten.

„Mir gefällt hier auch so einiges nicht", warf Manuela ein. „Könntest du dich bitte etwas präziser ausdrücken?"

„Kein Problem. Bei einem Einschussdefekt kommt es in der Regel infolge der kinetischen Energie des Geschosses zu Gewebsuntergang in einer Zone der molekularen Erschütterung um den Schusskanal. Dazu der seltsam kleine und blasse Kontusionssaum, die Adaptierbarkeit der Wundränder und der fehlende Abstreifring … Merkwürdig sind auch die feinen Einrisse der Epidermis, sowohl bei Einschuss- als auch bei Ausschussdefekt, dessen Wundränder allerdings nicht adaptierbar sind, was wiederum ebenfalls seltsam ist. Präzise genug?"

Manuela stellte sich die Frage, ob er sie mit Absicht verärgern wollte oder es einfach nur zu seiner Art gehörte, Situationen zielsicher falsch einzuschätzen.

„Mensch, Hajo! Kannst du mir bitte in einem klar verständlichen Satz sagen, was hier nicht stimmt?"

„Ich weiß es nicht. Frag mich noch mal, wenn ich den Herrn auf dem Seziertisch hatte. Wahrscheinlich steckt die Antwort in seinem Hals."

Manuela seufzte. Der Fall fing nicht besonders gut an. Hajo gab den eingetroffenen Bestattern die Anweisung, den Toten ins rechtsmedizinische Institut zu bringen. Aus einer der Gruben drangen Flüche.

„Die haben es nicht leicht", bemerkte Adriano. Ihr Kollege hatte sich zwischenzeitlich eine Liste des an der Grabung beteiligten Personals geben lassen.

„Mit acht Leuten haben die hier rumgebuddelt. Mike und Bea sind auf dem Weg zu der Firma, um deren Schuhe abzuholen."

Es galt, möglichst alle Vergleichsspuren zu kennen, um vielleicht die eine Spur zu finden, die zum Mörder führen würde. Manuelas Augen schweiften über das Gelände. Vermutlich würden die Kollegen der Spurensicherung eine Nachtschicht einlegen müssen.

„Wer hat den Toten eigentlich gefunden?"

„Jogger. Sie haben im Vorbeilaufen den offen stehenden Zaun gesehen und sich gewundert."

Eine dieser weiß gekleideten Gestalten, von der sie nur wusste, dass die Kollegen ihn „Perle" nannten, lief strammen Schrittes auf sie zu.

„Bitte schön", er hielt ihr ein winziges Plastikteil entgegen, „mein Kollege sagte mir, damit würde ich Ihnen eine Riesenfreude machen."

Manuela nahm es ihm stirnrunzelnd ab.

„Die Kamera können wir Ihnen zwar nicht geben, aber darauf dürften sich die Fotos befinden, die das Opfer zuletzt geschossen hat."

Jetzt begriff Manuela. Sie sah auf die kleine Speicherkarte, dann wieder zu ihrem Kollegen und staunte erneut. Der Spurensucher hatte hinter seinem Rücken eine digitale Spiegelreflexkamera hervorgezaubert.

„Muss ich gleich wiederhaben, bevor mein Chef was merkt. Sie dürfen mich dafür zum Essen einladen, schöne Frau."

Er nutzte ihre Verwirrung, um sich lachend zu verabschieden. Manuela bemerkte ein Piercing in seiner Zunge. Sie sah ihm hinterher und lächelte.

„Der ist höchstens fünfundzwanzig", entfuhr es Adriano.

„Hat aber schon deutlich mehr Charme als du", konterte Manuela und suchte währenddessen nach der Öffnung für die Speicherkarte.

Sie konnten kaum etwas erkennen. Das Tageslicht war einfach zu grell für das Display. Adriano hielt seine Hand als Sonnenblende darüber, aber auch das nutzte nicht viel. Dann kam Manuela eine Idee.

„Seid ihr mit der Kapelle durch?", fragte sie eine Kollegin, die mit einem Spurenbeutel in der Hand Richtung Ausgang lief.

„Da war nichts, die war verschlossen und ist auch nicht gewaltsam geöffnet worden. Ihr könnt reingehen, wir haben die Tür aufgelassen."

Durch die halb geöffnete rote Tür und das Fenster darüber fielen Sonnenstrahlen hinein und tauchten das Innere der Kapelle in gedämpftes Licht. Manuela sah sich langsam um, nahm die außergewöhnliche Aura wahr und empfand dabei ein seltsames, unerklärliches Gefühl der Geborgenheit. Sie betrachtete den kleinen Altarraum vor Kopf, der nicht größer war als ihr Wohnzimmer. Die Bänke davor boten gerade genug Platz für eine mittelgroße Familie mit Anhang. Sie nahm in der vorderen Sitzreihe Platz, schaltete die Kamera erneut an. Adriano beugte sich über sie. Manuela benötigte einige Minuten, um die Bedienung des Gerätes zu erlernen. Die ersten zwanzig Bilder trugen das Datum vom letzten Freitag. Darauf waren allerhand Detailaufnahmen der Ausgrabung zu sehen. Die ersten Aufnahmen des gestrigen Tages zeigten keine Veränderungen. Dies änderte sich ab dem Bild mit der abgespeicherten Uhrzeit 21.33. Der lang gezogene Erdwall, dem sie vor wenigen Minuten keine Beachtung geschenkt hatte, war am Vortag nicht vorhanden. Ebenso die trapezförmige Grube davor.

„Hat dieser Archäologe vorhin nicht behauptet, am Wochenende würde hier nicht gearbeitet?“, wollte Adriano wissen.

„Ja, das hat er“, murmelte Manuela und suchte nach einer Möglichkeit, einen Bildausschnitt zu vergrößern. Ein kleiner, blauer Gegenstand im hinteren Bereich hatte ihre Neugierde geweckt. Ihr Versuch scheiterte und sie blätterte weiter. Steinerne Fragmente, deren Bedeutung sich ihr nicht erschloss, waren in Großaufnahme und aus verschiedenen Blickwinkeln erkennbar. Der vergrößerte Bildausschnitt der nächsten Aufnahme sollte ihre Neugierde stillen: Bei dem ominösen Gegenstand handelte es sich lediglich um einen umgedrehten Plastikeimer. Als Aufnahmezeitpunkt gab die Kamera 22.04 Uhr an. Die letzten Aufnahmen waren allesamt aus der gegenüberliegenden Richtung gemacht worden. Manuela blätterte mit einem Wippschalter vor und zurück. Wieder bei der letzten Aufnahme, entstanden um 22.14 Uhr, angelangt, hatte sie Gewissheit. Roth musste sich zu diesem Zeitpunkt in unmittelbarer Nähe des Eimers befunden haben. Aber …

„Warum hat er so viele Bilder von derselben Stelle aus gemacht?“

Adriano hob ratlos die Schultern. Manuela rannte nach draußen. Mit einem mächtigen Satz sprang sie in die Aushebung. Sekunden später stand sie genau da, wo sich auf dem Foto vom Vortag der Eimer befand. Vor ihren Füßen öffnete sich eine weitere Vertiefung im Erdreich. Sie hatte die Ausmaße eines Grabes.

„Da sind Sie ja!“ Sie hatte Perle nicht bemerkt, der abgehetzt klang. „Mein Chef sucht überall nach seiner Kamera.“

Manuela schaffte es noch, die Speicherkarte zu entfernen, bevor der Spurensucher das Gerät an sich nahm und davonhastete. Zwei seiner Kollegen gossen neben einer Art Säule, die aus der dunkelbraunen Erde ragte, einen Fußabdruck ab.

„Habt ihr in dem Loch hier einen blauen Plastikeimer gefunden?“

Der Ältere der beiden stellte sich aufrecht hin, drückte das Kreuz durch und massierte mit schmerzverzerrtem Gesicht den unteren Bereich seiner Wirbelsäule.

„Wir sichern hier seit einer Stunde Fußspuren. Hier scheint ganz Xanten durchgelatscht zu sein, aber einen Eimer hat hier niemand liegen gelassen. Das wäre uns aufgefallen.“

Manuela blickte sich nachdenklich um. Die Vertiefung innerhalb der Grube war auf keinem der Fotos erkennbar. Dies sprach dafür, dass jemand nach dem Tod von Bernd Roth hier gegraben hatte. Sie versuchte, sich in die Lage des Opfers zu versetzen. Der Archäologe hatte jede kleine Veränderung registriert. Zu dem Zeitpunkt, an dem er die erste Aufnahme gemacht hatte, herrschten gute Sichtverhältnisse. Er müsste die Grube bereits von Weitem gesehen haben. Die letzte Aufnahme trug den Zeitstempel 22.14 Uhr. Die Dunkelheit brach ein, die Ausleuchtung durch das Blitzlicht der Kamera war deutlich erkennbar. Entscheidender aber war die Perspektive. Das Bild zeigte die Grube in diagonaler Richtung, im Hintergrund war das Ringfundament des Turmes erkennbar. Roth musste in unmittelbarer Nähe zu dem Eimer gestanden haben. Er hat ihn aus Neugierde umgedreht, vielleicht auch nur achtlos weggetreten, mutmaßte die Polizistin. Eine weitere Aufnahme gab es nicht. Bernd Roth musste direkt danach getötet worden sein. „Fundort ist gleich Tatort", erinnerte sie sich an Hajos Worte. Ihre Augen wanderten unweigerlich zum gegenüberliegenden Grubenrand, an die Stelle, an der sich vor wenigen Minuten die Leiche befunden hatte. Das laute Fluchen eines Grabungstechnikers, den sie vor einer Stunde angefordert hatten, riss sie aus ihren Gedanken. Mit dem ausgestreckten Arm deutete er auf einen Gegenstand, den ein Spurenermittler vorsichtig in einen Plastikbeutel schob.

„Eine Spitzkelle, das ist wirklich unglaublich! Andauernd sage ich diesen Schlendrianen, es wird nichts liegen gelassen nach Feierabend. Schon gar kein Werkzeug. Und was ist das?"

Er richtete seinen drohenden Blick auf Manuela, als erwarte er eine Bestätigung.

„Sie haben sicherlich recht. Da vorne hat bis gestern ein blauer Plastikeimer gestanden. Könnte der von Ihren Leuten sein?"

„Bitte? Ein Plastikeimer? Wir benutzen keine Plastikeimer. Und falls doch, würden meine Kollegen ihn ganz bestimmt nicht zurücklassen. Obwohl … " Kopfschüttelnd sah er dem Spurenermittler hinterher.

Manuela überkam ein leichter Kopfschmerz. Sie zückte ihr Handy, wählte die Nummer der Rufbereitschaft und veranlasste eine Teamsitzung für 17 Uhr. Dann kam ihr ein unangenehmer Gedanke an das, was ihr jetzt bevorstand …

Das Einfamilienhaus der Familie Roth wirkte verlassen. Die Rollläden waren geschlossen, im Türschlitz klemmte ein Wochenblatt. Manuela betätigte zum wiederholten Mal den in einer Messingschale eingelassenen Klingelknopf. Adriano lief mit dem Handy am Ohr den Bürgersteig auf und ab. Es war den Kollegen nicht gelungen, auf die Schnelle die Handynummer von Julia Roth zu erlangen. Sie konnten ihm lediglich den Festnetzanschluss nennen. Sekunden später vernahmen sie das Klingeln des Telefons aus dem Haus. Nach dem sechsten Klingelton meldete sich der Anrufbeantworter mit der Stimme des Ermordeten. Adriano beendete den Anruf. Manuela notierte etwas auf die Rückseite einer ihrer Visitenkarten und schob sie an der Zeitung vorbei in den Hausflur.

08

„Der Gesprächsteilnehmer ist vorübergehend nicht erreichbar." Zum vierten Mal innerhalb der letzten halben Stunde hörte Frau Grimm diese Ansage. Weitere vier Mal hatte sie den Festnetzanschluss ihrer Klientin gewählt und schließlich die Bitte um Rückruf auf dem Anrufbeantworter hinterlassen. Sie fragte sich, aus welchem Grund Julia Roth nicht erreichbar war. Immerhin sollte sie doch ein Interesse daran haben, über den aktuellen Ermittlungsstand in Kenntnis gesetzt zu werden. Sollte sie bereits vom Tod ihres Mannes erfahren haben? Nachdenklich legte sie das Telefon auf den Tisch neben den Zettel, der ihr in wenigen knappen Sätzen den dürren Kenntnisstand offenbarte: Julia Roth hatte sie heute Morgen beauftragt, weil sie ihren Mann der Untreue verdächtigte. Dieser wurde allerdings am gestrigen Tag ermordet. Der erste Gedanke galt vor einer Stunde der Frage, wie sich wohl eine mordende Klientin auf das Image der Detektei Grimm und Sohn auswirken würde. Mittlerweile hielt sie diesen Ansatz für absurd. Grund dafür war der Eindruck, den die Dame hinterlassen hatte. Julia Roth gehörte einfach nicht zu dem Typ Frau, der ihrem Gatten ewige Rache angedeihen lassen würde, der wie eine Furie nach Vergeltung schrie oder ihn gar ermorden würde. Julia Roth wollte Klarheit, um für sich die Konsequenzen daraus zu ziehen. Sie würde eine Flasche Wein leeren, eine Torte verschlingen, vielleicht einige Tränen vergießen, aber schon kurz darauf an die eigene Zukunft denken. Aber sie würde früher oder später auch in den Fokus der Ermittlungen geraten. Es sei denn, niemand erfuhr davon … Auf ihr Gesicht legte sich ein Ausdruck von Zufriedenheit.

Dann hörte sie das Türschloss und vernahm wenig später vertraute Stimmen aus dem Flur. Sie hoffte, dass Annette ihr den kleinen Trick vom Nachmittag nicht übel nahm. Rasch stand sie auf und öffnete die Küchentür.

„Das ist aber schön, dass ihr wieder zurück seid! Ich habe gerade das Essen fertig. Es gibt Möhrenuntereinander, extra für dich, Annette. Ist das nicht …“

Annettes scharfer Blick erstickte den Rest des Satzes.

„Gertrud, ich muss mit dir reden.“

„Ich habe auch dicke Rippe dazu gemacht …“

„Nein danke!“

Frau Grimm ging langsam zurück in die Küche. Unauffällig griff sie nach dem Block und schob ihn beiläufig unter die Tageszeitung auf der Anrichte.

„Wie kommst du dazu, eine Polizeisperre zu missachten?“

„Also … Polizeisperre würde ich es nicht nennen. Es handelte sich eher um einen, sagen wir mal, unschlüssigen Beamten, der da so herumstand und …“

„Es handelte sich um eine Polizeisperre und einen Kollegen, den du belogen hast!“

Gertrud Grimm fühlte sich sichtlich unwohl. Nervös spielte sie mit ihrem Kugelschreiber.

„Belogen? Ich habe ihm vielleicht ein wenig bei der Entscheidungsfindung geholfen, aber belogen würde ich das nicht nennen. Außerdem“, sie richtete ihren Oberkörper auf, „kann es nicht richtig sein, dass jeder Provinzreporter durchgelassen wird, während eine Detektivin im Einsatz –“, sie biss sich auf die Lippe, wollte die letzten Worte am liebsten zurücknehmen, aber es war zu spät.

„Das ist der nächste Punkt, der mich interessiert. In welchem Einsatz warst du bitte schön?“

„Ähm … sagte ich Einsatz?“

Annette nickte und musterte sie fordernd.

„Ach, da kann man mal sehen, wie einen der Beruf so mitnimmt. Ich meinte das natürlich ganz allgemein, verstehst du?“

Als könne sie weiteren peinlichen Fragen ausweichen, ging Frau Grimm zur Küchenzeile, schaltete die Herdplatten aus und kam mit einem großen Topf in den Händen zurück. Annette schüttelte den Kopf.

„Weißt du, Annette“, mischte Heinrich sich ein, „meine Mutter war ganz zufällig dort. Das macht sie immer so. Sobald irgendwo ein Mord geschieht, taucht sie am Tatort auf. Manchmal geht das so schnell, dass man gar nicht genau weiß, ob sie zuerst dort war oder der Mörder. Das ist eine Art siebter Sinn, verstehst du?“

„Nein. Ich glaube, sie verheimlicht uns etwas. Entweder sagt sie es mir oder ich lasse sie vorladen und vernehmen.“

Bei den letzten Worten erhob die Staatsanwältin ihre Stimme. Frau Grimm fuhr wütend herum.

„Tut mir leid, ich unterliege der Schweigepflicht. Wenn ich alles ausplaudern würde, könnte ich den Laden gleich dichtmachen.“

Annette wollte antworten, dass ein Tötungsdelikt vorläge und sie kein Aussageverweigerungsrecht in Anspruch nehmen könne, dass Dutzende Polizisten aus ihren Familien gerissen worden waren, weil die ersten vierundzwanzig Stunden einer Mordermittlung die wichtigsten seien, und dass sie im Augenblick auf jeden noch so unbedeutend erscheinenden Hinweis angewiesen waren. Aber sie wusste, wie sinnlos die Annahme war, Gertrud Grimm würde sich in einer Vernehmung zu einer Aussage überreden lassen.

Unter dem Tisch stieß Heinrich sie an. Während seine Mutter sich am Küchenschrank zu schaffen machte, hatte er den Block unter der Zeitung hervorgezogen und zeigte ihn Annette unauffällig.

„Ist das die Frau, die heute Morgen hier war?“, flüsterte Annette und deutete mit dem Zeigefinger auf den Namen Julia Roth.

„Wer sonst?“, erwiderte Heinrich mit ernster Miene.

Frau Grimm stellte ungefragt Teller auf den Tisch.

„Weißt du, eigentlich hat meine Mutter recht, Annette. Es ist wirklich ein anstrengender und gefährlicher Job für sie. Und ich lasse sie die meiste Zeit im Stich, obwohl ich offiziell ihr Partner bin. Das ist nicht fair. Immerhin läuft die Detektei auf meinen Namen. Da sollte ich mich auch mehr einbringen."

Seine Mutter hielt mitten in der Bewegung inne. Die Freude war ihr anzusehen.

„Das stimmt, mein Junge."

„Na, wenn das so ist", Heinrich legte den Block auf den Tisch, „du hast sicherlich die Handynummer unserer Klientin Julia Roth, oder?"

Seine Mutter riss den Block an sich. Ihre Augenlider flackerten. Ausgerechnet auf ihren eigenen Sohn war sie hereingefallen und sie konnte sich nicht einmal dagegen wehren, wollte sie ihre Glaubwürdigkeit nicht verlieren. *Da sollte ich mich mehr einbringen,* pah! Warte, Bürschchen, darauf komme ich zurück. Sie zwang sich zur Ruhe, überdachte die neue Situation und entschloss sich zur Offensive.

„Selbstverständlich." Sie holte einen kleinen Block, riss eine Seite ab und notierte die Nummern auf den nächsten Seiten noch zweimal. Danach reichte sie Annette und Heinrich je einen Zettel.

„Es liegt auch in meinem Interesse, die Polizei zu unterstützen", erklärte sie Annette mit freundlichem Augenaufschlag. „Schließlich setzen wir uns ja alle für mehr Gerechtigkeit ein, nicht wahr? Die obere ist die Handynummer, darunter die Nummer vom Festnetzanschluss. Die Adresse lautet: Ulmenweg 71 in Xanten."

„Danke, Gertrud, aber die ist uns bekannt."

„Ach ja, natürlich, Annette, die Polizei schläft nicht. Wie ist Bernd Roth eigentlich gestorben?"

Frau Grimm stellte die Frage derart beiläufig, als würde die Antwort darauf für sie kaum eine höhere Bedeutung haben als die Wetterprognose für die kommende Nacht.

„Er ist offensichtlich ermordet worden", antwortete die Staatsanwältin in dem gleichen lässigen Tonfall.

Was du nicht sagst, dachte die Detektivin und hatte dabei große Mühe, die Contenance zu wahren.

„Nein, wie schrecklich! Wisst ihr auch schon wie?“

„Ja.“

Die steigende Pulsfrequenz bescherte ihr leichte Hitzewallungen. Sie spürte die aufkommende Wut in jeder Faser ihres Körpers. Am meisten ärgerte es sie, von Annette wie eine verwirrte, redselige Oma behandelt zu werden, der man nichts anvertrauen mochte. Dabei konnte keiner ihrer Superpolizisten in den letzten Jahren eine bessere Aufklärungsquote vorweisen als sie. Gertrud Grimm musste ihr etwas anbieten, einen Köder. Sie erinnerte sich an die Angaben ihrer Klientin.

„Ist schon komisch, die Sache. Klar, er hat sich natürlich Feinde damit gemacht. Ich meine, wer lässt sich so etwas gerne bieten“, zwischendurch füllte sie Heinrichs und ihren Teller, „aber warum wurde er dann gerade dort umgebracht und nicht am ... na ja, am eigentlichen Tatort? Obwohl, ich meine, wenn ich es mir recht überlege, das ergibt schon Sinn. Andererseits wird die Polizei sich bei der Spurenermittlung kaum auf die Ausgrabungsstätte beschränken und dann kommt bestimmt heraus, was der ehrenwerte Archäologe da oben wirklich getrieben hat.“

„Was willst du damit andeuten?“, fragte Annette.

„Dass Bernd Roth nicht nur beruflich auf dem Fürstenberg war, sondern sich dort mit seiner Geliebten getroffen hat.“

Annettes Anspannung wuchs. Auf das Mordmotiv Eifersucht hatte am Tatort nichts hingedeutet.

„Du hast sicherlich den Namen der Geliebten?“

„Der Name ... der Name ...“

Annette und Heinrich tauschten einen Blick. Sie kannten diese Taktik nur zu gut.

„Also schön. Bernd Roth hat eine tödliche Schusswunde im Halsbereich. Mehr wissen wir noch nicht.“

Annette sah sie fordernd an.

„Der Name ... ist mir leider nicht bekannt. Die Polizei bekommt ihn aber selbstverständlich, sobald ich ihn in Erfahrung bringe.“

„Treib es nicht auf die Spitze, Gertrud!“

Frau Grimm zeigte ihr unschuldiges Gesicht. Plötzlich fiel ihr ein Detail auf, eine kleine Randbeobachtung, der sie bislang keine Aufmerksamkeit hatte zukommen lassen …

09

Hauptkommissar Michael Kempkes verteilte Thermoskannen auf die Tischreihe. Manuela sah genervt auf die Uhr. Dann überflog sie, mehr aus Langeweile, die Ergebnisse der bislang erfolgten Umfeldermittlung. Einer Kellnerin des Restaurants Schützenhaus war gegen 23 Uhr ein Fahrradfahrer aufgefallen, der aus Richtung des Fürstenberger Hofes kam und in Schlangenlinien bergab fuhr. Im dortigen Hotel konnte niemand eine Angabe dazu machen. Allerdings waren einigen Hotelgästen am Samstag Aktivitäten auf dem Grabungsgelände aufgefallen. Sechs Personen waren am heutigen Morgen nach dem Frühstück abgereist. Sie mussten telefonisch oder von Kollegen vor Ort befragt werden. In diesem Augenblick komplettierte Josef Wolters vom Kriminalkommissariat 12 das Team. Wolters war dort für Wirtschaftskriminalität zuständig, wurde aufgrund seiner Fachkompetenz und Erfahrung regelmäßig in Mordkommissionen eingesetzt, was ihm nicht unangenehm war. Außer an einem freien Wochenende.

„Hast du im Stau gesteckt?“, wollte Mareike Verstappen wissen. Wolters hatte vom Eichelbergkamp aus die kürzeste Anfahrt aller Anwesenden.

„Heute schon aufn Kalender geguckt? Wir haben Sonntag, ich war mit den Blagen im APX. Die haben mich nur gehen lassen, weil ich versprochen habe, sie mit der Mama im Streifenwagen abholen zu lassen. Muss ich gleich noch irgendwie managen.“

„Ich mach das“, versprach Manuela. Dann erläuterte sie den Anwesenden die aktuelle Faktenlage und reichte Fotoausdrucke vom Tatort herum. Wenige Minuten zuvor hatte die Staatsanwältin sie angerufen und von Frau Grimms Vermutung, beziehungsweise der ihrer Klientin, berichtet. Manuela hoffte ein wenig, der Verdacht der Seniorin würde sich bestätigen. Eifersucht als Tatmotiv machte die Ermittlungen in der Regel leichter. Zum einen stammten Täter und Opfer meist aus demselben sozialen Umfeld, zum anderen handelte es sich um mehr oder weniger im Affekt ausgeführte Taten. Von Wut und Verzweiflung getrieben, wurde von den meisten Tätern auf Vermeidung oder Beseitigung von Spuren kein gesonderter Wert gelegt. Nicht selten wähnten sie sich sogar im Recht, hofften auf Verständnis für ihre Tat. Nachdem Manuela der Runde ihre vage Hoffnung mitgeteilt hatte, meldete Michael Kempkes Zweifel an.

„Ich denke dabei an das Fahrzeug des Opfers. Aus allen vier Reifen wurde die Luft gelassen. Dies könnte sich um den Racheakt eines gehörnten Ehegatten handeln, klar. Aber warum sollte er das tun, wenn er vorhat, seinen Nebenbuhler umzubringen? Das ergibt keinen Sinn."

„Vielleicht hatte er das nicht vor. Es sollte tatsächlich nur ein Racheakt werden. Roth hat ihn aber dabei erwischt und es kam zum Streit, der im weiteren Verlauf eskaliert ist", vermutete Mareike. Kempkes schüttelte den Kopf.

„Der Tatort ist zu weit weg vom Fahrzeug. Ich frage mich, weshalb er gerade dort getötet wurde. Und wo ist dann die Frau geblieben, mit der Roth den Täter betrogen haben soll?"

„Jau, stimmt", meldete sich Wolters. „Wenn ich mit 'ner Perle im Auto da hochfahr, setze ich sie ja nicht hinterher irgendwo am Acker ab und fahr nach Hause. Und wenn sie im Auto geblieben wäre, während ihr Lover seinen Arbeitsplatz inspiziert, hätte ihr Gemahl wohl kaum seelenruhig die Luft aus den Reifen gelassen. Das ist alles Kokolores."

„Es muss gestern Abend nicht unbedingt jemand dabei gewesen sein", bemerkte Manuela.

„Was ist mit der Frau des Opfers?", fragte Mareike.

Manuela atmete tief durch.

„Wir müssen sie zur Fahndung ausschreiben, ist dir das klar?"

Manuela nickte. Es bereitete ihr Kopfzerbrechen, dass sie die Witwe des Opfers noch immer nicht erreicht hatte. Sie malte sich aus, Julia Roth würde von einer Streifenwagenbesatzung abgeholt und im Rahmen der Vernehmung vom Tod ihres Mannes erfahren. Rechtfertigte der Verdacht dieses Szenario?

„Du glaubst tatsächlich, die bringt ihren Mann um und liefert uns am nächsten Tag über ein Detektivbüro das Motiv?“ Adriano schien diese Möglichkeit auszuschließen.

Für einen Augenblick wurde es still. Dann fasste die Hauptkommissarin einen Entschluss.

„Wir warten noch mit der Fahndung. Die Tatsache, dass sie eifersüchtig ist, reicht mir nicht.“

„Sehe ich auch so“, bestätigte Josef Wolters. „Was haben wir sonst noch?“

„Illegale Grabungen. Das bestätigt der Vergleich der Aufnahmen, die Bernd Roth kurz vor seinem Tod gemacht hat, mit denen vom Vortag. Ferdinand Blomberg, der Geschäftsführer der Grabungsfirma, hat ausgesagt, Roth habe in der Vergangenheit des Öfteren darüber geklagt. Der Archäologe hatte den Eigentümer der Grundstücke, Steen van Bruneck, in Verdacht. Zwischen den beiden sei es immer wieder zu Meinungsverschiedenheiten gekommen. Van Bruneck hält sich laut seinem Verwalter heute bis zum späten Abend geschäftlich in Amsterdam auf. Wir werden ihn morgen früh befragen.“

Elke Meiners blätterte in einem Stapel Ausdrucke. Die Oberkommissarin war im KK12 für Raub und Diebstahl zuständig. Im vergangenen Monat hatte sie maßgeblich an der Aufklärung von dreiundfünfzig Kellereinbrüchen in Voerde und Friedrichsfeld mitgewirkt. Der Flurfunk meldete seit Längerem, dass die nächste Planstelle einer Hauptkommissarin von der achtundzwanzigjährigen Bislicherin besetzt würde, die bereits zum dritten Mal Bestandteil einer Mordkommission war. Sie hatte ihre blonden Haare zu einem Zopf gebunden, trug ein eng anliegendes T-Shirt und eine verwaschene Jeans. Ihre hellblauen Augen schienen in ständiger Bewegung bemüht, jede kleine Veränderung sofort aufzusaugen. Sie war als Erste hier gewesen, hatte sich von Manuela vorab einweihen lassen.

„Ich habe mir ein paar Infos über diesen van Bruneck besorgt. Er ist ein millionenschwerer Kunsthändler, stand in der Vergangenheit einige Male vor Gericht. Illegaler Kunsthandel, Hehlerei und so weiter, kam aber immer mit Freisprüchen zweiter und dritter Klasse aus der Nummer raus. Interessant für uns ist die Tatsache, dass er den Schwerpunkt seiner Tätigkeit seit einiger Zeit auf den Handel mit antiken Kunstgegenständen verlagert hat. Vielleicht", sie schob den Papierstapel beiseite, „hat er die Grundstücke nicht gekauft, weil er dort ein altes Kloster neu aufbauen möchte, sondern aus einem ganz anderen Grund."

Adriano schüttelte den Kopf. „Das halte ich für unwahrscheinlich. Dieser Holländer hat über zwei Millionen für Häuser und Grundstücke bezahlt. Ich habe mich heute Mittag mit zwei Archäologen unterhalten. Laut deren Meinung ist dort außer Münzen und Gebrauchsgegenständen aus dem Mittelalter und der Römerzeit nicht viel zu erwarten. Das ganze Zeug bringt zwar was ein, gerade auf dem Schwarzmarkt, aber bei Weitem nicht die investierte Summe."

„Warum hilft er dann beim Graben?", warf Wolters ein. „Wenn der so reich ist, kann es ihm doch piepegal sein, ob sein Bauvorhaben früher oder später fertig wird. Da fällt mir ein: Was sagt denn dein Herzblatt?"

Manuela verdrehte die Augen. Sie vermied es zwar, ihre Beziehung im Dienst in irgendeiner Form zu thematisieren, machte aber auch kein Geheimnis daraus. Wolters' lockere Art, auch wenn sie nicht böse gemeint war, kratzte an der Trennlinie zwischen Dienst und Privatleben.

„Das Ergebnis der Obduktion liegt uns noch nicht vor. Doktor Klein sind Unregelmäßigkeiten aufgefallen, mehr wissen wir nicht. Aber da ist noch etwas." Manuela griff nach einem der Ausdrucke und deutete auf den Eimer. „Möglicherweise ist es nicht von Bedeutung. Tatsache aber ist, dass Roth bei seiner letzten Aufnahme in unmittelbarer Nähe davon gestanden haben muss, der Eimer verschwunden ist und an dieser Stelle eine Ausgrabung stattfand, und zwar höchstwahrscheinlich nach seinem Tod."

„Und davor."

Michael Kempkes blickte nachdenklich auf die Fragmente der Säulen, die an mehreren Stellen aus dem Boden ragten.

„Das sieht für mich so aus, als habe der Täter nach etwas Bestimmtem gesucht. Ich mutmaße jetzt mal: Die Säulenfragmente geben eine Art Grundriss eines Gebäudes wieder. In diesem Gebäude befindet sich irgendwas, das für den Täter von enormer Bedeutung ist. Er findet es tatsächlich, wird aber genau in diesem Augenblick von Bernd Roth gestört. Sein Todesurteil. Der Täter muss nun seine Spuren beseitigen. Auf dem Eimer, in dem er vielleicht Grabungswerkzeuge hatte, befinden sich seine Fingerabdrücke, möglicherweise sogar DNS. Er lässt ihn verschwinden. Für diese These spricht auch der Standort des Eimers auf dem Foto. Genau dort hat der Täter anschließend weitergegraben. Was für mich darauf hindeutet, dass er absolut sicher sein konnte, ungestört zu sein. Das könnte ein weiterer Ansatz sein."

„Boah, Michael!" Wolters bedachte seinen Kollegen mit einem ungläubigen Blick. „Das ist mir 'n bissken viel Theater um so einen ollen Eimer. Den wird einer der Archäologen liegen gelassen haben und fertig."

Dieselbe Annahme hatte Manuela wenige Stunden zuvor ebenfalls gehabt. Aber der Grabungstechniker hatte behauptet, dass sie nicht mit Plastikeimern arbeiteten. Außerdem hatten ihre Leute den ominösen Eimer nirgendwo in der Nähe gefunden, deshalb blieben aus ihrer Sicht berechtigte Zweifel.

„Ich glaube, Michael hat recht. Weshalb sollte ein Grabungstechniker in der Nacht einen Plastikeimer holen, den er dort liegen gelassen hat? Das ergibt keinen Sinn. Und dass der

Täter genau an dieser Stelle eine weitere Grabung durchgeführt hat, kann kein Zufall sein."

Während Josef Wolters eine Erklärung suchte, klingelte Manuelas Handy.

Es war Julia Roth.

10

Ihre Pupillen glänzten silbrig, die Haut um ihre Augen war gerötet. Eine Strähne ihrer Haare klebte an der feuchten Wange. Wortlos ging sie durch den Flur ins Wohnzimmer. Manuela schloss die Haustür und folgte ihr. Das Wohnzimmer war geschmackvoll eingerichtet. Keine klobigen Möbel, die den Raum überfrachteten. Lediglich eine Anrichte aus naturbelassener Birke, zwei Schränkchen und eine moderne Sitzgarnitur bildeten die Einrichtung. Helle Wandfarbe, dazu passender Parkettboden und dezent verteilte Skulpturen verliehen dem Zimmer ein stilvolles Ambiente. An den Wänden hingen Kunstdrucke von Picasso und Chagall. Wortlos setzte Julia Roth sich auf die Kante eines Stuhles. Manuela nahm neben ihr Platz.

„Woher …"

Julia Roth hob langsam das Gesicht, den Blick kraftlos ins Leere gerichtet.

„Ich bin vor einer Stunde nach Hause gekommen, habe Ihre Karte gefunden und angerufen. Später wollte ich meine Handtasche aus dem Auto holen. Ein Nachbar, er kam mit dem Hund vorbei, sprach mir sein Beileid …"

Der monotone Klang ihrer Worte ging in Tränen unter. Manuela spürte einen Schmerz in der Magengegend. Genau diese Situation hatte sie vermeiden wollen.

„Wie … was … ist passiert?"

Manuela zögerte einen Moment.

„Wir gehen von einem Tötungsdelikt aus."

Julia Roths Miene gefror, die schmalen Wangenknochen warfen einen leichten Schatten auf die blasse Haut. Die Lippen bewegten sich kaum merklich, ohne die Frage nach dem Warum hervorzubringen. Manuela richtete den Blick schweigend auf die

Reiseunterlagen und Fotos vor ihr auf dem Tisch. Julia Roth durchfuhr ein leichter Ruck.

„Ein Geschenk zur Silberhochzeit." Sie strich beiläufig durch ihr Haar. „Schenkt das ein Mann seiner Frau, wenn er sie nicht mehr liebt? Er … er hat mich doch geliebt, oder?"

Manuela nickte, ohne die Antwort darauf zu kennen.

„Hatte Ihr Mann ein Verhältnis?"

Julia Roth hob ratlos die Schultern.

„Sie haben ein Detektivbüro damit beauftragt, das herauszufinden. Welchen Grund hatten Sie dafür?"

„Einen Grund?" Das kurze Lachen wirkte auf Manuela fast zynisch. „Ich habe meinem Mann misstraut. Nach vierundzwanzig Ehejahren. Das war der Grund."

„Einfach so?"

„Ich … ich habe Ihnen gar nichts angeboten."

„Schon gut."

Manuela bekam den Eindruck, Julia Roth suche nach einer Art Notausgang für ihre Gefühle. Ihre Eifersucht, ihr Verdacht, ihre Sehnsucht nach der Wahrheit, all dies wurde in diesem Augenblick von Selbstzweifeln und Schuldgefühlen überlagert. Ein emotionales Chaos, bei dem kaum eine brauchbare Aussage herauskommen würde, dachte Manuela.

„Gestern war meine Freundin hier, Monika Horlemann. Sie behauptete, Bernd mit einer anderen Frau im Auto gesehen zu haben. Abends auf dem Fürstenberg. Mir sagte er immer, er müsse die Ausgrabungsstätte kontrollieren." Julia Roth sprach sehr leise, Manuela hörte angestrengt zu. „Dann war da noch die Visitenkarte eines Escortservice. Ich habe sie in einer Tasche seines Jacketts gefunden."

„Darf ich sie sehen?"

Julia Roth holte einen Zettel von der Anrichte und reichte ihn Manuela.

„Ich habe die Adresse aufgeschrieben. Die Karte hat Frau Grimm", bemerkte sie entschuldigend.

„Sie sagten, Sie seien vor einer Stunde nach Hause gekommen. Haben Sie die Nacht woanders verbracht?"

Sie senkte den Kopf, schloss die Augen, atmete schwerfällig.

„Gestern Abend fuhr er wieder zum Fürstenberg. An einem Samstag, das hat er noch nie gemacht. Da war ich sicher, dass Monika recht hat. Ich bin zu meiner Schwester nach Sonsbeck gefahren und habe die Nacht dort verbracht."

„Könnten Sie mir die Adresse Ihrer Schwester geben? Und auch die von Ihrer Freundin?"

„Die Adressen? Sie meinen …"

„Nein. Ich muss das überprüfen, Routine."

„Marlies Kämmerling, Erlenstraße 31. Was mache … ich meine, wie geht es denn jetzt weiter?"

„Wir geben Ihnen Bescheid. Besaß Ihr Mann eigentlich ein Handy?"

„Ja. Er ist nirgendwo ohne sein Handy hingegangen. Sogar zum Bäcker hat er es immer mitgenommen."

„Wir haben bei ihm kein Handy gefunden. Ich bräuchte den Anbieter. Haben Sie vielleicht die letzte Abrechnung?"

Julia Roth wischte sich flüchtig eine Träne aus dem Augenwinkel und holte aus einem Schränkchen einen Briefumschlag. Wortlos reichte sie ihn der Polizistin.

„Frau Roth, hatte Ihr Mann in der letzten Zeit mit jemandem Streit?"

„Streit? Nein. Er hat sich immer öfter über Herrn van Bruneck aufgeregt. Mein Mann hat seinen Beruf eben sehr ernst genommen."

„Was hat ihn aufgeregt?"

„Bernd behauptete, van Bruneck würde am Fürstenberg heimlich Raubgrabungen durchführen. Deshalb fuhr er jeden Abend dorthin. Ich weiß überhaupt nicht mehr, was ich glauben soll. Warum habe ich ihn nicht aufgehalten, dann wäre er …"

Sie hielt ihre Hände vor das Gesicht und weinte hinein.

„Niemand konnte das ahnen, es handelte sich vermutlich um einen tragischen Zufall.“

Julia Roth nickte gedankenverloren und begleitete Manuela vor die Haustür.

11

Montag, 16. Juli

„Mein aufrichtiges Beileid, Frau Roth. Bitte, kommen Sie herein. Ein Käffken?"

„Was? Nein, danke."

Julia Roth trug ein schlichtes, schwarzes Kostüm. Ihre schulterlangen Haare hatte sie hochgesteckt und mit einer dunklen Spange fixiert. Sie nestelte an ihrer Handtasche, zog ein Portemonnaie hervor.

„Ich würde Ihre Dienste gerne bezahlen, Frau Grimm. Eine Rechnung benötige ich nicht."

„Wie bitte?", entfuhr es der Detektivin eine Spur zu aufgeregt. Julia Roth wirkte etwas verunsichert.

„Mein Mann ist gestorben. Ob er ein Verhältnis hatte oder nicht, ich meine, was spielt das noch für eine Rolle?"

Gertrud Grimm konnte es nicht fassen. Zwei Tage zuvor wurde ihr Mann getötet und ihre Klientin entzog ihr den Auftrag! Das galt es unter allen Umständen zu verhindern.

„Frau Roth, Ihr Mann ist nicht einfach so gestorben, er ist ermordet worden!"

Julia Roth saß regungslos auf dem Stuhl. Frau Grimm fragte sich, ob ihre Klientin sich in einem Schockzustand befand.

„Ich weiß", antwortete Frau Roth nach einer Weile betreten. „Das hat Frau Warnke auch gesagt. Aber ich verstehe nicht …?"

Frau Grimm beschloss jetzt, die Zügel anzuziehen.

„Was verstehen Sie nicht? Dass Sie *hier* sitzen und nicht in der Untersuchungszelle?"

Julia Roth starrte sie erschrocken an.

„Was sagen Sie da?"

„Frau Roth, Sie sind eifersüchtig. Sie sind dahintergekommen, dass Ihr Mann Sie betrügt, Sie haben sogar eine Detektei beauftragt, direkt am Morgen nach dem gewaltsamen Tod Ihres Mannes. Das könnte die Polizei als Ablenkungsmanöver beurteilen. Hat man Sie noch nicht nach Ihrem Alibi gefragt?“

„Doch.“ Ihre Anspannung stieg spürbar an. „Ich habe die Nacht bei meiner Schwester verbracht.“

Gertrud Grimm machte sich zwischendurch Notizen. Am gestrigen Morgen hatte sie der Auftrag noch gelangweilt.

„Frau Roth, wir müssen Sie aus der Schusslinie nehmen. Wenn es darum geht, Unschuldige einzusperren, sind die hier sehr schnell. Erst im letzten Jahr hat es einen Lehrer getroffen. Bis ich den wieder draußen hatte, ich kann Ihnen sagen …“ Sie verdrehte die Augen. „Also: Wann genau sind Sie bei Ihrer Schwester angekommen?“

„Das war um … also gegen 23 Uhr.“

„Sehen Sie, da haben wir es! Sie hätten also die Zeit gehabt, vorher zum Fürstenberg zu fahren. Wir müssen beweisen, dass Sie das nicht getan haben.“

„Aber ich war dort.“

„Wie bitte?“

Gertrud Grimm sah sie ungläubig an. Für einen Moment rechnete sie damit, dass ihre Klientin ein umfassendes Geständnis ablegen würde. Stattdessen schwieg sie und saß mit leerem Blick da.

„Wann waren Sie dort, Frau Roth?“

„Bis zum Einbruch der Dunkelheit habe ich zu Hause auf Bernd gewartet. Da war mir dann klar, dass er eine andere haben muss, denn für gewöhnlich kam er nach spätestens einer Stunde zurück. Ich habe meine Schwester angerufen, danach ein paar Sachen gepackt. Ich wollte wirklich direkt nach Sonsbeck fahren. Im Auto habe ich es mir anders überlegt. Ich musste Klarheit haben. Ich habe meinen Wagen am Fürstenberger Hof geparkt und bin den Weg hochgelaufen, da habe ich seinen Wagen stehen sehen. Er war leer. Alles war dunkel. Ich bin einige Minuten stehen geblieben, dann bin ich wieder gegangen.“

„Sie haben nicht nach Ihrem Mann gesucht?"

Julia Roth zögerte, die Frage schien Unbehagen in ihr auszulösen.

„Nein ... das heißt ja, schon ... Ich bin am Zaun entlanggegangen, ein Element war halb geöffnet. Es war stockdunkel. Und still. Völlig still. Ich bekam Angst ... Ich weiß nicht einmal wovor. Vielleicht war es eine Art siebter Sinn ..."

Frau Grimm blätterte rasch durch ihren Block. Erst jetzt fiel ihr auf, dass sie nicht die leiseste Ahnung davon hatte, wann Bernd Roth getötet wurde.

Samstag, nach 22 Uhr / verlassen des Hauses / vermutlich Fahrt zum Fürstenberg angetreten.

Sie strich „vermutlich" durch.

„Ist Ihnen etwas aufgefallen? Irgendeine Kleinigkeit?"

Julia Roth wendete den Kopf zur Seite, starrte nachdenklich auf den Schrank mit dem Kaffeeautomaten.

„Nein, tut mir leid."

„An dem Auto Ihres Mannes ist Ihnen auch nichts aufgefallen?"

„Nein, was sollte damit sein?"

„Als die Polizei ihn gestern abgeholt hat, waren alle vier Reifen platt."

„Was? Nein, das wäre mir bestimmt aufgefallen. Ich habe sogar noch durch die Scheiben geguckt, aber das Auto war leer. Ich habe mich gewundert, fragte mich, wo er sein könnte. Es gab eigentlich nur eine Erklärung: Bernd hat den Wagen hier oben abgestellt, damit er nicht gesehen wird, und ist dann mit seiner Freundin verschwunden. Daraufhin habe ich im Fürstenberger Hof nachgefragt, aber dort kannten sie keinen Bernd Roth, im Schützenhaus war er auch nicht. Ich gab auf und fuhr nach Sonsbeck."

Frau Grimm notierte die Aussage. Bernd Roth dürfte die Grabungsstelle kaum in der Dunkelheit inspiziert haben. Dies legt den Schluss nahe, dass er um diese Zeit bereits tot war, dachte sie. Und doch war irgendwann in dieser Nacht eine weitere Person in der

Nähe des Tatortes. Aber warum? Sie schob den Block langsam zur Seite und sah Julia Roth mit todernstem Gesichtsausdruck an.

„Ihre Angst war berechtigt. Sie waren vermutlich nicht alleine dort oben. Irgendwer hat dort auf Ihren Mann gewartet. Und sollte der Täter Sie gesehen haben, sind Sie in höchster Gefahr. Es wäre also hilfreich, zu erfahren, wer noch in dieser Nacht dort war. Aber ich denke, das wird die Weseler Polizei schon schaffen. Kann nur ein wenig dauern."

Julia Roth sah sie nachdenklich an, darum bemüht, sich diese Minuten wieder ins Gedächtnis zu rufen. Dieses Rascheln im Gebüsch auf der gegenüberliegenden Seite. Sie hatte es für ein Tier gehalten. Die Angst hatte mit ihren Nerven gespielt, ihr Schritte vorgegaukelt. Oder etwa nicht?

„Können *Sie* das herausfinden, Frau Grimm?"

„Aber sicher, liebe Frau Roth."

12

Manuela parkte in einer der äußeren Ecken im Bereich an der Reeser Landstraße. Sie hoffte, die kleinen Bäume und Sträucher, die den Stellplatz an zwei Seiten säumten, würden wenigstens etwas Schatten spenden. Der Meteorologe im Radio hatte immerhin dreißig Grad für den heutigen Tag prognostiziert. Sie hatte noch rasch einen Bikini und ein Handtuch eingepackt. Wenn die Zeit es zulassen würde, wollte sie gegen Abend noch eine kleine Runde im Auesee drehen. Auf dem Weg zum Dienstgebäude fiel ihr eine Frau in einem cremefarbenen Sommerkleid auf, die etwa in ihrem Alter war, ihr langsam entgegenschlenderte und schließlich stehen blieb. Ihre flachsblonden Haare waren zu einem Zopf gebunden. Der dunkle Lidstrich und die tiefroten Lippen verliehen ihrem Gesicht einen dominanten Ausdruck.

„Frau Warnke?“

„Ja, bitte?“

„Mein Name ist Brigitte Klein. Ich möchte mich kurz mit Ihnen unterhalten.“

„Ja, gerne. Begleiten Sie mich doch in mein Büro. Worum geht es denn?“

„Nein, nicht nötig. Es dauert nicht lange. Es geht um Sie. Ich möchte Sie eindringlich darum bitten, sich künftig nicht mehr in die Angelegenheiten meiner Familie einzumischen.“

Manuela legte die Stirn in Falten. Ihr Verstand suchte nach einer Verbindung zum aktuellen Fall. Der Name kam ihr seltsam vertraut vor. Hajo, natürlich! Plötzlich wurde Manuela bewusst, wer vor ihr stand. Sie fühlte sich, als habe ihr jemand die Faust in den Magen gerammt.

„Familie? Ich verstehe nicht … Hajo hat mir gesagt, Sie hätten ihn verlassen“, stammelte Manuela und ärgerte sich im gleichen Moment, nicht souveräner zu reagieren.

„Das ist vorbei. Ich hatte ein Verhältnis, er hat sich mit Ihnen die Zeit vertrieben. Meine Güte, wir haben uns ausgetobt, das kommt in den besten Ehen vor. Aber deshalb schmeißt man nicht gleich alles weg und lässt seine Kinder ohne Eltern aufwachsen. Ich denke, damit ist alles geklärt. Oder", sie senkte ihre Stimme, „gibt es noch Fragen, Frau Warnke?"

Das Überraschungsmoment war verpufft. In Manuela keimte Wut auf. So sehr konnte sie sich in Hajo nicht getäuscht haben. Am gestrigen Abend hatten sie beschlossen, in den Sommerferien mit den Zwillingen an die Nordsee zu fahren, und jetzt das? Hajo fuhr um 22 Uhr heim. Er wollte unbedingt in aller Frühe im Institut sein. Sollte er …? Nein, unmöglich.

„Das muss Hajo mir schon persönlich sagen. Falls nicht, betrachte ich unser kleines Gespräch als gegenstandslos. Guten Tag, Frau Klein."

Ohne eine Antwort abzuwarten, ging Manuela weiter.

„Übrigens: Die Wohnung gehört zur Hälfte mir", rief Brigitte Klein ihr hinterher. „Sollten Sie noch einmal dort auftauchen, verständige ich Ihre Kollegen!"

Manuela drehte sich um.

„Keine Sorge, Frau Klein. Ich habe eine gemütliche Wohnung mit einem kuscheligen französischen Bett. Wir fühlen uns sehr wohl darin."

„Anstrengende Nacht gehabt?" Adriano grinste sie zweideutig an, während er seine Jacke über den Stuhl hängte. Natürlich war er mal wieder zu spät.

„Nein."

Manuela hielt den Kopf zwischen den Händen und massierte mit den Fingerspitzen ihre Schläfen. Doktor Klein sei außer Haus, hatte ihr seine Assistentin vor einer Minute lapidar mitgeteilt.

„Der Radfahrer ist bestätigt, die nächtlichen Grabungen ebenso." Er hielt ihr einige Gesprächsnotizen hin. „Elke hat gestern

Abend vier der abgereisten Hotelgäste vom Fürstenberger Hof erreichen können."

Wortlos nahm sie die losen Zettel und überflog den Inhalt. Um 23.50 Uhr hatte sich ein Hubert Leitinger aus Fulda über „komische Kratzgeräusche hinterm Zaun" gewundert. Gerda Leitinger war zur selben Zeit „flackerndes Licht" aufgefallen. Manuela las die nächste Notiz. Ein gewisser Hermann Moritz aus Emsdetten hatte kurz nach 23 Uhr ein Fahrrad am Zaun neben dem „Jesuskreuz" gesehen. Dabei handelte es sich um ein dunkelgrünes Herrenrad der Marke „Batavus" mit Fünfgang-Nabenschaltung, las die Kommissarin erstaunt. Sie wunderte sich darüber, dass so viele Menschen um diese Zeit in dieser gottverlassenen Gegend unterwegs waren. Anscheinend war das Nachtprogramm in den Hotels nicht sehr anregend. Dann fiel ihr etwas auf.

„Um die Zeit ist es da oben doch stockdunkel."

„Vermutlich", antwortete Adriano mit einem Gähnen.

„Trotzdem kann dieser Hermann Moritz erkennen, um welche Marke es sich bei dem Fahrrad handelt und was für eine Gangschaltung es hat?"

„Hm … ist mir gar nicht aufgefallen."

„Überprüfe das bitte", sie warf ihm den Zettel herüber. Adriano verzog das Gesicht, richtete sich schwerfällig auf und griff zum Telefon.

Im gleichen Augenblick meldete sich Manuelas Telefon. Es war Dieter Grabowski von der KTU. Wie immer kam er direkt zur Sache.

„Wir haben uns die Kamera des Opfers vorgenommen. Damit stimmt was nicht. Auf dem Gehäuse befinden sich einige gut erhaltene Fingerabdrücke des Besitzers. Nur auf dem Knopf für die Bildbetrachtung und dem dazugehörigen Menüregler sind die Spuren stark verwischt."

„Was bedeutet das?", fragte Manuela nach.

„Wenn ich das wüsste. Unter normalen Umständen würde ich

vermuten, dass jemand mit einem Handschuh da dran war, um die Bilddateien zu manipulieren. Möglicherweise, um eine bestimmte Aufnahme zu löschen."

Manuela konnte den Sinn einer solchen Handlung nicht nachvollziehen.

„Dann würde ich als Täter gleich alle Bilder löschen, oder?"

„Nee, das würde auffallen. Wenn jemand stundenlang mit 'ner Kamera durch die Landschaft gelatscht ist, ohne ein Foto zu schießen, das glaubt doch kein Mensch. Wenn der Täter einen Teil der Bilder drauflässt und nur die löscht, die ihn belasten, kann er mit viel Glück damit durchkommen."

„Du sagtest: unter normalen Umständen."

„Das ist es ja. Die Speicherkarte ist verschwunden. Das ergibt alles keinen Sinn."

Manuela schluckte. Sie hatte versäumt, es den Kollegen der KTU mitzuteilen.

„Die Speicherkarte habe ich hier, sorry."

Schwerfälliges Atmen drang durch den Hörer.

„Das ist ja ganz großes Kino", polterte Grabowski, „wirklich prima! Warum macht ihr nicht gleich unsere Arbeit?"

„Es tut mir leid."

„Geschenkt. Das Teil muss schnellstmöglich zum LKA. Die haben die richtige Ausrüstung dafür. Ich bin sicher, darauf wartet eine Überraschung auf euch. Schönen Tag noch."

„Die Woche fängt ja gut an", murmelte Manuela.

„Stimmt", bestätigte Adriano, der ebenfalls ein Telefongespräch beendet hatte. „Engels will wissen, ob wir schon was Brauchbares haben. Er hat für 15 Uhr eine PK angesetzt."

„Ja, spinnt der? Was sollen wir denn mitteilen? Außerdem müssen wir dringend diesen van Bruneck besuchen!" Ihre Augen flogen unweigerlich zum Kalender neben der Tür. Vierzehn Tage und der Rest von heute, dann könnten sie sie alle mal kreuzweise.

Manuela begann seufzend, die Fakten einzuordnen. Bei den

„Kratzgeräuschen" dürfte es sich um die nächtliche Ausgrabung handeln. Sie zog die Gesprächsnotiz heran. 23.50 Uhr, um diese Zeit dürfte Bernd Roth nicht mehr gelebt haben. Der Todeszeitpunkt konnte demnach auf die Zeit zwischen 22.14 Uhr und 23.50 Uhr eingeschränkt werden. Das Fahrrad war am nächsten Tag nicht mehr dort. Es könnte also dem Täter gehören. Adriano war mittlerweile dazu übergegangen, Elke nach den familientauglichsten Bademöglichkeiten für das kommende Wochenende zu befragen. Manuela räusperte sich, woraufhin ihr Kollege das Gespräch abwürgte.

„Was ist nun mit dem Fahrrad?"

„Woher soll ich das wissen? Ich habe gerade erst von Elke die Nummer des Zeugen bekommen. Hexen kann ich auch nicht."

Manuela legte den Kopf in den Nacken und schloss für einige Sekunden die Augen. Sie fragte sich, weshalb ihr Kollege nicht die geringste Motivation aufbrachte, beruflich weiterzukommen. Sollte es tatsächlich seiner Lebensplanung entsprechen, irgendwann als Oberkommissar in Rente zu gehen?

„Guten Morgen." Manuela hob den Kopf. Doktor Hajo Klein stand mit einer Kladde in der Hand im Türrahmen. Seiner Stimme fehlte die vertraute Fröhlichkeit. Zudem hatte er offensichtlich die morgendliche Rasur ausfallen lassen. Adriano räumte zwei Akten vom Besucherstuhl und bot ihn dem Rechtsmediziner mit einer Handbewegung an.

„Es hat mir keine Ruhe gelassen. Der fehlende Gewebsuntergang, der merkwürdige Kontusionssaum, das passt alles nicht zu einer herkömmlichen Schussverletzung."

„Sondern?", fragte Manuela. Ihr fiel die Konzentration auf die Sache schwer.

„Ja doch, die Pointe kommt gleich. Ich habe mir den Schusskanal vorgenommen, das brachte die nächste Überraschung: Das Kaliber beträgt 7,5 Millimeter. Diese Größe wird gewöhnlich für Langfeuerwaffen und Maschinengewehre produziert. Damit wäre die kinetische Energie aber wesentlich höher gewesen, hätte deutliche Spuren am Einschussdefekt hervorgebracht. Außerdem weist der Schusskanal seltsame Rillen auf. Ich habe daraufhin einige Detailaufnahmen gemacht und sie Professor Esch am Institut für Rechtsmedizin in Bonn geschickt. Er ist eine Koryphäe auf diesem Gebiet. Eine halbe Stunde später hat er mich angerufen und war sich völlig sicher: Bei dem Projektil handelt es sich um einen Pfeil, vermutlich aus Carbon oder einem ähnlichen Material. Die entsprechenden Faserspuren aus dem Schusskanal befinden sich noch im Labor. Professor Esch hat mir Vergleichsaufnahmen geschickt, wenn auch von einem Wildschwein, aber es gibt keinen Zweifel. Alle Einzelheiten findet ihr in dem Bericht." Der Rechtsmediziner deutete auf die Mappe vor ihm auf dem Schreibtisch.

„Mit Pfeil und Bogen, so was hatten wir auch noch nicht", kommentierte Adriano die Ausführungen mit dem Telefonhörer in der Hand. Manuela war bewusst, dass diese Art der Tatwaffe die Ermittlungen nicht erleichtern würde. Immerhin durfte sie jeder Mensch legal besitzen. Plötzlich fiel ihr etwas auf.

„Die Spurensicherung hat bis jetzt keinen Pfeil gefunden. Wie weit kann der noch geflogen sein?"

„Hm, schwer zu sagen. Das Geschoss hat Muskelgewebe und die äußere Halsschlagader durchtrennt, knapp am Halswirbelbereich vorbei. Der Einschusswinkel betrug vom Schützen aus gesehen vier Grad nach oben. Daraus aber Rückschlüsse auf Entfernung, Standort oder Größe des Schützen zu ziehen, halte ich für riskant. Wir haben das Opfer auf dem Rücken liegend vorgefunden, es kann durchaus unmittelbar vor dem Einschuss ins Stolpern geraten sein, der Boden ist dort sehr uneben."

Manuela griff hastig zum Telefon, wählte die Nummer der Kriminaltechnik. Die Kollegen von der Spurensicherung mussten das Gelände nochmals gründlich absuchen und dabei die angrenzenden Bereiche weiträumig mit einbeziehen. Inzwischen hatte

Adriano ein weiteres Telefonat beendet und schüttelte lachend den Kopf.

„Ich habe eben mit diesem Moritz telefoniert. Das ist vielleicht eine Knalltüte. Er sagte, er hatte vierzig Jahre eine Reparaturwerkstatt für Fahrräder, würde jedes Modell an seinem Schatten erkennen. War mit der Nummer sogar schon mal bei *Wetten dass ..?*, ob ich die Sendung nicht gesehen hätte."

„Dann wollen wir ihm mal glauben. Wir benötigen ein Foto dieses Fahrradmodells, kümmere dich bitte drum."

Hajo Klein stand immer noch im Büro, wirkte unschlüssig.

„Ich würde gerne unter vier Augen mit dir reden", sagte er mit ernster Stimme zu Manuela. Also doch, dachte sie und stieß den Atem aus.

Sie gingen in die kleine Kaffeeküche am Ende des Flures. Manuela schloss hinter ihnen die Tür. Hajo presste die Lippen aufeinander, dann gab er sich einen Ruck.

„Ich möchte dich um Asyl bitten."

„Wie bitte?"

„Gitta hat mich vor einer Stunde angerufen. Sie zieht heute noch bei mir ein. Das darf sie, die Wohnung gehört schließlich auch ihr. Wir leben ja nicht einmal in Scheidung. Aber ich möchte keine Minute mehr mit ihr unter einem Dach verbringen. Ich … na ja, ich könnte auch in ein Hotel …"

Sie zog ihn an sich, beendete den Satz mit einem leidenschaftlichen Kuss. „Ich liebe dich", flüsterte sie immer wieder in den kurzen Atempausen. Eng umschlungen pressten sie sich gegen die Tischplatte. Sie spürte sein Verlangen, stöhnte leise, als seine Hand unter ihr T-Shirt glitt und ihre Brust umklammerte. Mit dem ausgestreckten Arm ertastete sie den Schlüssel, drehte ihn um.

13

Frau Grimm wartete gespannt an der Haustür. „Ich komme mit unserem neuen Dienstfahrzeug", hatte Ben am Telefon gesagt. Es hörte sich vielversprechend an. Sollte ihr Chauffeur sich doch noch zu einem zuverlässigen Partner entwickeln?

Das herannahende Donnern weckte Kindheitserinnerungen an die Tage und Nächte im Luftschutzbunker. Kurz darauf hielt ein Gefährt vor ihr, von dem sie annahm, dass es jederzeit auseinanderfallen müsse. Mehr oder weniger kleine Blüten aus aufgequollenem oder abgeplatztem lindgrünem Lack bedeckten die Karosserie fast flächendeckend. Der linke Kotflügel zeichnete sich in einer mattschwarzen Grundierung ab. Als der Motor abgestellt wurde, schüttelte es den Wagen derart, als würde er sich ekeln. Ben begann, die Seitenscheibe herunterzukurbeln. Auf halber Strecke machte diese sich selbstständig und verschwand mit einem unheilvollen Geräusch in der Fahrertür. Mit der Kurbel in der Hand schaute er ihr ratlos hinterher.

„Was ist das?", fragte sie mit grollender Stimme und deutete dabei auf den VW Golf aus der zweiten Hälfte des letzten Jahrhunderts. Ben grinste verlegen.

„Lassen Sie sich nicht von Äußerlichkeiten täuschen, Frau Grimm. Auf die inneren Werte kommt es an, warten Sie's ab."

Mit dem Gedanken an die rosafarbene Alternative stakste sie missmutig um den Wagen. Die Beifahrertür ächzte und knarrte unter der Last des Alters. Von Skepsis getrieben entschloss sich Frau Grimm, die Tür ganz vorsichtig zu schließen, was ihr nicht gelingen wollte.

„Schlagen Sie sie ruhig kräftig zu, die kann was ab."

Sie befolgte seinen Rat. Mit einem lauten Knall schloss sich die Tür. Dabei löste sich die obere Befestigungsschraube des Außenspiegels, der jetzt traurig an der verbliebenen Schraube baumelte.

„Sind alles nur Kleinigkeiten", bemerkte Ben, während er den dritten Versuch unternahm, den Motor anzulassen. „Ich hab das Teil für zweihundert Euro im Internet geschossen. Hammer, oder? Hat sogar noch anderthalb Monate TÜV."

„Werden wohl die letzten sein", bemerkte Frau Grimm skeptisch. Untermalt von monotonem Donnern sprang der Motor endlich an.

„Okay, einen vernünftigen Auspuff muss ich mir noch aufm Schrottplatz besorgen, aber dann ..."

Ben machte einen rundum zufriedenen Eindruck. Frau Grimm hoffte, dass nicht die Einnahme von Drogen der Grund dafür war. Zufrieden stellte sie fest, dass zwar eine Antenne aus dem Kotflügel ragte, aber der Radioschacht leer war.

Heute dürfte sie den Tatort ungestört unter die Lupe nehmen können, dachte Frau Grimm zufrieden. Nach ihrer Erfahrung fehlte der Polizei oft der Blick für die verborgenen Zusammenhänge, sie beurteilten eine Lage oft genug nach dem ersten Anschein. Manchmal waren es die kleinen, scheinbar unbedeutenden Details, die zur Aufklärung eines Mordfalles beitrugen. Und danach wollte sie ungestört suchen.

Kurz nachdem Ben in die Allee eingebogen war, die zum Fürstenberg hinaufführte, hielt er an. Vor ihnen ließ der Fahrer eines Transporters der Kriminaltechnik eine Schulklasse über die Straße zum Fürstenbergstadion. In einem ersten Reflex wollte Ben den Motor abstellen. Die Sorge davor, dass er nicht wieder anspringen könnte, hielt ihn zurück. Frau Grimm runzelte die Stirn. Sie fragte sich, aus welchem Grund der Erkennungsdienst erneut anrückte. In Höhe der Schießanlage der Xantener Schützen warf Ben einen Blick in den Rückspiegel und fluchte. Frau Grimm drehte sich um, sah den Streifenwagen hinter ihnen. Dieses Mal konnten sie die Straße nicht vor ihr absperren, dachte sie zufrieden. Sie wies Ben an, den Golf auf dem Gästeparkplatz des Fürstenberger Hofes abzustellen. Der Streifenwagen folgte ihnen und parkte neben dem Golf. Nachdem die Beamten Bens Papiere kontrolliert hatten, verpassten sie ihm eine Mängelkarte für den defekten Auspuff.

Um unangenehmen Fragen aus dem Weg zu gehen, nahmen sie den Umweg westlich des Fürstenberger Hofes in Kauf. An der nächsten Weggabelung bogen sie ab, spazierten unauffällig über die Querverbindung, die schräg gegenüber des Schlosses endete. Dort angekommen, lugte Frau Grimm vorsichtig um die Ecke.

„Merkwürdig“, murmelte sie. „Was suchen die denn im Kornfeld?“

„Die Kugel, was sonst?“, rief Ben.

„Psst!“

„Die Kugel“, wiederholte er flüsternd, „sie hat das Opfer durchschlagen – peng – und fliegt weiter durch den Zaun – zack – und landet irgendwo im Feld – plopp. Und da liegt sie immer noch.“ Mit dem Zeigefinger malte er die imaginäre Flugbahn in den Sommerhimmel, um ihn schlussendlich müde herabfallen zu lassen.

„Irgendwo im Feld, klar.“

Frau Grimm hielt es für unmöglich, ein Projektil von der Größe einer Pistolen- oder Gewehrkugel im Kornfeld zu finden. Andererseits musste es einen triftigen Grund für diese Aktion geben. Sie sah sich um, gab Ben ein Zeichen, ihr zu folgen. Um das lang gezogene Gebäude einer Wasserversorgungsanlage herum erreichten sie ihren Beobachtungsposten. Im Schutz der angrenzenden Bäume und Sträucher, direkt am Feldrand gelegen, bot die Stelle einen erstklassigen Überblick. Frau Grimm öffnete die Handtasche und entnahm ihr ein Opernglas. Im Abstand von ungefähr eineinhalb Metern schritten acht Personen in einer Reihe über das Feld. Mit langen Stäben drückten sie vorsichtig das Getreide zur Seite. Nachdem sie das Schauspiel zehn Minuten ratlos beobachtet hatten, kamen ihnen die Spurensucher jetzt bedrohlich nahe.

„Rückzug“, zischte Frau Grimm.

Hinter dem schützenden Laub eines Strauches an der Straßenseite fanden sie ein geeignetes Versteck, ohne den nötigen Überblick aufgeben zu müssen. Ein Drittel des Feldes schritten die Männer und eine Frau der Spurensicherung ab, dann kehrten sie um. Der linke drehte sich auf der Stelle, die anderen liefen im Halbkreis um ihn herum. Etwa zwölf Meter versetzt schritten sie zurück. Kaum waren sie außer Sichtweite, nahmen Ben und Frau Grimm ihren alten Posten wieder ein. Als die Gruppe das zweite Mal zurückkam, hob die Frau auf halber Strecke plötzlich den Arm. Sofort blieb die Reihe stehen. Die Frau bückte sich. Frau Grimm justierte ihr Opernglas. Sekunden später hielt die Frau offensichtlich triumphierend einen länglichen, dünnen Gegenstand hoch.

„Das ist … das ist doch …“, stotterte Frau Grimm. Ben stellte sich auf die Zehenspitzen, versuchte über ihre Schultern hinweg einen Blick zu erhaschen. Die Gruppe lief weiter. Nur wenige Meter vor der Sichtlinie ihrer Beobachter wurden sie erneut fündig. Gebannt starrte Frau Grimm durch das Opernglas.

„Das sieht aus wie ein Pfeil“, bemerkte Ben trocken, der die Spannung nicht ausgehalten und sich an ihr vorbeigeschoben hatte. Mit einem beherzten Griff zog sie ihn am Kragen zurück.

„Geh zur Seite, verdammt“, fluchte sie leise. Frau Grimm hatte das Opernglas jetzt gegen die Digitalkamera getauscht, das Objektiv auf die größtmögliche Vergrößerung eingestellt. Dann bemerkte sie das blinkende Licht der Batterieanzeige. In dem Augenblick, da sie den Auslöser betätigen wollte, fuhr das Objektiv von leisem Surren begleitet ein und der Monitor erlosch. „Mist“, fluchte sie leise, hängte sich die Kamera über die Schulter, um in ihrer Handtasche nach dem Ersatzakku zu suchen.

„Halten Sie mal“, wies sie Ben an und begann damit, alles, was nicht nach einem Akku aussah, in Bens offene Handflächen abzulegen. Verdutzt betrachtete dieser einen Wollschal, ein Butterbrot älteren Datums, eine Lupe, Papiertaschentücher und zuletzt eine halbe Rolle Klopapier. Schließlich fand Frau Grimm die kleine Batterie und wechselte sie. Hektisch schaltete sie die Kamera ein und richtete sie erneut aus.

Drei Männer standen dicht beieinander und beobachteten den Fund. Leider verdeckte einer von ihnen fast vollständig die Sicht darauf. Endlich rückte er zur Seite. Drei Sekunden später verschwand der Pfeil in einer Plastiktüte. Drei Sekunden, die nicht nur für eine brauchbare Aufnahme reichten, sondern ihren Kenntnishorizont entscheidend erweiterten. Dass sie diesen Pfeil mit einer Art Pinzette anfassten und sich die langen, dunklen Schlieren darauf genauer ansahen, konnte nur eine einzige Bedeutung haben …

14

„Drei Millionen?“

Er war darum bemüht, seiner Stimme einen ungläubigen Unterton zu verleihen. Im ersten Moment war sein Puls in die Höhe geschossen. Sein Blick haftete immer noch auf dem Foto, das sie ihm mit einem überlegenen Ausdruck gereicht hatte und das es so schwer machte, die Euphorie zu unterdrücken. Er spürte eine Schweißperle, die sich zwischen seinen Schulterblättern löste und eiskalt den Rücken hinunterglitt. Dann gab er sich einen Ruck, atmete theatralisch aus, schob die Hände in die Hosentaschen, wandte sich ab und ging mit kleinen Schritten zum Fenster. Zwischen den Kronen zweier Rotbuchen bot sich ein weitreichender Blick auf den Altrhein. Ruhig und regungslos wie ein Gemälde breitete sich die flache Landschaft dahinter aus. Der Lärm der Bundesstraße verfing sich irgendwo im Laub der weiter unten stehenden Bäume oder wurde vom Wind fortgetragen. Durch das offene Fenster drang der unregelmäßige Trommelwirbel eines Grünspechtes herein.

„Er ist es wert“, bemerkte sie lakonisch.

Ja, wahrhaftig, dachte er. Er ist es wert. Er würde sogar ein Vielfaches bezahlen. Seine Erinnerung flog durch die vielen Nächte, in denen die Angst ihn wach gehalten hatte. Die Angst, jemand könnte ihn finden. In den letzten Tagen hatte er mehr Zeit auf der Dachterrasse verbracht als in seinem Büro. Von hier aus hatte er den Überblick über das gesamte Gelände hinter der Kapelle.

Nur eine Handbreit waren die Grabungsarbeiter von ihm entfernt gewesen, das war ihm jetzt bewusst. In jeder Sekunde hätte mit einem Handgriff, einem Kellenstich die Bombe platzen können. Einen weiteren Tag hätte er nicht durchgehalten. Das Wochenende kam gerade recht, um den letzten kleinen Zweifel auszuräumen. Doch so glücklich er auch über seinen Fund gewesen war – diese eine Nacht hatte er noch warten müssen. Er hatte den Termin am Samstagabend nicht absagen können. Und dann kam ihm auch noch dieser verdammte Archäologe in die Quere! Der Gedanke an die Nacht zum Sonntag ließ seinen Puls beschleunigen. Er war so verdammt nah dran, als die Schrittgeräusche an sein Ohr gedrungen waren. Dann war alles still, totenstill. Potverdikkie, warum musste dieser Roth sofort plaudern?

„Er ist von mir!"

Sie zündete eine Zigarette an. In einem ersten Reflex sah er sich nach einem Aschenbecher um. Vergeblich. Sie stieß den Rauch aus, der vom hereinwehenden Sommerwind verwirbelt wurde.

„Können Sie das beweisen?"

Ihr provokanter Unterton prallte an ihm ab. Er war lange genug in diesem Geschäft, kannte die Regeln. Auch wenn er sich nicht mehr daran erinnern konnte, wann er das letzte Mal der Verlierer gewesen war.

„Wer weiß da noch von ab?"

„Bis jetzt niemand."

„Was ist mit Ihrem Mann?"

Sie bedachte ihn mit einem überlegenen Lächeln.

„Er ist zum Schweigen verdammt."

Er fragte sich, ob sie für drei Millionen Euro schweigen würde. Für immer. Und noch eine weitere Frage quälte ihn seit diesem Abend. Doch er wagte es nicht, sie zu stellen.

„In Ordnung, ich bin damit einverstanden. Wann und wo?"

Sie nahm einen tiefen Zug von ihrer Zigarette, blies den Qualm an die Decke.

„Es ist noch zu früh. Sie hören von mir."

Schwerfällig, von leisem Quietschen begleitet, schob sich das Eisentor durch den Kies. In dem Augenblick, da sie die Beifahrertür öffnete, startete der Motor.

„Und? Zahlt er?"

„Ihm bleibt keine Wahl."
Sie klatschten sich mit der flachen Hand ab.
„Nie mehr Annabelle?"
„Nie mehr Annabelle."

15

Immer wieder fanden vereinzelte Sonnenstrahlen den Weg durch das Laubdach der Allee am Fürstenberg, tanzten über die Scheiben und sorgten für ein Blinzeln beim Betrachter. Ein Wohnmobil mit gelbem Nummernschild bog vor ihnen ab. Soeben hatte Manuela vom Erfolg der Spurenermittler erfahren. Sie mussten sich knapp verpasst haben.

Hajos Ergebnis hatte sich bestätigt. An einem der drei gefundenen Pfeile befand sich Blut. Zudem konnten ihre Mitarbeiter im Labor die Fasern aus dem Schusskanal zweifelsfrei als Carbonfasern bestimmen. Auf die Zuordnung mussten sie zwar noch warten, aber für Manuela war schon jetzt klar, um wessen Blut es sich handelte. Auf Fingerabdrücke an den Pfeilen hatte sie vergeblich gehofft. Der Täter hatte offensichtlich einen Handschuh getragen. In einem Gebüsch an der Ostseite hatten die Kollegen weitere Spuren entdeckt. Es könnte sich um den Standort des Schützen handeln.

Adriano parkte den Wagen gegenüber der Kapelle. Wenig später standen sie vor dem zweiflügeligen Eisentor. Dichtes Strauchwerk umrankte den oberen Bereich und erweckte den Eindruck, als sei es seit einer Ewigkeit nicht mehr geöffnet worden. Nur die Schleifspuren im Kies sprachen dagegen. Durch die Stäbe glitt Manuelas Blick über einen ausladenden, mit hellem Kies bedeckten Weg auf das in einem gelben Pastellton gestrichene Hauptgebäude. Um ein Rondell konnten Besucher standesgemäß vor das Hauptportal fahren.

„Keiner zu Hause", bemerkte Adriano, der mehrmals den Klingelknopf am rechten Torpfosten betätigt hatte. Manuela war am Vortag eine Dachterrasse an der Rückseite aufgefallen.

Adriano hob eines der Zaunelemente aus dem Betonsockel und schaffte stöhnend einen schmalen Eingang zum Grabungsfeld. Sie liefen links an der Kapelle vorbei über eine Wiese in den hinteren Bereich. Von hier aus konnten sie einen Blick auf die Dachterrasse des Schlosses werfen, sie war leer. Manuela wunderte sich über den alten Antennenmast. Sie zog ihr Handy aus der Tasche am Gürtel und wählte die Nummer des Eigentümers. Nach viermaligem Klingeln änderte sich der Klang des Ruftons, fast zeitgleich vernahm sie eine blecherne Melodie aus der Richtung des Grabungsfeldes. Sie unterbrach den Anruf und lief dorthin.

Aus einer Grube am Rande des Hanges ragte der Oberkörper eines Mannes in einem dunkelroten kurzärmeligen Hemd.

„Was wollen Sie hier?“, blaffte er die Polizisten an. Manuela sprang mit einem Satz zu ihm hinunter. Adriano zögerte, warf einen kurzen Blick auf seine polierten Schuhe und folgte ihr. Die Hauptkommissarin hielt dem Mann ihren Dienstausweis entgegen.

„Manuela Warnke, Kripo Wesel, das ist mein Kollege Andreas Steilmann. Wie ist Ihr Name?“

Der Mann überragte sie um mehr als einen Kopf. Die Sonne spiegelte sich in den kleinen Schweißperlen auf seiner Glatze. Die kleinen dunkelblauen Augen lagen tief zurück. Zahllose Falten und Furchen zogen über sein Gesicht und ließen es wie ein zerklüftetes Bergmassiv wirken. Er drückte sein Kreuz durch. Die Muskeln im Brustbereich spannten das Hemd.

„Steen van Bruneck.“ Seine Augen bohrten sich in die von Manuela. Er reichte ihr die Hand. Sein Händedruck war fest, tat ihr weh.

„Ich bin der Eigentümer von diese Grundstück und diese bescheidene Häuschen“, bemerkte er mit niederländischem Akzent und deutete mit dem ausgestreckten Arm auf Schloss Fürstenberg.

„Schön, Herr van Bruneck. Das gibt Ihnen aber nicht das Recht, einen abgesperrten Tatort zu betreten!“

„Tatort? Das war eine Tatort, vorgestern. Nun ist es wieder eine Baustelle."

Manuela versuchte, den Ausdruck seiner Augen zu deuten. Er wirkte gleichermaßen freundlich wie fordernd.

„Herr van Bruneck", übernahm Adriano, „wann ein Tatort freigegeben wird, bestimmt in Deutschland die Polizei und nicht der Eigentümer."

Van Bruneck bedachte ihn mit einem herablassenden Blick.

„Nachdem das geklärt sein dürfte, würde ich gerne wissen, wie Ihr Verhältnis zu Bernd Roth war."

„Ich habe kein Verhältnis gehabt mit diesem arroganten Maulwurf."

„Nach unseren Informationen gab es häufiger Meinungsverschiedenheiten zwischen Ihnen und Herrn Roth."

Eine Wespe krabbelte über den Kopf des Hünen. Manuela wollte sie in einem Reflex vertreiben, doch er kam ihr zuvor, schlug sie mit der flachen Hand tot und wischte sie achtlos weg.

„Das stimmt. Aber das ist normal, denke ich. Ich bin Investor, möchte mein Geld für mich arbeiten lassen. Aber das funktioniert nicht, wenn es hier in der Sonne liegt, verstehen Sie das?"

Manuela nickte.

„Ja, und die Archäologe interessiert allein, was in die Erde verborgen ist. Das wollen sie gerne wissen und dafür habe sie viel Zeit. Aber wer bezahlt die Zeit?"

Adriano zeigte auf Stuckateureisen, Handpickel und eine Schaufel am Rande der Ausgrabung, an deren Stelle sich auf dem letzten Foto, das Bernd Roth geschossen hatte, der ominöse Eimer befunden hatte.

„Sie führen hier private Ausgrabungen durch?"

„Ich helfe ein wenig. Die Artefakte habe ich die Archäologen gezeigt. Ich wollte sie sogar für das Museum geben. Aber sie habe gesagt, von die Münze und Pfeilspitze habe sie genug. Die ware eigentlich okay, nur dieser Roth nicht. Er wollte mich anzeigen."

„Und da haben Sie ihn umgebracht“, folgerte Adriano. Manuela hob die Mundwinkel. Sie ahnte die Antwort. Van Bruneck neigte mitleidig den Kopf.

„Ja, das stimmt, junger Mann. Mich drohte eine Geldstrafe bis fünftausend Euro. Wat zal ik doen? Mich mit die Hut an eine Gracht in Amsterdam setzen? Was ist das für ein Leben, frage ich Sie? Also musste ich ihn töten.“

Adriano verzog das Gesicht. „Sie könnten etwas gefunden haben, das wertvoller als Münzen oder Pfeilspitzen ist.“

„Und was sollte das sein? Der Schatz von die Nibelunge?“ Van Bruneck lachte trocken.

Manuela fragte sich, woher er diese Selbstsicherheit nahm.

„Sie haben für den Kauf des Schlosses und dieses Areals hier sehr viel investiert. Für den Aufbau der Klosteranlage dürfte noch einmal eine beträchtliche Summe hinzukommen. Warum machen Sie das?“

„Weil es sich lohne wird. Vielleicht möchte ich auch an mein Alter denke.“

„Vielleicht hat Herr Roth auch etwas entdeckt, das sich für Sie viel mehr lohnen wird. Herr van Bruneck, wo waren Sie am Samstag zwischen 22 und 23 Uhr?“

„Im Bett, ich bin gestern Morgen um zeven Ühr nar Amsterdam gefahren.“

„Ich nehme an alleine.“

„Sehe ich so schrecklich aus?“

Manuela ignorierte die Gegenfrage. Van Bruneck machte keinen Hehl aus seiner Abneigung gegen den Ermordeten, er gab unumwunden illegale Grabungen zu und das fehlende Alibi nahm er mit Humor. Er agierte souverän aus dem Wissen, dass sie ihm kein Motiv nachweisen konnten, dachte sie. Ihr Blick wanderte gedankenverloren durch die trapezförmige Grube. Die leere Aushebung von der Größe eines Grabes wirkte wie ein Fingerzeig.

„Warum haben Sie ausgerechnet dort gegraben?“

„Weil es niemand anders gemacht hätte. Die Befunde habe sie beschriebe“, er zeigte auf die aus dem Boden ragenden säulenähnlichen Fragmente, „damit war die Arbeit von die Archäologen an dieser Stelle erledigt. Alles, was in die Erde liegt, würde dort für immer bleiben. Ich habe mit meine Metalldetektor den Boden abgesucht. Ja und an diese Stelle hat er etwas angezeigt. Leider ware es nur eine Handvoll Münzen.“

„Gut. Bitte verlassen Sie jetzt das Gelände. Wir geben Ihnen Bescheid, sobald der Tatort freigegeben wird.“

Kopfschüttelnd ging van Bruneck über die Rampe in der Ecke der Grube und lief strammen Schrittes auf den Spalt im Zaun zu.

„Du glaubst ihm?“

„Im Moment bleibt uns nichts anderes übrig.“

Wenige Meter entfernt erkannte Manuela die Gipsreste der Kriminaltechniker. Sie zwängte sich daneben durch das Strauchwerk. Adriano folgte ihr.

„Eine gute Schussposition“, bemerkte Adriano. Tatsächlich gewährte eine kleine Lücke im Gebüsch eine hervorragende Aussicht über das gesamte Grabungsareal.

„Stimmt. Aber ...“ Manuela strich sich nachdenklich durch die Haare. „Bis zum Standort von Bernd Roth sind es locker zwanzig Meter, bis zur Straße noch einmal dreißig. Die Pfeile wurden im Feld dort hinten gefunden. Das bedeutet, der Pfeil muss den Hals des Opfers durchschlagen haben und danach noch gut fünfzig Meter weitergeflogen sein.“

Sie schüttelte ungläubig den Kopf.

„Das halte ich auch für unwahrscheinlich. Aber die Spusi hat ihn nun mal im Feld gefunden. Wie kommt er dorthin?“

„Die Frage muss lauten: Warum?“

„Für den Fall, dass sie nach einem Durchschuss nicht mehr so weit fliegen, wollte der Täter die Pfeile schlichtweg entsorgen. Was wiederum bedeutet, dass wir über Hersteller und Fabrikat auch nicht weiterkommen dürften. So blöd wird niemand sein."

Auf dem Weg zum Auto erreichte Manuela der Anruf von Mareike. Ferdinand Blomberg hatte sich bereits zweimal gemeldet, wollte unbedingt den leitenden Ermittler sprechen. Seine Firma hatte ihren Sitz in einem Gewerbebiet an der Sonsbecker Straße. Manuela warf einen Blick auf die Uhr. Es ärgerte sie maßlos, ihre Ermittlungen auf eine zu diesem Zeitpunkt völlig überflüssige Pressekonferenz abzustimmen. Eine simple Meldung an die Medien hätte ihrer Meinung nach völlig ausgereicht.

Nach wenigen Minuten erreichten sie den Hof der Firma Blomberg & Co am Maulbeerkamp. Verwundert betrachtete Manuela die auf dem weiträumigen Gelände abgestellten Kipplaster, Bagger und Raupen. Adriano stellte den Wagen vor einem Flachbau aus Sichtmauerwerk ab. Vor der Tür erklärte ihnen ein Mittdreißiger mit einer Zigarette in der Hand den Weg zum Chefbüro.

„Das ging aber fix."

Freundlich reichte Ferdinand Blomberg den Polizisten die Hand. Manuela war angenehm überrascht. Sie hatte einen wütenden Firmeninhaber erwartet, der sie mit der schroffen Forderung nach der Freigabe des Geländes begrüßen würde. Blomberg servierte ihnen Mineralwasser. Dann wurde seine Miene ernst.

„Können Sie schon abschätzen, wann die Beerdigung stattfindet?"

„Nein, aber ich sorge dafür, dass man Sie umgehend informiert. Ich nehme an, das ist nicht der einzige Grund, weshalb Sie uns sprechen wollten?"

Der grauhaarige Firmeninhaber lehnte sich zurück, verschränkte die Hände. Die rötliche Gesichtsfarbe in Verbindung mit seiner grobporigen Haut ließ darauf schließen, dass er nicht die meiste Zeit des Tages im Büro verbrachte.

„Ich habe vollstes Verständnis für Ihre Arbeit. Wir alle wollen, dass die schreckliche Tat aufgeklärt wird. Allerdings …", er schürzte die Lippen, „wissen Sie, ich habe acht meiner Leute für die Grabungsstelle Fürstenberg abgestellt. Die kann ich jetzt nicht kurzfristig woanders einsetzen."

„Wir geben unser Bestes, Herr Blomberg. Herr Roth hat die Ausgrabungen genauestens protokolliert und sie abends oder, wie zuletzt geschehen, am Wochenende kontrolliert. Haben Sie ihn damit beauftragt?"

Blomberg schüttelte den Kopf.

„Das brauchte ich nicht. Bernd war sehr engagiert, er trug als Grabungsleiter ja auch die Verantwortung. Er hatte sehr früh den Verdacht der Raubgrabung. Wie wir gestern feststellen mussten, vollkommen zu Recht. Das habe ich in dieser Dreistigkeit noch nie erlebt."

„Weshalb haben Sie Herrn van Bruneck nicht angezeigt?"

„Weil uns die Beweise fehlen. Wir haben leider nicht die Möglichkeit, das Grundstück rund um die Uhr bewachen zu lassen."

„Wozu eigentlich der Aufwand? Ich meine, was kann van Bruneck dort gesucht haben?", wollte Adriano wissen.

Der Oberkommissar konnte nicht glauben, dass ein Multimillionär derartige Anstrengungen unternahm, um an eine Handvoll alter Münzen zu gelangen.

„Das weiß ich nicht. In der Archäologie weiß man nie so genau, was einen erwartet. Ich kann Ihnen wohl sagen, was er gefunden hat. Die Überreste eines außerhalb von Vetera gelegenen Tempels, der vermutlich in der Mitte des ersten Jahrhunderts erbaut worden ist."

Manuela und Adriano tauschten einen kurzen Blick. Die ruhige und sachliche Art, in der Blomberg den Fund kommentierte, deutete nicht gerade auf eine archäologische Sensation hin. Blomberg schien ihre Gedanken zu erahnen.

„Der Fund ist schon etwas Besonderes. In Archäologenkreisen

kursierte immer wieder mal die Vermutung, dass das Kloster im zwölften Jahrhundert auf den Grundmauern von Profanbauten oder sogar einem Tempel errichtet worden ist, ein ernst zu nehmender Hinweis darauf fehlte allerdings lange Zeit. Bis eine archäologische Luftbildaufnahme im vorigen Jahr die Umrisse eines Tempels andeutete."

Sein Handy meldete sich. Ferdinand Blomberg versprach einen Rückruf. Manuela dachte an die Pläne van Brunecks, das Kloster zu rekonstruieren. Würde dieser Tempelfund alles durchkreuzen?

„Sie wollen damit andeuten, van Bruneck konnte von dem Tempel wissen?", hakte Adriano nach.

„Durchaus. Diese Luftbildaufnahme wurde in einer Fachzeitschrift veröffentlicht, ist somit jedem zugänglich. Ein gewisses Grundwissen vorausgesetzt, kann man darauf die Art des Gebäudes erahnen."

Manuela kamen Zweifel. Van Bruneck betrieb einen enormen Aufwand. Sollte der Kauf von Schloss Fürstenberg und dem angrenzenden Grundstück mit der Kapelle sowie der Plan, das ehemalige Kloster wieder aufzubauen, eine Finte sein?

„Herr Blomberg, kann es sich nicht genauso gut um einen Zufallsfund im Rahmen der Baumaßnahme handeln?"

Der Unternehmer zögerte einen kleinen Moment, schüttelte dann den Kopf.

„Van Bruneck besitzt einen alten Grundriss der Klosteranlage. Dieser bestimmt letztendlich auch die Ausmaße unserer Arbeit. Der Ort, an dem der Tempel liegt, befindet sich im Innenhof der ehemaligen Anlage. Überreste von Grundmauern wird man dort also vergeblich suchen. Unsere Grabungen beziehen sich aber ausschließlich auf Bereiche, die für die Baumaßnahme relevant sind. Alles andere interessiert uns nicht. Was bedeutet, dass wir dort nicht tätig geworden wären. Dass die illegale Ausgrabung ausgerechnet dort stattgefunden hat, spricht dafür, dass der oder die Täter wussten, was sie dort finden. Raubgrabungen in dieser Größenordnung sind nie zufällig."

„Gut." Manuela hob die rechte Hand als Zeichen für einen Einwurf. Es fiel ihr schwer, den bekannten Fakten eine plausible Erklärung abzugewinnen. „Nehmen wir an, van Bruneck wollte diesen Tempel finden. Was macht ihn so begehrenswert? Ich meine, würde es sich lohnen, ihn in einer Art Freilichtmuseum zu präsentieren?"

Der Chef der Grabungsfirma wischte ihren Ansatz mit einem milden Lächeln beiseite.

„In Xanten? Da könnten Sie auch in der Sahara Sand verkaufen. Nein, da bietet der Archäologische Park weit mehr. Selbst ein halbwegs wiederaufgebautes Kloster wäre gewinnversprechender. Hier schlummern eine Menge Relikte aus der Antike im Boden, von denen die Archäologen zwar wissen, die sie aber dort belassen, um sie vor Witterungseinflüssen und somit dem Verfall zu schützen. Vermutlich wird auch der Tempel wieder Mutter Erde übergeben."

Manuela befiel zunehmend das Gefühl, den falschen Ansatz zu verfolgen. Auch wenn van Brunecks Vorgehensweise illegal war, so fiel sie nicht in ihren Kompetenzbereich. Sie hatten einen Mordfall aufzuklären. Die kurzzeitige These, Roth habe van Bruneck überrascht und es sei zum Streit mit tödlichem Ausgang gekommen, wurde durch den Fund der Kriminaltechniker vor wenigen Stunden widerlegt. Es handelte sich definitiv um vorsätzliche Tötung. Und dafür schien der Kunsthändler nicht das geringste Motiv zu haben, von einer für ihn lapidaren Geldstrafe abgesehen. Ihr Kollege wollte sich damit jedoch nicht abfinden.

„Da ist noch diese zweite Grabung innerhalb dieser ... Tempelgrube. Herr van Bruneck behauptet, mit einem Metalldetektor Münzen gefunden zu haben. Können dort möglicherweise noch mehr liegen und war das vielleicht der Grund für die Ausgrabung?"

Blomberg stand schmunzelnd auf. Aus der obersten Schublade eines Schrankes hinter sich nahm er eine Papierrolle. Mit flinken Fingern räumte er den Schreibtischbereich vor Adriano frei und rollte das Papier aus. Es handelte sich um eine Luftaufnahme, die das Gelände des Fürstenberges zwischen Birten und dem Augustusring zeigte. Blomberg umkreiste mit dem linken Zeigefinger fast den gesamten Bildausschnitt.

„Auf diesem Gebiet befand sich das Militärlager Castra Vetera. Es handelt sich heute um sechzig Hektar Ackerland, auf dem früher überwiegend Legionäre gelebt haben. Das war eine für damalige Verhältnisse riesige Ansiedlung. Wenn dieses Areal archäologisch aufgearbeitet wird, könnte man vermutlich ein Museum von der Größe des Doms bauen, um die Funde auszustellen. Seit Jahrzehnten kommen Sondengänger dorthin und haben tütenweise Münzen und andere Artefakte abgeschleppt. Das ist zum Glück heutzutage streng verboten." Blomberg rollte die Karte zusammen und legte sie zurück.

„Wenn dieser van Bruneck an antike Münzen gelangen wollte, hätte er es einfacher haben können. Die bekommen Sie bei jedem gut sortierten Münzhändler oder direkt im Internet. Ich kann Ihnen beim besten Willen nicht sagen, was diesen Mann antreibt, aber das bestimmt nicht."

„Es handelte sich doch um einen heiligen Ort. Wäre es nicht denkbar, dass die Römer ihre Schätze dort untergebracht haben?"

„Würden Sie Ihren Besitz im Vorgarten lagern?"

Adriano sah ihn nur verwundert an.

„Der Tempel lag außerhalb der Befestigungsanlage von Vetera, das würde keinen Sinn ergeben."

Resigniert verzog der Oberkommissar die Mundwinkel. Manuela stand auf und reichte Blomberg die Hand.

„Bleibt nur die gute alte Eifersucht", murmelte Manuela.

Sie bemühte sich um eine klare Sichtweise. Tief in ihrem Innern keimte der Verdacht gegen van Bruneck weiter. Immerhin hatte er nach Blombergs Aussage gezielt dort gegraben und das mit Sicherheit nicht, weil es kein anderer mehr machen würde. Ihr Bauchgefühl mahnte sie davor, den Ansatz leichtfertig zu verwerfen. Sie sah das Foto vor sich, das letzte Lebenszeichen des Opfers. Geschossen von der Stelle, an der wenig später die Erde ausgehoben worden war.

„Zurück nach Wesel?", riss Adriano sie aus ihren Überlegungen.

„Ja."

Der Gedanke an van Bruneck verfolgte sie während der gesamten Rückfahrt. Seine überhebliche, selbstsichere Art, der Umstand, dass er so viel Geld investiert und dort gegraben hatte, all das warf Fragen auf. Aber dann fiel ihr das Fahrrad ein. Van Bruneck wäre kaum mit dem Fahrrad dahin gefahren.

16

Über eine Stunde wanderten Frau Grimm und Ben weiträumig um das abgesperrte Gelände am Fürstenberg. Dabei hatten sie die Gelegenheit genutzt, mögliche Wege ausfindig zu machen, über die der Täter unerkannt hätte zum Tatort gelangen können. Es war ihnen nicht gelungen. Allem Anschein nach bot der asphaltierte Feldweg die einzige Möglichkeit. Nachdem die Truppe der Kriminaltechnik ihre Sachen in dem Kleinbus verstaut hatte und gefahren war, schien der Weg frei. Vorsichtig hatte Ben das Zaunelement hinter sich zurück in den Betonfuß gehoben. In dem sicheren Gefühl, alleine zu sein, waren sie strammen Schrittes auf die Ausgrabungsfläche zugelaufen. Erst im letzten Augenblick hatte Frau Grimm den breitschultrigen Glatzkopf in der Grube bemerkt.

„Der Mörder kehrt immer zum Tatort zurück", hatte Ben mit dunkler Stimme geflüstert. Während Frau Grimm den möglichen Wahrheitsgehalt dieser Aussage überdacht und kurzzeitig mit dem Gedanken gespielt hatte, in die Offensive zu gehen, hatte sie vom Zaun her die bekannten Stimmen von Manuela und Adriano vernommen.

„Dass man nie ungestört am Tatort arbeiten kann", hatte Frau Grimm geflucht.

Nun, eine Viertelstunde später, steckte sie zufrieden den Notizblock ein. Nur einmal war es brenzlig geworden, als Manuela und Adriano wenige Meter neben ihnen an dem vermeintlichen Ort stehen geblieben waren, von dem der Täter geschossen hatte. Frau Grimm streifte sich Blätter und Ungeziefer vom Sommermantel. Ben machte sie zum vierten Mal auf seinen knurrenden Magen aufmerksam. Sie befanden sich immer noch auf dem schmalen, unzugänglichen Gelände an der Grundstücksgrenze, hinter dem der Fürstenberg, von Bäumen verdeckt, fast steil zur nahen Bundesstraße abfiel. Der Zugang aus Richtung Xanten, im Rücken von Schloss Fürstenberg, war kaum möglich. Frau Grimm streckte ihr Rückgrat durch und dachte nach. Wenn der tödliche Schuss tatsächlich von hier erfolgt war, dürfte es keinen Kontakt zwischen Täter und Opfer gegeben haben. Sie dürften sich demnach auch nicht verabredet haben. Der Mörder könnte in dem Gebüsch auf sein Opfer gewartet haben. „Mein Mann ist an einem Samstagabend noch nie dorthin gefahren", schossen ihr die Worte von Julia Roth durch den Kopf. Gertrud Grimm verwarf den Gedanken und überlegte weiter: Der Täter hat sein Opfer offensichtlich observiert, ist ihm an diesem Abend nachgefahren oder hat ihn zumindest wegfahren sehen. In dem Fall war Bernd Roth bereits hier, als der Täter eintraf. Dieser hätte also nicht unerkannt in das Gebüsch in Blick- und Schussrichtung Roths gelangen können. Ein Auto auf dem Zufahrtsweg abzustellen, wäre zu riskant gewesen. Es gab nur eine Möglichkeit: Der Täter musste sich aus der anderen Richtung angeschlichen haben.

Sie wies Ben an, hinter ihr zu bleiben, und schritt, den Blick auf den Boden gerichtet, über Laub und loses Geäst am Zaun entlang. Immer wieder fielen ihr zerbrochene Zweige und Hölzer auf. Leider waren diese zu breitflächig für eine einzelne Spur. Die Spurensucher hatten mal wieder alles zertrampelt, ärgerte sich die Seniorin. Über einen umgestürzten Baum tasteten sie sich vorsichtig einen kleinen Hang hinab, der in die Kurve eines Hohlweges führte. Rechts von ihnen verlief der schmale Pfad über eine leichte Anhöhe in einem breiten, von Gras und Wildblumen bewachsenen Streifen entlang eines grünen Maschendrahtzaunes, der van Brunecks Grundstück abgrenzte. Geradeaus führte der Weg mit einem starken Gefälle hinab, vermutlich zur nahen Bundesstraße. Durch das Laub der Bäume zu ihrer Linken zeichnete sich das weiße Dach der Tankstelle ab. Weiter rechts glänzte die spiegelglatte Oberfläche des Altrheines in der Sonne. Frau Grimms Aufmerksamkeit galt dem Hohlweg. Ihm hatten die Spurensucher offenbar kein gesondertes Interesse geschenkt. Vor wenigen Minuten hatte Camel ihr telefonisch mitgeteilt, dass die Polizei ein Herrenrad der Firma Batavus suchte. Der BMW von Roth, aus dessen Reifen die Luft gelassen wurde, das vermeintliche Fahrrad des Täters – all dies hatte die Sinne der Ermittler vernebelt. Der erste Schein ist trügerisch, so viel wusste die Detektivin. Dabei schien nun klar, dass es sich um keine Tat im Affekt gehandelt hatte. Der Täter hatte demnach Zeit, sich vorzubereiten, seinen Fluchtweg zu planen. Vorsichtig ging sie am Rand des Weges bergab, den Blick auf den Boden gerichtet. In der Mitte zeichnete sich eine zwanzig Zentimeter breite Vertiefung ab. Die dunkle Erde deutete darauf hin, dass sie vom Regen gebildet worden war. Nach wenigen Metern wurde Gertrud Grimm fündig. Aus dem Laub an der linken Seite führte eine schmale Spur in die Rinne. Frau Grimm ging unvermittelt in die Hocke, Ben lief gegen sie.

„Passen Sie doch auf!"

„Was suchen wir hier überhaupt?"

„Spuren."

„Aha."

Frau Grimms Augen befanden sich eine Handbreit über dem Boden. An einigen Stellen war das feine Profil eines Fahrradreifens deutlich zu erkennen. Einige Handbreit dahinter verlief ein breiterer Profilabdruck, ihm gegenüber erkannte sie einige Fragmente desselben Profils. Dazwischen befanden sich mehrere Fußabdrücke. Es musste sich um eine glatte Schuhsohle handeln. Sie kramte ihre Kamera aus der Tasche und machte einige Nahaufnahmen.

„Das ist äußerst interessant", murmelte sie und richtete sich wieder auf. Ben hatte ihr über die Schulter zugesehen. Ihm entzog sich jegliche Bedeutung dieser Erkenntnis.

„Also, für mich sieht das wie 'ne normale Fahrradspur aus."

„Ach ja? Und der Weg? Der sieht für Sie vermutlich wie ein normaler Fahrradweg aus, ja? Außerdem ist die Spur keineswegs normal. Es sei denn, es hätte ein Elefant auf dem Rad gesessen."

Schweigend betrachtete er abwechselnd Frau Grimm und die

ominöse Spur vor ihren Füßen. Die Rillen waren ungewöhnlich tief. Immer wieder tauchten einzelne Fußabdrücke neben der Reifenspur auf und verschwanden im Laub am Rand des Weges.

„Ein Mountainbiker war das auch nicht. Die haben viel breitere Reifen ..." Zögerlich schob er seine Kappe zurecht. „Vielleicht ist die Spur vom Täter?"

Gertrud Grimm verdrehte die Augen und folgte der Reifenspur hangabwärts. Etwa vier Meter weiter unten lag ein unterarmdicker Ast quer über dem Weg. Die Spur führte direkt dahinter weiter. Frau Grimm drängte ihren Chauffeur an den Rand und zog erneut die Kamera heraus. Im Bereich des Astes und drei Meter weiter waren rund ein Dutzend Fragmente von Fußabdrücken erkennbar.

„Da scheint der Typ hingeknallt zu sein", bemerkte Ben mit einem Fingerzeig auf den Ast. Frau Grimm schüttelte langsam den Kopf. Sie ging im tiefen Laub am äußeren Rand des Weges drei Schritte abwärts.

„Das halte ich für unwahrscheinlich. Hier enden die Fußabdrücke oder besser, beginnen sie. Wäre er hier gestürzt, weshalb sollte er drei Schritte zurückgehen, anstatt das Fahrrad aufzuheben und weiterzufahren? Im Übrigen handelt es sich offenbar um unterschiedliche Fußspuren. Sie deuten darauf hin, dass das Fahrrad geschoben wurde."

„Ein Fußgänger und ein Radfahrer?" Ben hob ratlos die Schultern.

„Möglich. Durch die Erschütterung bei der Fahrt über den Ast könnte etwas heruntergefallen sein. Etwas, das auf gar keinen Fall gefunden werden darf." Sie verlieh ihrer Stimme einen geheimnisvollen Unterton. „Und dort drüben", sie deutete mit dem ausgestreckten Arm zu der Stelle, an der die Fahrradspur begann, „befinden sich breitspurige Abdrücke von einer Art Karre. Damit haben die Täter etwas transportiert, das für den Fall von höchster Bedeutung sein könnte."

„Karre? Aha. Eine Frage, Chefin: Wo ist denn diese Karre, wenn der Mörder mit dem Fahrrad geflüchtet ist?“

Die wird vom Täter irgendwann in der Nacht abgeholt worden sein, dachte Frau Grimm. Und zwar auf dieselbe Weise, auf die sie vermutlich hierher gelangte: über den angrenzenden Grünstreifen und den asphaltierten Weg. Dort dürften sich also keine erkennbaren Spuren befinden. Die Frage lautete: Was wurde transportiert? Die Leiche jedenfalls nicht. Ben sah nachdenklich auf den Boden. Dann fiel ihm etwas auf.

„Das waren mindestens zwei Fahrräder“, er zeigte auf eine Stelle am rechten Rand des Weges, die vom Laub befreit war und auf der sich ein weiterer schmaler Profilabdruck befand. „Und da vorne links ist noch eine Spur, deswegen konnten sie auch nicht stürzen.“

„Ich fürchte, ich kann Ihnen nicht folgen.“

„Ist doch klar, Chefin. Mit einem Dreirad kann man nicht so schnell umkippen.“

„Dreirad?“ Sie wollte ihm einen Vogel zeigen, überlegte es sich im letzten Augenblick anders. Grete aus dem Handarbeitskreis fiel ihr ein. Gretes Mann fuhr nach einem Schlaganfall immer ein solches Dreirad, Grete sagte, vor allem der große Korb sei so praktisch, ihr Mann würde seitdem immer kleinere Einkäufe für sie erledigen. Darin könnte ein Bogenschütze prima seine Ausrüstung transportieren, dachte sie. Während ihre Gedanken um Bogen, Köcher und Pfeile kreisten, fiel ihr etwas Entscheidendes auf: Dem Täter war es offensichtlich völlig egal, dass die Pfeile gefunden wurden. Ansonsten hätte er einen anderen Schusswinkel gewählt. Sie zückte ihren Block und vermerkte den Umstand. Ben deutete erneut auf sein Hungergefühl hin. Weil Frau Grimm die Bitte ignorierte, suchte er mehr aus Langeweile die Gegend ab. Einen halben Meter vor Kopf des Astes wurde er fündig. Neugierig betrachtete er das braune haarige Büschel von der Größe einer Spitzmaus. Das Fell fühlte sich weich an. Die feinen Härchen glänzten vereinzelt.

Ben wollte es schon achtlos wegwerfen, da sah er die dünne Röhre aus Leder oder Kunststoff, die in Längsrichtung mittig durch das Büschel verlief. Sofort kam ihm ein Verwendungszweck in den Sinn. Unbeobachtet von Frau Grimm steckte er es ein.

Zu Bens Verwunderung nahm Frau Grimm nicht den Weg über den Grünstreifen zurück, sondern stakste den Hügel hinauf, von dem sie gekommen waren. Murrend trottete er hinterher. Wenig später befanden sie sich in dem Gebüsch am Rande des Grabungsfeldes, von wo der Täter den tödlichen Schuss abgegeben haben sollte. Bens Interesse galt dem mit Gipsresten umrandeten Bereich auf dem Boden vor ihm. Dann ließ er seine Augen über das Areal schweifen und schürzte dabei ungläubig die Lippen.

„Voll krass."

„Bitte?"

Ben deutete auf den etwa zwanzig Meter entfernten hinteren Rand der Ausgrabung, auf dem eine Fläche von etwa zwanzig Quadratmetern mit Flatterband abgesteckt war.

„Da drüben hat der Typ ausgecheckt. Und wo landen die Pfeile? Hinten im Kornfeld. Das sind doch bestimmt hundert Meter. Nee, Chefin, das ist megafaul."

Frau Grimm nickte zustimmend.

„Aber *bestimmt hundert Meter* nutzt uns nichts. Bei der Ausarbeitung eines Tatortes ist höchste Präzision erforderlich. Schon wenige Zentimeter Abweichung können ein völlig falsches Bild ergeben."

Mit langen Schritten maß Frau Grimm die Entfernung von den Gipsabdrücken bis zum Zaun an der Fürstenberger Straße. Für den Umweg um die Ausgrabungen zog sie pauschal zehn Meter ab und notierte zweiundvierzig Meter als Distanz. Anschließend zählte sie die Schritte vom Gebüsch bis zu der Stelle, die Camel ihr als Fundort der Leiche beschrieben hatte. Es musste doch möglich sein, so ihre Überlegung, anhand der Zaunhöhe, der

Größe des Opfers und der Entfernung zum Ziel die Größe des Täters zu errechnen. Wer das für sie übernehmen könnte, wusste sie allerdings noch nicht. Plötzlich fiel ihr eine weitere Ungereimtheit auf. Die Geschosse mussten um die siebzig Meter weit geflogen sein. Das konnte sie sich noch vorstellen. Aber dass einer der Pfeile den Körper des Opfers durchdringt und annähernd gleich weit fliegt wie die beiden anderen Geschosse, kam ihr höchst eigenartig vor. Sie dachte noch einmal über den Schusswinkel nach. Um die Position zu erreichen, an der die Pfeile gefunden worden waren, hätte der Abschuss zudem kurz über dem Boden erfolgen müssen. Sie musste sich unbedingt den Rat eines Fachmannes einholen.

Erste Schleierwolken zogen auf und schluckten den grellen Sonnenschein. Für die Abendstunden waren Wärmegewitter gemeldet. Ben träumte von einer Currywurst mit Pommes rotweiß. Frau Grimm ging nicht auf die Wünsche ihres Chauffeurs ein, schraubte stattdessen das Weitwinkelobjektiv an ihre Kamera. Die weiteren Ermittlungen erforderten unbedingt eine fototechnische Aufarbeitung des Tatortes. Nachdem sie mehrere Aufnahmen in der Totalen gemacht hatte, wechselte sie das Objektiv, um Details abzulichten. Dabei kam sie mit dem Daumen an einen der Bedienknöpfe. Auf dem Display erschienen seltsame Symbole und Zahlen. Die Grafik in einem kleinen Fenster erinnerte sie an eine Gebirgskette. Kurzerhand schaltete sie die Kamera aus und startete sie neu. Beim Anblick des ihr vertrauten Automatikmenüs hob sie zufrieden die Mundwinkel. Um einen Größenvergleich zu bekommen, beorderte sie Ben in die trapezförmige Grube. Die Reste der Säulen reichten bis an seine Knie. Widerwillig kletterte er in die Vertiefung, die sich in der rechten, dem Wald zugewandten Seite befand. Der Rand der Ausgrabung reichte ihm bis zum Bauchnabel.

„Was ist das hier überhaupt?“, wollte er wissen und zeigte auf die aus dem Boden ragenden Fragmente.

„Das gehört zu einem Kloster aus dem zwölften Jahrhundert. Im Jahre 1119 hat Norbert von Xanten irgendwie dafür gesorgt, dass der Benediktinerorden dieses Grundstück bekommt, um hier ein Kloster zu errichten", klärte Frau Grimm ihn auf. Sie hatte sich am gestrigen Abend ausführlich im Internet informiert.

„Voll krass, was Sie so alles wissen, Chefin. Aber schmeißen Sie doch mal 'nen Blick übers Gelände. Warum sehen die Steine unterschiedlich aus? Muss das so?"

Auf dem Nachbargrundstück startete ein Benzinmäher. Frau Grimm legte die Stirn in Falten und folgte seinem Rat. Die Reste der ehemaligen Klosteranlage waren über das gesamte Gelände vor ihr verteilt, genauso wie die runden Mauerreste hinter ihr. Alles in einer Höhe, und zwar gut einen Meter über den freigelegten Säulen. Außerdem waren sie aus einem ganz anderen Material. Er hat recht, dachte sie. Auch hier musste ein Fachmann weiterhelfen. Wer, das hatte sie auf der Werbetafel am Zaun gelesen.

17

Manuela rieb sich die Schläfen. Es war Engels' Event gewesen. Er hatte die Pressekonferenz haben wollen. Eine kurze Begrüßung, ein paar höfliche Worte und dann „übergebe ich das Wort an die leitende Ermittlerin, Frau Hauptkommissarin Manuela Warnke." Wenigstens waren nur ein halbes Dutzend Medienvertreter erschienen, aber die gierten darauf, das Sommerloch mit einer deftigen Schlagzeile zu füllen. Hastig schluckten sie Häppchen wie „van Bruneck" oder „Bogenschütze", dankbar notierten sie den Namen des Archäologen. Als Gegenleistung sollten sie das Bild eines dunkelgrünen Herrenrades der Marke „Batavus" veröffentlichen, das ihnen der Hersteller freundlicherweise zur Verfügung gestellt hatte, und nach weiteren Zeugen aufrufen.

Mittlerweile waren auch Elke Meiners und Michael Kempkes zur Teamsitzung erschienen. Manuela berichtete von den Gesprächen mit Steen van Bruneck und Ferdinand Blomberg. Wolters fasste die Fakten zusammen.

„Der betreibt den ganzen Aufwand nur, um einen Tempel auszubuddeln, den in Xanten niemand interessiert, und für 'ne Handvoll antiken Kram, den er auch noch verschenken will? Wer soll das glauben?"

„Niemand", antwortete Mareike und zog damit die Blicke der Runde auf sich. „Ich meine, wenn ich das richtig verstehe, macht van Bruneck gar keinen Hehl daraus. Ob er diese archäologische Luftbildaufnahme kennt oder nicht, wissen wir nicht. Und selbst wenn er sie kennen sollte, besagt das nicht, dass der Tempel für ihn der Hauptgrund war, das Gelände zu erwerben."

„Also, dass er von dem Tempel wusste, scheint eindeutig", widersprach ihr Adriano. „Die illegale Grabung dort war kein Zufall. Ebenso wenig wie die Tatsache, dass Bernd Roth am Rande dieser Grube ermordet wurde."

„Das stimmt", erwiderte Mareike, „aber vielleicht war es wirklich so, wie van Bruneck es angibt. Mal ehrlich, wenn ich diese fertige Klosteranlage hätte, auf der mittendrin die Gäste unter Sonnenschirmen ihren Kaffee trinken, würde mich doch ständig die Frage verrückt machen, was sich in dem Tempel unter dem Platz befindet."

„Jau, das würde mich auch bekloppt machen. Da tät ich doch vorher mal einen Blick reinwerfen", bestätigte Wolters.

Adriano wollte nicht glauben, dass es sich um pure Neugierde gehandelt haben sollte.

„Ausgerechnet in dieser Nacht? Das hätte er in aller Ruhe machen können, wenn die Leute von Blomberg abgerückt wären."

Die Meinungen darüber gingen auseinander, verliefen in Einzelgespräche. Manuela bat um Ruhe.

„Wir wissen nicht, ob das Motiv im privaten oder beruflichen Umfeld des Opfers zu suchen ist. Der Zwist zwischen van Bruneck und Roth war kein Geheimnis. Und die Ehefrau des Opfers hat ein Detektivbüro aufgesucht, um die Untreue ihres Mannes nachzuweisen. Apropos, was ist eigentlich mit diesem Escortservice? Wolltest du dich nicht darum kümmern, Jupp?"

„Jau, komme ich gerade her. Das ist so ein richtig schnieker Laden. Preise haben die Ladys, mein lieber Scholli. Da weiß man, was man zu Hause spart. Und von wegen Begleitservice, das sind Nutten, da können die ihren Laden nennen, wie sie wollen. Leider sind die Damen absolut verschwiegen, was Kundendaten angeht. Diskretion ist unser oberstes Gebot, Herr Wolters", imitierte er eine schrille Damenstimme. „Ohne richterlichen Beschluss geht da gar nix. Und genau den hat der Herr Richter abgelehnt. Eine Visitenkarte würde dafür nicht ausreichen. Okay, recht hat er ja, das Ding kann doch wer weiß wo herkommen."

„Ich weiß nicht." Mareike schüttelte den Kopf. „Ich habe mich in der Nachbarschaft und bei Arbeitskollegen umgehört. Niemand konnte sich vorstellen, dass Bernd Roth jemals eine andere

Frau als seine Julia anfassen würde. Der Typ hatte nur seine Archäologie im Kopf. Das war bei ihm mehr Berufung als Beruf."

Manuela wies auf die geplante Kreuzfahrt hin und ihr Bild von Julia Roth. Die Hauptkommissarin hatte den Eindruck, dass die Witwe den Verdacht gegen ihren Mann längst bereute. Bis auf die Visitenkarte sprach nur die Aussage ihrer Freundin gegen seine Treue. Manuela nahm sich vor, im Anschluss das Gespräch mit Monika Horlemann zu suchen.

„Mensch, Mädels, fehlt nur noch, dass ihr mir den Roth postum heiligsprecht. Mal ehrlich, der wäre nicht der erste Ehemann, der mal übern Tellerrand guckt. Ich glaub, wir hängen das ein bissken zu hoch."

Wir haben nichts anderes, wollte Manuela antworten. Die Leiterin des KK 12 wusste, wie dünn dieser Ansatz war. Fakt war aber auch, dass Eifersucht als Motiv alleine durch das Verhalten von Julia Roth nicht von der Hand zu weisen war.

„Über die Reifen dürften wir auch nicht weiterkommen." Elke Meiners zeigte auf den Bericht der Kriminaltechnik. Vor zwei Stunden hatten die Kollegen ihn auf dem Rechner gehabt, Manuela hatte ihn zusätzlich für die Teamsitzung ausgedruckt. Die Reifen waren nicht zerstört, sondern über die Ventile entleert worden. Die Ventilkappen hatte der Täter entweder mitgenommen oder irgendwo unterwegs entsorgt. Verwertbare Fingerabdrücke konnten nicht gesichert werden. Die Auswertung der DNA am Pfeil brachte das erwartete Ergebnis: Das Blut stammte zweifellos von Bernd Roth. Auch hier konnten keine weiteren Spuren gesichert werden.

„Da ist noch etwas", meldete sich Michael Kempkes. „Ich habe vor einer Stunde mit dem Ballistiker vom LKA telefoniert. Dass Pfeile eine Distanz von siebzig bis achtzig Metern zurücklegen, ist nicht außergewöhnlich. Aber dass sie nach einem Durchschuss im Halsbereich noch, wie in unserem Fall, sechsundvierzig Meter weiterfliegen, hält er für absolut unwahrscheinlich. Sie werden dort morgen eine Versuchsreihe starten."

„Klasse, dann werden ja ein paar gut bezahlte Pöstchen frei", freute sich Wolters. Manuela wartete schmunzelnd das Gelächter der Kollegen ab.

„Wir benötigen mindestens einen der Pfeile. Vielleicht können wir sie einem Besitzer zuordnen."

„Schon klar, die schicken uns einen per Express, der sollte morgen früh hier sein. Damit können wir uns direkt auf den Weg machen. Es gibt gleich zwei Bogenschützenvereine in Xanten."

„In Ordnung. Haben wir eigentlich schon die Verbindungsdaten von Roths Handy?"

Adriano schürzte die Lippen.

„Der richterliche Beschluss liegt vor. Der Anbieter hat sie uns für morgen versprochen."

Manuela beendete die Teamsitzung. In ihrem Büro angekommen, schaltete Adriano seinen PC aus und wünschte ihr einen schönen Feierabend. Noch bevor sie erwidern konnte, dass noch eine Befragung in Xanten auf dem Plan stand, sah sie die Tür hinter ihm zufallen. Sie nahm einen Schluck Tee, kippte den Rest ins Spülbecken und machte sich auf den Weg.

18

Ben bemühte sich zum wiederholten Mal, den alten Golf zu starten. Der Anlasser leierte mittlerweile nur noch gequält, bevor er den Dienst letztendlich einstellte und die roten Kontrollleuchten im Armaturenbrett mit mattem Schein verkündeten, dass die Batterie leer war.

„Da scheint was kaputt zu sein", konstatierte er ungerührt.

Frau Grimms Zähne mahlten aufeinander, ihre Finger hatten sich zu Fäusten geballt, die den Sicherheitsgurt umklammerten, als wollten sie ihn erwürgen.

„Ach ja?", antwortete sie schnippisch.

„Wenn Sie vielleicht mal …?" Mit dem Daumen zeigte er über seine Schulter zum Heck des Wagens.

„Ich?"

„Okay, dann warten wir eben, bis einer vorbeikommt."

Frau Grimms Augen huschten über die menschenleere Straße und den verwaisten Parkplatz.

„Bisschen mehr Tempo, Chefin. Sonst wird das nichts."

Wenig später ließ Ben die Kupplung eine Idee zu hastig los. Der Wagen bockte, der Motor sprang an und Frau Grimm prallte gegen die Heckscheibe. Fluchend stellte sie sich aufrecht und betrachtete ihren Sommermantel. Auf der verschmutzten Heckpartie zeichnete sich ihre Silhouette ab. Derweil Frau Grimm den gröbsten Dreck neben der Beifahrertür abklopfte, suchte Ben auf seinem Smartphone nach der Wegstrecke.

Während ihr Fahrer kurz darauf im Slalom zwischen wechselseitig abgestellten Fahrzeugen die Heinrich-Lensing-Straße befuhr, fiel Frau Grimm ein Fellbüschel an der Antennenspitze auf, welches sich dort vor der Ermittlung am Fürstenberg noch nicht befunden hatte. Sie fragte sich, woher er es hatte. Durch zwei

Kreisverkehre gelangten sie schließlich auf den Maulbeerkamp. Frau Grimm wies ihn an, den freien Parkplatz vor der Eingangstür zu nutzen. Als sie ausstieg, wurde mit einem Signalton der silberfarbene Mercedes neben ihr entriegelt. Ein grauhaariger Endvierziger mit grobporigem Gesicht und buschigen Augenbrauen wartete darauf, dass sie ihn durchließ.

„Guten Tag, junger Mann. Ich suche den Chef der Firma Blomberg. Könnten Sie mir vielleicht sagen, wo ich ihn finde?"

Er warf einen Blick auf den Golf, den Fahrer und dann einen längeren auf Frau Grimm, bevor er zur Antwort ansetzte.

„Der steht vor Ihnen. Ferdinand Blomberg, was kann ich für Sie tun, gnädige Frau?"

Blomberg streckte ihr die Hand entgegen. Gertrud Grimm hatte eigentlich vorgehabt, bei der Wahrheit zu bleiben. Das aktuelle Bild erschien ihr allerdings wenig imagefördernd für die Detektei. Im Übrigen hatte sie in der Vergangenheit mit emotionaler Nähe beachtliche Erfolge erzielt. Wie auf Kommando verlieh sie ihren Augen einen feuchten Glanz und wählte einen Gesichtsausdruck, mit dem sie bei einer Beerdigung zweifelsfrei für die trauernde Witwe gehalten würde.

„Roth. Klara Roth. Mein Sohn …", sie wischte mit dem Zeigefinger durch ihre Augen, „er ist auf tragische Weise ums Leben gekommen. Ich muss wissen, warum. Verstehen Sie das?"

Blombergs Mundwinkel hoben sich zu einem angedeuteten Lächeln. Schließlich nickte er sanft. Frau Grimm wirkte irritiert.

„Man berichtete mir von Steinresten in einer Grube und einer seltsamen Aushebung. Können Sie sich vorstellen, was er dort gefunden hat, Herr Blomberg?"

„Ja. Einen sagenumwobenen antiken Tempel", antwortete er geheimnisvoll. „Aber jetzt müssen Sie mir auch eine Frage beantworten."

Frau Grimm nickte erwartungsfroh.

„Glauben Sie an ein Leben nach dem Tod?"

Sie stutzte. Was sollte diese Frage?
„Ja …“ Sie zögerte. „Ja, schon.“
„Das erklärt einiges.“
„Ich fürchte, ich verstehe Sie nicht, Herr Blomberg.“
„Wir haben die Mutter von Bernd Roth im vorigen Jahr zu Grabe getragen.“
„Nein, wie schrecklich!“ Sie schlug entsetzt die Hand vor den Mund. „Die Familie hat es aber auch erwischt.“
„Ja.“ Blomberg hob die Stimme. „Und bevor Ihnen dasselbe passiert, rate ich Ihnen, hier zu verschwinden!“
Der Firmeninhaber drängte sie einen halben Schritt zurück und stieg kopfschüttelnd in den Mercedes.
„Ähm … bitte warten Sie. Ich bin gar nicht die Mutter. Man kann sich doch mal …“

Ben, der durch das offene Seitenfenster alles mitbekommen hatte, hielt sich mit beiden Händen lachend am Lenkrad fest.
„Und wo geht's jetzt hin? Zurück in die Gruft?“
„Dieser arrogante Schnösel!“
Der Golf sprang diesmal sofort an. Als sie über die Metallschiene am Eingangstor fuhren, fiel der rechte Außenspiegel scheppernd zu Boden. Ben hob nur müde die Schultern.
„Immerhin haben Sie jetzt Ihr Motiv.“
Frau Grimm bedachte ihren Chauffeur mit einem mitleidigen Blick und fragte sich, ob die anhaltende Sonneneinstrahlung zu einem Hitzestau unter seiner verkehrt herum aufgesetzten Kappe geführt hatte.
„Der sagenumwobene antike Tempel“, sang Ben leicht affektiert.
„Diesen Quatsch glauben Sie?“
Er stülpte die Lippen vor und wog den Kopf sanft hin und her.
„Für mich sahen die Steinklumpen in der Grube wie abgebrochene Säulen aus. Tempelsäulen quasi. Und hatten die ollen Rö-

mer da oben nicht mal ein Riesenlager? Hat mein Opa jedenfalls früher behauptet."

Ihre Wut über den verpatzten Auftritt von eben geriet schlagartig in Vergessenheit. Hastig fummelte sie die Kamera aus der Tasche, schaltete sie ein und öffnete das Bildbetrachtungsmenü. Mithilfe des Wippschalters durchblätterte sie die Fotos, bis die Nahaufnahmen der Säulenreste erschienen. Die länglichen Rillen, die Anordnung der Fragmente ... in ihrem Bewusstsein formte sich das Bild eines schneeweißen Tempels, der vom Sonnenlicht angestrahlt geradezu majestätisch gewirkt haben musste. Ben hat recht, schoss es ihr durch den Kopf. Die Fußspuren im Hohlweg deuteten auf zwei Personen hin. Ungewöhnlich für eine Eifersuchtstat, dachte sie. Der erste klare Gedanke galt dem wahren Motiv. Der Tempel dürfte kaum verborgen bleiben. Einen Menschen zu töten, weil dieser die halb ausgegrabenen Säulen gesehen hatte, ergab keinen Sinn. Sie dachte fieberhaft nach. Es kam ihr vor, als kreise sie mit dem Schlüssel in der Hand vor einem Schloss, das sie nicht erkennen konnte.

„Was hat es mit dem Tempel auf sich?", murmelte sie.

„Oder in sich", bemerkte Ben tonlos.

„In sich?"

„Die Grube, natürlich!", jubelte Frau Grimm. Vor ihrem geistigen Auge zeichnete sich jetzt das Bild eines maskierten Täters ab, der eine Schatztruhe an die Oberfläche hievte. Wenige Meter entfernt lag der ermordete Bernd Roth.

„Das ist es!" Gertrud Grimm schlug die flache Hand auf das Armaturenbrett, woraufhin der Deckel des Handschuhfachs herunterklappte. „Das Loch war ausgehoben. Der Schatz lag frei. In diesem Moment bemerkte der Täter den Archäologen am Rand der Grube. Er musste handeln und ..."

„Sagt zum Archäologen: Bitte warten Sie hier einen Moment. Dann geht er in das Gebüsch, wo Pfeil und Bogen bereitliegen, und erschießt den Mann. Bravo, Chefin."

Es muss eine andere Erklärung geben, dachte sie ernüchtert. Möglicherweise hat er doch auf ihn gewartet …

Fröhlich grinsend öffnete Heinrich die Haustür. Gertrud Grimm steckte den bereitgehaltenen Schlüssel ein und marschierte an ihrem Sohn vorbei zur Garderobe.

„Da bist du ja endlich“, bemerkte Heinrich.

„Ja. Meine Ermittlungen haben etwas mehr Zeit in Anspruch genommen als erwartet. Sag nicht, du hast deine Mutter vermisst.“

„Ich nicht. Aber dein externer Mitarbeiter hat schon zwanzigmal angerufen. Du solltest dringend zurückrufen, Camel giert nach Informationen aus seiner unerschöpflichen Quelle. Apropos, beschränkte sich dein Auftrag nicht auf den Nachweis von Untreue?“

„Er wurde um einen Mordfall erweitert.“

„Der der Klärung durch deine Person bedarf, nehme ich an.“

„Selbstverständlich. Oder hat die Polizei in der Vergangenheit etwa irgendeinen Mordfall ohne meine Unterstützung lösen können?“

Heinrich schüttelte den Kopf. Er war froh, nicht mehr in seinem Amt als Hauptkommissar der Weseler Kripo ständiger Erklärungsnot ob der illegalen Schnüffeleien seiner Mutter ausgesetzt zu sein.

Frau Grimm ging direkt in ihr Büro durch, um die neuesten Erkenntnisse kriminaltechnisch aufzuarbeiten. Das schrille Läuten des Telefons verhinderte dieses Vorhaben zunächst. Camel klang aufgeregt, vermutlich hat er mal wieder den ganzen Tag vertrödelt, dachte Frau Grimm.

„Warum haben Sie Ihr Handy nicht eingeschaltet?“

„Um nicht gestört zu werden. Ich kann mich an keine Verabredung mit Ihnen erinnern“, antwortete sie lapidar.

„Ähm … wir haben doch in der Vergangenheit immer sehr gut

zusammengearbeitet, oder? Wie wäre es, wenn wir unsere Informationen austauschen?“

„In Ordnung, dann tauschen Sie mal los.“

„Was? Tja, also, im Moment habe ich nicht viel. Die sagen einem bei der Pressekonferenz ja nur das Nötigste und die Sache mit dem Fahrrad habe ich Ihnen ja schon mitgeteilt. Sind Sie denn weitergekommen?“

In einem ersten Reflex wollte Gertrud Grimm das Gespräch beenden. Dann fiel ihr der unglücklich verlaufene Besuch bei der Grabungsfirma ein. Von Blomberg würde sie nichts erfahren, sie war quasi verbrannt. Die Fragmente des Tempels tauchten in ihr Bewusstsein. Sie musste unbedingt herausfinden, was es damit auf sich hatte.

„Selbstverständlich, ich telefoniere ja schließlich nicht den ganzen Tag.“

Mit einer kurzen Pause zur Unterstützung der Dramaturgie fuhr sie mit leiser, dunkler Stimme fort.

„Direkt am Tatort, tief unter den Klostermauern, befindet sich ein geheimer Tempel. Einige Säulen wurden, vermutlich in der Nacht, freigelegt. Bernd Roth hat sie entdeckt und musste sterben. Nur das Geheimnis des Tempels führt uns zum Mörder.“

Aus dem anderen Ende der Leitung drang sein hektisches Atmen. Er hatte angebissen, stellte sie zufrieden fest. Für eine Sekunde überlegte sie, ihm von dem Fundort der Pfeile zu berichten. Die Polizei hatte offensichtlich kein Wort darüber verloren, aus Sorge, Täterwissen preiszugeben. Sie beschloss, dieses Detail als kleinen Köder für weitere Dienste in der Hinterhand zu behalten. Sie vernahm das Rascheln von Papier.

„Eine Firma Blomberg hat dort die Leitung. Haben Sie da mal nachgefragt?“

„Nein, das dürfen Sie erledigen. Melden Sie sich bitte, sobald Sie etwas in Erfahrung gebracht haben.“

Ohne eine Antwort abzuwarten, beendete Frau Grimm das

Gespräch und begann ihre Arbeit. Mit einem Filzstift malte sie grob die Umrisse des Tatortes auf die Tapete an der Wand. In der Mitte zeichnete sie innerhalb der trapezförmigen Grube einen halb abgebrochenen Tempel. Links davon krakelte sie einige Linien, die von dem Gelände wegführten, und skizzierte ein Dreirad darüber, das sich allerdings nur mit viel Fantasie als solches erkennen ließ. Über dem Tatortgelände zeichnete sie ein großes Rechteck und malte drei kleine Pfeile hinein. Zufrieden warf sie einen Blick auf die Ermittlungstapete und legte den Stift beiseite. Dann wählte sie die Nummer ihrer Klientin. Nach dem zweiten Freizeichen nahm Julia Roth ab.

„Frau Roth, gibt es in Ihrem Freundes- oder Bekanntenkreis irgendjemanden, der mit Pfeil und Bogen umgehen kann?“

Für eine endlos anmutende Minute drang nur leises Atmen durch den Hörer. In dieser Zeit fiel Frau Grimm auf, dass sie ihrer Klientin möglicherweise ein wenig unsensibel mitgeteilt hatte, auf welche Art ihr Mann getötet worden war. Sie wollte nachhaken, in dem Moment antwortete Frau Roth.

19

Über den Kapellchenweg erreichte Manuela das hellbraun geklinkerte Einfamilienhaus „Am Gruithus 51“. Im Vorgarten breitete sich Haselwurz fast flächendeckend aus, lediglich optisch aufgelockert von zwei Meter hohem Pampasgras rechts und links des Eingangsbereiches. In den Fugen des Pflasters fristeten Löwenzahn, Vogelknöterich und Moos ein scheinbar unbehelligtes Dasein. Aus den Blumenkästen vor dem Küchen- und dem kleinen Toilettenfenster hingen die Köpfe chronisch unterversorgter Petunien.

Die Türklingel schickte ihre kurze helle Melodie durchs Haus. Eine Frau in modischer Jeans und enger, knallroter Bluse öffnete. Die fein gekräuselten blonden Haare umrahmten das schmale Gesicht in unzähligen Fäden, die wie überlange Spiralnudeln herabhingen. Sie trug ein dezentes Make-up, lediglich der grelle Farbton ihrer Wimperntusche wirkte eine Spur zu aufdringlich. Manuela war versucht, nach ihrer Mutter zu fragen.

„Manuela Warnke, Kripo Wesel.“ Sie zeigte ihr flüchtig den Dienstausweis. „Frau Monika Horlemann?“

„Ja.“

Sie wirkte leicht irritiert, dennoch hatte Manuela den Eindruck, als sei die Frau nicht gänzlich überrascht über ihren Besuch.

„Darf ich reinkommen? Ich würde mich gerne mit Ihnen unterhalten.“

„Wenn es nicht allzu lange dauert. Ich bin gerade auf dem Sprung.“

Manuela folgte ihr durch den Flur ins Wohnzimmer. Eine klobige schwarze Ledergarnitur mit chromglänzendem Gestell nahm die Hälfte des Raumes ein. In einem Regal dahinter befanden sich zahlreiche Fachbücher der Archäologie neben regionalen Kriminalromanen und Kochbüchern, die Grillrezepte und Spezialitäten der mediterranen Küche offerierten. Sie warf einen flüchtigen Blick durch die breite Fensterfront in den Garten. Die Wasseroberfläche des Gartenteiches war unter einem Teppich aus Seerosen nur zu erahnen. Der Rasenschnitt war lange überfällig und der mächtige Rosenstrauch an der Wand zum Nachbargarten war überfüllt mit den Überresten der letzten Blütephase. Hinter sich vernahm sie dunkles Knurren. Manuela fuhr herum und blickte in die Augen einer Dänischen Dogge, deren Kopf ihr fast bis zur Hüfte reichte und die sie zu allem Überfluss bedrohlich fixierte.

„Nathan! Einen Augenblick, ich bin gleich wieder da. Bitte nehmen Sie Platz."

Monika Horlemann fasste die Dogge am Halsband und führte sie aus dem Zimmer. Manuela setzte sich auf die Couch vor dem Bücherregal. Vor ihr auf dem Glastisch lagen diverse Fernbedienungen, eine Fernsehzeitung und der offene Brief einer Bank. „2. Mahnung" stand in fetter Schrift oberhalb der Anrede. Auf der Stereoanlage in einem offenen Regal des gegenüberliegenden Sideboards erkannte Manuela das hellrote Pfandsiegel des Gerichtsvollziehers.

Die Gastgeberin nahm den Brief vom Tisch und warf ihn achtlos in einen Korb mit alten Zeitungen. Dann setzte sie sich übereck in den Sessel und sah Manuela mit ihren türkisfarbenen Augen herausfordernd an.

„Ich nehme an, Sie haben bereits vom Tod Ihres Bekannten erfahren."

Monika Horlemanns Gesichtshaut spannte sich. Der Ansatz von Freundlichkeit verschwand aus ihrem Blick.

„Ja. Das ...", sie senkte den Kopf, fingerte nervös an ihrer Bluse, „macht uns sehr traurig. Bernd war unser Freund. Wer macht so was?"

„Das werden wir herausbekommen. Frau Roth hat mir von Ihrem Verdacht erzählt, ihr Mann habe eine Geliebte. Nach ihrer Aussage kam der entscheidende Hinweis von Ihnen."

Das Klappern des Briefschlitzes wurde mit dumpfem Bellen aus einem der anschließenden Räume beantwortet. Frau Horlemann sah abwesend in den Garten.

„Was spielt das jetzt noch für eine Rolle?"

„Er könnte jemanden so sehr verletzt haben, dass ..."

Manuela formulierte den Gedanken nicht zu Ende. Monika Horlemann bestätigte ihn mit einem angedeuteten Nicken.

„Er hat vor allem Julia verletzt. Sie wollte es einfach nicht wahrhaben."

„Sie haben ihn mit einer fremden Frau im Auto gesehen?"

„Es war in der letzten Woche. Ich war mit Nathan am Fürstenberg spazieren. Sie haben mich nicht bemerkt."

„Und Sie haben die Dame nicht erkannt?"

„Nein. Es wurde bereits dunkel. Sie war blond, hat ihn umarmt. Mehr habe ich nicht gesehen."

„Wo war das genau?"

„Auf dem Grünstreifen hinter dem Grabungsgrundstück. Ich lief mit Nathan genau drauf zu. Normalerweise kommt um diese Zeit kein Mensch dorthin."

Ein idealer Treffpunkt, dachte Manuela. Eine innere Stimme warnte sie, allzu leichtfertig dem ersten Anschein zu vertrauen. Immerhin dürfte es Menschen in seinem Umfeld geben, die den Archäologen genau dort hätten vermuten können. Ihr fiel die Visitenkarte des Escortservice ein. Weshalb sollte er sich mit einer dieser Damen irgendwo am Wiesenrand treffen statt in einem auswärtigen Hotel? Und wenn er sich wirklich mit einer Geliebten getroffen hatte, was wollte er dann vom Escortservice? Manuela fiel ein Widerspruch auf: Nach den bisherigen Ermittlungen galt Bernd Roth als absolut treuer Ehemann. Sollten die Seitensprünge seinem sozialen Umfeld bislang verborgen geblieben sein, konnte es nur bedeuten, dass er sie mit äußerster Diskretion beging. Ein Schäferstündchen an seinem Arbeitsplatz oder die Buchung bei einer Escortagentur im nahen Wesel passten nicht in dieses Bild.

Monika Horlemann sah gerade so beiläufig auf die Uhr, dass Manuela es mitbekommen musste.

„Haben Sie mit Bernd Roth darüber gesprochen?“

„Was? Das ist doch nicht mein Job.“

„Stimmt. Ihr Job war es, mit seiner Frau zu sprechen.“

„Julia ist meine Freundin“, gab sie pikiert zurück. Die Stimmung kippte. Manuela steuerte gegen.

„Das weiß ich“, fuhr sie besänftigend fort. „Ich hatte den Eindruck, dass es für Frau Roth ziemlich überraschend kam. Hatte sie wirklich keine Ahnung?“

Monika Horlemann stieß einen kurzen Seufzer aus. Von irgendwo drang lautes Scheppern herüber. Es ließ sie kalt.

„Julia ist eine herzensgute Frau. Aber sie ist auch unglaublich naiv. Bernd sieht ... ich meine natürlich, er sah blendend aus, hatte Humor und war erfolgreich.“

Wie Hajo, schoss es Manuela unvermittelt durch den Kopf.

„Für die Damen war er der Mittelpunkt jeder Party. Das hat er genossen, hat schamlos geflirtet. Ob Julia dabei war oder nicht, das hat ihn nicht interessiert. Julia fand es toll, einen derart begehrten Mann zu haben. Das hat sie sogar noch stolz gemacht. Ich musste ihr die Augen öffnen, auch wenn es wehtat. Irgendwann wäre sie mir dankbar dafür gewesen. Dass es so kommt, konnte ja niemand ahnen.“

„Wie hat sie es aufgenommen?“

„Sie meinen ...? Nein. Julia gehört zu den Frauen, die heimlich in ihr Kissen heulen und es dann irgendwann akzeptieren. Wie ich sie einschätze, hätte sie Bernd ganz sachlich zur Rede gestellt und dann die Konsequenzen gezogen. Julia kommt aus einer gut situierten Unternehmerfamilie, sah schon früher unverschämt gut aus. Sie musste nie um irgendwas kämpfen, das würde sie auch jetzt nicht tun.“

„Hm. Immerhin hat sie direkt am nächsten Tag eine Detektei beauftragt.“

„Was? Das hätte ich ihr nicht zugetraut."

Die Verwunderung kam Manuela echt vor. Allem Anschein nach kannte Monika Horlemann ihre Freundin schlechter, als sie sich eingestehen wollte. Die Hauptkommissarin suchte nach einem Zusammenhang zwischen ihrem Besuch bei Julia Roth und dem Mord.

„Wann haben Sie Bernd Roth mit der Dame im Auto gesehen?"

„Freitagabend, kurz vor 22 Uhr."

„Und wann haben Sie Julia Roth informiert?"

„Das war Samstagmittag, nachdem ich Siggi, meinen Mann, vom Training abgeholt habe. Bernd war mal wieder unterwegs."

Es hörte sich so einfach, beinahe alltäglich an. Ein Eifersuchtsdrama wie aus dem kriminalistischen Lehrbuch. Es galt lediglich, den gehörnten Ehemann aufzuspüren und zu verhaften. Und doch spürte Manuela einen faden Beigeschmack. Freitagabend wurde Bernd Roth erwischt, Samstagmittag erfuhr seine Frau davon und Samstagabend wurde er umgebracht. Ein gleichmäßig gewobener Zopf.

Monika Horlemann sah erneut auf die Uhr, wurde sichtlich nervös.

„Also, ich muss jetzt wirklich. Mein Mann wartet. Wenn ich ihn nicht pünktlich abhole, meint er ..." Sie schluckte. „Er hasst Unpünktlichkeit."

„Ja, in Ordnung."

Auf dem Weg durch den Flur hörte sie wildes Kratzen an der Innenseite der Tür, die vermutlich in die Küche führte. Einen Schritt vor dem Bürgersteig drehte sie sich um.

„Von welchem Training haben Sie Ihren Mann am Samstag abgeholt?"

Monika Horlemann stutzte. Für einen Augenblick wirkte sie nachdenklich. Dann erhellte sich ihre Miene.

„Vom Schießtraining. Mein Mann und ich sind Mitglieder im Bogenschützenverein Querschießer. Ich allerdings mehr passiv. Ich habe es versucht, aber ... na ja."

20

„Hallo, Siggi."

Julia Roth war überrascht, ihn an der Haustür zu sehen. Noch dazu in diesem Zustand. Dunkle Ringe zeichneten sich unter seinen Augen ab. Er hatte sich seit mindestens drei Tagen nicht mehr rasiert, sein Atem stank nach billigem Fusel. Sie wandte sich ab und ging ins Wohnzimmer.

„Möchtest du was trinken?"

„Danke, ich hab schon."

Er ließ sich matt in den Sessel fallen. Oberhalb des Bauchansatzes zeichnete sich ein rötlicher Fleck auf seinem weißen T-Shirt ab. Julia Roth setzte sich neben ihn, legte ihre Hände unsicher auf die eng aneinanderliegenden Knie. Die Situation war ihr unangenehm. Sie mochte ihn nicht, konnte nicht verstehen, wie ihre Freundin es mit diesem Mann aushielt. Wenn er sie alleine besuchen kam, hatte es immer denselben Grund.

„Es ist wegen Monika", begann er mit leerem Blick einen dieser Sätze, die sich anhörten, als wären sie schon hundertmal ausgesprochen worden. Ein Ruck ging durch Julia Roth. Wütend schlug sie mit der Faust auf die Sessellehne.

„Verdammt, Siggi, Bernd ist tot! Ich bin völlig fertig, ist dir das überhaupt klar?"

„Ja ..." Er wollte ihren Arm berühren, sie zog ihn reflexartig zurück. „Das tut mir leid, wirklich. Bernd war mein bester Freund." Siegfried Horlemann senkte betreten den Kopf. „Aber Monika ..."

„Monika, Monika! Du musst endlich was gegen deine Eifersucht unternehmen! Hast du sie wieder den halben Tag lang beschattet? Mit wem betrügt sie dich denn diesmal?"

Sie bemerkte den feuchten Glanz in seinen Augen. Diese unergründlich tiefen kleinen braunen Augen, in denen das Feuer der Wut loderte, wenn er wieder mal den Verdacht hatte, seine Monika würde ihn betrügen. Die sich zu Schlitzen verengten, wenn er Hass fühlte, und die sich weit öffneten, wenn er Rache schwor. Diese Augen lagen nun unter einem ungewohnten Schleier aus Traurigkeit und Melancholie verborgen.

Julia Roth empfand jedoch kein Mitleid. Bernd und er waren Arbeitskollegen gewesen, hatten sich angefreundet. Irgendwann fand sie Monika sympathisch, freundete sich mit ihr an. Kurz darauf hatte diese ihr erzählt, dass Siggi sie schlug, wenn seine Eifersucht ausuferte. Seitdem hegte Julia Roth eine tiefe Abneigung gegen ihn. Als sie Monika im April eine Nacht bei sich aufnahmen, weil ihr Mann sie furchtbar verprügelt hatte, sprach er zwei Monate lang nicht mehr mit Julia. Auch die Freundschaft mit Bernd hing in dieser Zeit an einem seidenen Faden. Beim Weinfest auf dem Marktplatz versöhnten sie sich wieder, aber erst, nachdem Siegfried Horlemann ihnen fest versprochen hatte, seine Frau nie wieder zu schlagen.

„Dieses Mal betrifft es uns beide“, antwortete er leise. Dann schwieg er. Julia Roth benötigte eine Weile, bis sie die ungeheuerliche Andeutung begriff. Sie richtete sich kerzengerade auf.

„Du willst behaupten …“

Siegfried Horlemann nickte stumm.

„Nein. Das ist völlig absurd. Monika ist meine beste Freundin. Sie war selbst bei mir und hat gesagt, dass Bernd ein Verhältnis mit einer anderen hat. Warum sollte sie das tun, wenn sie die Geliebte wäre?“

Siegfried Horlemann wirkte sichtlich verunsichert.

„Das … verstehe ich nicht“, stammelte er.

Julia Roth atmete erleichtert auf. Ihre Nerven lagen blank. Ihre Gedanken flogen schon den ganzen Tag über ziellos umher. Heute Morgen war Monika hier gewesen, hatte sich um alles gekümmert. Am Nachmittag war sie mit dem Pfarrer zurückgekommen. Plötzlich überkam Julia eine ungeheure Wut auf ihren Besucher. Warum musste er mit seiner Scheißeifersucht ausgerechnet jetzt zu ihr kommen?

„Wie kommst du darauf?“ Ihr Blick bohrte sich in seine Augen. „Und sag mir jetzt nicht, du hast die beiden in der Stadt gesehen oder seine Handynummer im Display oder diesen ganzen Mist, der dir sonst ausreicht!“

„Julia, bitte. Ich denke mir das nicht aus.“

„Also? Ich höre.“

„Ich musste Samstagmittag in die Stadt. Da habe ich unseren Wagen auf dem Parkplatz am Westwall gesehen.“

„Du hast ihr wieder nachspioniert.“

„Nein!“ Er biss sich auf die Lippe. „Ich … ist auch egal. Unter dem Scheibenwischer klemmte ein Zettel. Ich habe zuerst geglaubt, es handelt sich um ein Knöllchen.“

„Ich nehme an, es handelte sich um einen Liebesbrief“, warf sie ohne Rücksicht auf ihn ein.

„Es war eine Nachricht von Bernd. Eine Verabredung für den Abend.“

Ihr stockte der Atem. Sie versuchte verzweifelt, den Gedanken nicht zuzulassen.

„Warum sagst du mir das? Ausgerechnet jetzt!“, schrie sie ihn unvermittelt an.

„Bernd war mein bester Freund. Monika ist meine Frau. Mein Leben liegt in Scherben und du fragst mich, warum ich dir das erzähle?“, schrie er zurück.

„Mir reicht’s. Du kannst mich mal!“

Siggi Horlemann sprang abrupt auf und stürzte aus dem Zimmer. Sie lief ihm hinterher.

„Kann ich den Zettel sehen?“, fragte sie, etwas gefasster. Er hatte die Klinke bereits in der Hand, drehte sich um. Für einen Augenblick betrachtete er sie ausdruckslos, dann griff er in seine Hosentasche und hielt ihr ein gefaltetes Blatt Papier entgegen. Sie nahm es, ohne den Blick von Siggi abzuwenden, und faltete es auseinander. Die Nachricht bestand nur aus einer Zeile:

23 Uhr vor der Kapelle, Bernd

Die Schrift war gleichmäßig. Alle Buchstaben wiesen eine starke Rechtsneigung auf. Sie schloss die Augen, sog ihre Lunge bis in den kleinsten Winkel voll Sauerstoff, atmete schließlich langsam und gleichmäßig aus. Siggi Horlemann legte die Stirn in Falten. Sie bedachte ihn mit einem aufgesetzten Lächeln.

„Ja, ja, ich weiß schon, was du sagen willst", fuhr er sie an. „Du bildest dir das nur ein, Siggi. Der Zettel kann von jedem sein, Siggi. Aber ich sag dir was: Bernd war an dem Abend da oben und Monika war die ganze Nacht über nicht zu Hause. Glaub, was du willst, aber für mich ist das hier eindeutig!" Er hämmerte mit dem Zeigefinger auf den Zettel in ihrer Hand.

„Mag sein, aber von Bernd stammt der nicht."

„Wie kannst du dir so sicher sein?"

„Es ist nicht seine Handschrift."

21

Dienstag, 17. Juli

„Was soll das heißen, du willst es den beiden nicht zumuten? Meine Freundin ist doch kein Monster."

Manuela räumte den Frühstückstisch ab. Um halb acht hatte Hajo die Kurznachricht seiner Frau erhalten. Sie wollte nun doch die gemeinsame Wohnung verkaufen und verlangte ihren Anteil am Eigentum, falls Hajo sie weiter nutzen wolle.

„Das kannst du nicht machen! Wie soll ich dann noch meine Kinder sehen? … Vorher überlegen? Du glaubst doch nicht, dass du mich zwingen kannst … Brigitte!"

Wütend und zugleich hilflos starrte er auf das Handy in seiner rechten Hand. Sein Gesicht war kalkweiß.

„Sie hat einfach aufgelegt! Sie sagte, da ich mich nicht mehr für meine Familie interessiere, würde sie in die Nähe ihrer Schwester ziehen."

Er stand auf und wollte die Kaffeetassen abräumen. Seine Hände zitterten. Manuela hatte ihren Freund noch nie derartig aufgewühlt erlebt.

„Wo wohnt denn ihre Schwester?"

„In Dallas."

Eine Tasse rutschte über den Unterteller und zerschellte auf den Fliesen. Manuela wusste, dass die Trennung von seiner Frau eine Entscheidung war, die Hajo getroffen hatte, lange bevor ihre Liebe begann. Sie wusste auch von ihrer Endgültigkeit und davon, dass er nie den geringsten Zweifel hegte. Dennoch ließ irgendetwas in ihr dieses elendige Gefühl der Schuld aufkommen. Konnte sie von ihm erwarten, die Nähe seiner geliebten Kinder für sie aufzugeben?

„Vielleicht könnten wir in Amerika neu anfangen", rutschte es ihr heraus. Hajo stieß ein zynisches Lachen hervor.

„Dann würde Brigitte mit den Kindern zurückkehren. Sie benutzt die beiden als Druckmittel. Das ist einfach widerlich."

Hajo zog sie langsam an sich, sah sie ernst an.

„Glaubst du an uns?"

Manuela antwortete mit einem Kuss.

Sie wunderte sich, dass Adriano vor ihr im Büro saß. Gewöhnlich reizte er die Gleitzeit bis ans Limit aus.

„Die lieben Kleinen nehmen an einer Ferienfreizeit im Sauerland teil, ich habe sie am Busbahnhof abgesetzt. Es ist nicht leicht, Beruf und Familie unter einen Hut zu bekommen." Es hörte sich wie eine Entschuldigung an.

Auf ihrem Schreibtisch lag ein extragroßer Spurenbeutel. Anscheinend wurden diese Behältnisse eigens für Pfeile angefertigt. Manuela nahm das Projektil aus dem transparenten Plastikbeutel und setzte sich damit hinter den Schreibtisch. Es handelte sich um einen etwa siebzig Zentimeter langen Stab aus dunklem Kunststoff. Er fühlte sich leicht an. Am Ende befanden sich drei kleine Federn, die ebenfalls aus Kunststoff gefertigt waren. Manuela wunderte sich über die seltsame Farbzusammenstellung. Zwei der Federn waren dunkelblau, die dritte karminrot.

„Ist wohl mal repariert worden. Das könnte ein Ansatz sein", bemerkte Adriano von einem Gähnen untermalt. Manuela bezweifelte es. Nach einem Telefonat mit der Kriminaltechnik hatte sie Gewissheit:

„Die anderen beiden Pfeile haben ebenfalls zwei blaue und eine rote Feder."

„Sag ich doch, ein Ansatz."

„Gut. Fragen wir einen Fachmann. Aber wer könnte das sein?", überlegte Manuela.

Adriano wedelte wie auf ein Kommando mit einem Zettel. „Gibt zwei Bogenschießvereine in Xanten. Einmal die Silberpfeile in Vynen und dann die Querschießer am Stadtrand. Die haben heute Abend Training." Manuela war erstaunt. Es kam zwar gelegentlich vor, dass ihr Kollege vor ihr im Büro war, aber so gut wie nie begann für ihn damit auch der Dienst.

„So lange können wir nicht warten."

„Habe ich mir auch gedacht. Um neun Uhr erwartet uns ein Herr Wegener von den Querschießern."

Adriano hatte den schmalen Zufahrtsweg zum Vereinsgelände verpasst, der direkt hinter der Außenmauer des Archäologischen Parks abzweigte. Er umrundete den nahe gelegenen Kreisverkehr und unternahm einen erneuten Versuch. Aus dieser Richtung ließ sich die Anlage einsehen.

Ralf Wegener erwartete sie bereits am Parkplatz. Der Mittfünfziger mit hellgrauem Haar und buschigem Oberlippenbart führte sie um den beigefarbenen Container und bot ihnen einen Platz auf einer schmalen Holzbank an. Manuelas Augen flogen über die Schießanlage. Auf einer gepflegten Rasenfläche waren die mächtigen Scheiben diagonal in unterschiedlichen Entfernungen positioniert. Manuela drehte sich um und deutete dabei mit dem ausgestreckten rechten Arm auf das am weitesten entfernte Ziel.

„Wie weit ist das?"

„Die linke Scheibe ist neunzig Meter von der Schießlinie entfernt. Darauf schießen einige Mitglieder mit Compoundbögen, allerdings nur zum Üben. Üblicherweise beträgt die Distanz maximal siebzig Meter."

Das entspricht fast genau der Entfernung zwischen Abschussort und Fundort der Pfeile, dachte Manuela. Wegeners Blick fiel auf die Plastiktüte in ihrer linken Hand. Sie hielt ihm den Pfeil entgegen.

„Könnte dieser Pfeil von einem Ihrer Vereinsmitglieder stammen?"

Wegener betrachtete für einen kurzen Moment die Federn und nickte. Danach reichte er ihr das Geschoss zurück.

„Bei den Federn hat jeder seine eigene Farbzusammenstellung, ist praktisch wie ein Namensschild. Bei großen Turnieren können schon mal Dopplungen vorkommen. Die Schützen schreiben dafür zusätzlich ihre Initialen auf eine der Federn. Hier im Verein ist das nicht nötig."

Manuela und Adriano tauschten einen Blick.

„Das bedeutet, Sie können herausfinden, wem dieser Pfeil gehört?", übernahm Adriano. Wegener zog die Augenbrauen hoch.

„Da brauch ich nicht viel rauszufinden. Der gehört Siggi Horlemann. Zweimal Blau, eine Rote mit 'ner gelben Nocke, damit schießt hier sonst niemand."

„Sind Sie absolut sicher?", hakte Manuela nach.

„Ja. Wie gesagt, bei uns hat jeder seine eigenen Farben. Kommt zwar vor, dass Federn dieselbe Kombination haben, aber mit der Nocke, nee. Warum wollen Sie das eigentlich so genau wissen? Ist was damit passiert?" Wegener machte eine besorgte Miene. „Natürlich, sonst wären Sie nicht hier. Hören Sie, für den Siggi lege ich meine Hand ins Feuer. Das gilt für alle hier. Wir betreiben das Bogenschießen als Sport, sonst gar nichts. Und zwar nur hier. Außerhalb der Anlage schießt niemand von uns."

„Herr Wegener, wir haben diesen Pfeil aus einem Kornfeld am Fürstenberg. Mit einem identischen Exemplar ist ein Mensch erschossen worden."

Ralf Wegener riss die Augen weit auf, wirkte schockiert. Adriano deutete auf den Container hinter ihm.

„Werden die Pfeile dort aufgehoben?"

Wegener atmete schwerfällig. Das Kinn fast auf das Brustbein gelegt, rang er nach Worten.

„Da drin lagern wir nur die vereinseigenen Bögen und Pfeile."

„Das bedeutet, jeder nimmt seine Ausrüstung mit nach Hause", schloss Manuela.

Wegener stieß einen Seufzer aus.

„Ja. Die Ausrüstung kostet zum Teil viel Geld. Hier ist schon mal eingebrochen worden." Er machte eine kurze Pause und hob den Kopf. „Der Siggi ist kein Mörder. Das ist völliger Quatsch!“, fügte er trotzig hinzu.

Manuela dachte an das Gespräch mit Monika Horlemann, die Julia Roth von dem Verdacht erzählt hatte, ihr Mann könne eine Geliebte haben. Noch am selben Tag wird er getötet und die erste ernst zu nehmende Spur führt ausgerechnet zum Ehemann der Hinweisgeberin. Angestrengt suchte Manuela den Zusammenhang und hakte weiter nach.

„Monika ist auch im Verein, kommt allerdings selten. Ihr fehlt das Talent. Sagt sie selbst“, beantwortete Wegener die Frage der Hauptkommissarin.

„Hm …“ Adriano drehte den Pfeil in der Hand hin und her. „So ein Teil mit blauen und roten Federn und dem gelben Ding dran …“

„Das ist die Nocke, sie wird auf die Bogensehne gelegt“, unterbrach ihn Wegener tonlos.

„Meinetwegen. Ich meine, so einen Pfeil könnte sich theoretisch jeder anfertigen lassen, oder?“

Wegeners Augen wanderten von Adriano zu Manuela und zurück. Sein Gesicht hellte sich eine Nuance auf.

„Das stimmt. Außerdem kennt jeder hier die Farben von Siggis Pfeilen –“ Er stockte mitten im Satz. „Aber keiner aus dem Verein würde so was machen.“

„Das behauptet auch niemand“, übernahm Manuela, „aber ich könnte mir diesen Pfeil in einem Fachgeschäft nachmachen lassen und ihn dann benutzen?“

„Wir kaufen die Federn und Nocken einzeln und bauen den Pfeil daraus zusammen. Das könnten Sie selbstverständlich auch. Benutzen eher nicht, dazu sind Sie zu klein.“

„Bitte?“

Wegener bedachte sie mit einem aufgesetzt wirkenden Lächeln. Er ging in das Vereinsheim und kam mit drei Pfeilen unterschiedlicher Länge zurück.

„Sehen Sie den Unterschied?“ Er stellte die Pfeile mit den Nocken auf die Bank. „Pfeil und Bogen müssen zum Schützen passen. Je größer der Schütze ist, desto länger sollte der Pfeil sein. Mit einem längeren Arm ziehen Sie den Pfeil weiter zurück als mit einem kürzeren. Oder andersrum: Mit der Pfeillänge kann ich ziemlich genau auf die Körpergröße des Besitzers schließen."

Adriano hielt diese These für gewagt.

„Die Arme der Menschen sind doch unterschiedlich lang."

Wegener schüttelte den Kopf.

„Nicht im Verhältnis zur Körpergröße. Wenn Sie die Arme seitlich ausstrecken, entspricht die Spannweite ziemlich genau Ihrer Größe."

Verdammt, das passt nicht zusammen, hätte die Hauptkommissarin am liebsten gerufen. Nach Wegeners Aussagen hätte der Täter ebenso gut seinen Personalausweis ins Kornfeld legen können. Bei einem Totschlag im Affekt hätte sie die Fakten bedingungslos akzeptiert, aber die Spurenlage sprach eindeutig für einen Mord. Sie nahm Adriano den Pfeil aus der Hand und hielt ihn Wegener vors Gesicht.

„Für welche Körpergröße eignet sich dieser Pfeil?"

„Siggi ist circa 1,80 Meter groß." In seinen Pupillen zeichnete sich ein bedrohliches Funkeln ab.

„Das bedeutet, jemand der 1,90 Meter oder 1,70 Meter groß ist, kann einen solchen Pfeil nicht benutzen?"

Sein Zaudern verunsicherte Manuela.

„Kann, kann … wer viel größer als 1,80 Meter ist, wird sicher nicht damit schießen. Einen Kopf kleiner würde noch gehen. Allerdings nur auf kürzere Distanzen."

„Vielen Dank, Herr Wegener, Sie haben uns sehr geholfen. Wir benötigen schnellstmöglich eine Liste aller Vereinsmitglieder."

„Ja, aber …"

„Schon gut. Unsere Aufgabe besteht auch darin, Unschuldige zu entlasten."

Skeptisch sah er ihnen hinterher.

22

Frau Grimm hatte eine Grube auf die Tapete in ihrem Büro gemalt, zentral zwischen die sprechblasenartigen Gebilde mit den Namen der Akteure. Mittig darin platzierte sie ein großes Fragezeichen. Aus ihrer Sicht handelte es sich zweifelsfrei um eine gezielte und zudem illegale Grabung. In diesem Augenblick war sie absolut sicher, dass es um viel mehr ging als Eifersucht. Dass Siegfried Horlemann Bogenschütze ist, war nichts weiter als ein irreführender Zufall, dachte sie gerade, als sie der Anruf ihrer Klientin erreichte.

Julia Roth wirkte aufgeregt, erzählte von einem Verhältnis ihrer Freundin zu ihrem Mann und von Siegfried Horlemann, der dahintergekommen wäre, indem er eine Nachricht ihres Mannes hinter dem Scheibenwischer von Monikas Wagen gefunden hatte. Noch im gleichen Atemzug aber hielt sie dies für ausgeschlossen, behauptete, es wäre niemals die Schrift ihres Mannes.

Zum ersten Mal war Frau Grimm froh darüber, dass sie sich von Ben hatte überreden lassen, ein Faxgerät anzuschaffen. Sie teilte Frau Roth die Nummer mit und wartete gespannt darauf, ob diese Nachricht es tatsächlich durch die Telefonleitung direkt auf das Papier schaffen würde. Kurz darauf spuckte das Faxgerät die Kopie des Zettels aus. Gertrud Grimm betrachtete die gleichmäßig verlaufende Schrift. Ihre Klientin schilderte Siegfried Horlemann als extrem eifersüchtig und jähzornig, gab an, dass er seiner Frau ständig hinterherspionieren würde. Das musste sein Freund wissen, schon deshalb hätte er eine solche Nachricht nie offen zurückgelassen. Der Mörder musste es ebenfalls gewusst haben, wollte Horlemanns Eifersucht ausnutzen. Es handelt sich demnach um die Schrift des Mörders. Ein erstes wirklich stichhaltiges Indiz für das Motiv Eifersucht, also konnte van Bruneck ... Erneutes Klingeln unterbrach ihre Vermutung.

„Das ist der absolute Hammer!“ Gertrud Grimm hielt das Telefon eine Handbreit vom Ohr entfernt. Auch so war Camels euphorische Stimme deutlich vernehmbar. „Durch meine reichhaltige Erfahrung und besondere Kompetenz ist es mir gelungen, eine einmalige archäologische Luftbildaufnahme des Geländes einzusehen. Sie glauben nicht, was dort exakt am Tatort erkennbar ist.“

„Ein Tempel“, antwortete sie gelassen. Sie vernahm einen lang gezogenen Seufzer.

„Ja, genau, ein Tempel. Woher wissen Sie …? Egal. Dieser Tempel jedenfalls lag außerhalb von …“, raschelndes Papier, „Castra Vetera, einem riesigen Militärlager. Und dieses Lager wurde von, Moment … den Batavern geplündert. Mehrmals sogar. Die meisten Römer waren damals außer Haus, zu irgendeiner Schlacht oder so, ist ja auch egal. Jetzt frage ich Sie, gibt es einen besseren Ort, um seine Schätze vor der Plünderung zu schützen, als einen Tempel?“

Der auffällig und ungeschützt vor den Toren der Festung lag, wollte sie anmerken. Sie wehrte sich dagegen, Camels These auch nur ansatzweise ernst zu nehmen. Eines war ihr aber jetzt klar. Wenn dieser Provinzreporter es geschafft hatte, nicht nur die Existenz, sondern auch die exakte Lage dieses Tempels ausfindig zu machen, musste van Bruneck ebenfalls davon gewusst haben. Die Tatsache, dass Roth ausgerechnet am Rande dieser Grube seinen letzten Atemzug tätigte, und die merkwürdige Aushebung in einer Ecke des Tempels waren weitere Indizien für die waghalsige These des Journalisten. Es war zum Verzweifeln. Eben noch hatte sie das Motiv Habgier gedanklich zu den Akten gelegt, war felsenfest von einer Eifersuchtstat überzeugt, und nun das. Während Camels Vermutungen über Art und Umfang des potenziellen Schatzes mittlerweile in atemberaubende Sphären abdrifteten, überflog Frau Grimm die Ansammlung der Zettel vor ihr auf dem Schreibtisch. Ihr Blick blieb an der Visitenkarte des Escortservice haften. Inmitten der niedergeschriebenen Fakten, Vermutungen und Hinweise wirkte sie seltsam unpassend. Einsam und unscheinbar lag sie zwischen Verdeckungstat und Habgier als augenscheinlichen Motiven, stur auf ein klassisches Eifersuchtsdrama pochend. Was denn nun? Obwohl Gertrud Grimm den inneren Widerstand deutlich spürte, musste sie diesem Hinweis nachgehen. Nur wie?

„... möchte ich darauf hinweisen, dass bis heute nichts über den Verbleib des Nibelungenschatzes bekannt ist. Stellen Sie sich das mal vor! Sind schon Leute für weniger umgebracht worden. Jetzt brauchen wir nur noch den Mörder. Aber das reicht schon mal für die morgige Ausgabe."

Frau Grimm atmete tief durch. Dann kam ihr eine Idee. Sie verlieh ihrer Stimme einen dumpfen Unterton.

„Möglicherweise gibt es einen Mitwisser. Genauer eine Mitwisserin. Aber das herauszufinden, ist sehr delikat. Es bedarf einer äußerst sensiblen Vorgehensweise."

„Sie meinen ...?"

„Genau. Die Spur führt zum Escortservice Annabelle, Hansaring 111, hier in Wesel. Das Opfer hat sich mutmaßlich kurz vor seinem Tod mit ihr getroffen."

Mit einem zufriedenen Gesichtsausdruck beendete sie das Gespräch und wählte im Anschluss Bens Handynummer. Bis zu seinem Eintreffen wollte sie die Zeit nutzen, um im Internet nach brauchbaren Ansätzen zu suchen. Mit einem leisen Surren nahm der Computer die Arbeit auf. Gertrud Grimm überlegte, welchen Stellenwert sie der Visitenkarte beimessen sollte. War es tatsächlich so, wie sie es Camel gegenüber dargestellt hatte? War Roth dort und wenn ja, hatte er dort eine entscheidende Information erhalten – oder preisgegeben? Sie stellte die Kaffeetasse neben die Tastatur.

In diesem Augenblick klingelte es an der Haustür. Sollte Ben etwa pünktlich sein? Ausgeschlossen. Heinrich war in die Stadt gegangen, Annette längst im Dienst und der neue Postbote kam selten vor dem Mittagessen. Neugierig öffnete sie die Tür.

Vor ihr stand ein hochgewachsener älterer Herr. Er trug einen passgenauen hellgrauen Anzug und einen Reisekoffer, den er in diesem Augenblick neben sich abstellte. Der Hauch eines herben Rasierwassers wehte herüber. Der Haaransatz rund um die Halbglatze war akkurat geschnitten. Freundlich streckte er ihr die Hand entgegen. Alles an ihm strahlte Selbstsicherheit aus. Frau Grimm fragte sich, ob in dem großen Koffer ein Staubsauger auf seinen neuen Besitzer wartete.

„Claus Gunther Struck, einen schönen guten Morgen, gnädige Frau."

„Bemühen Sie sich nicht, ich kaufe nichts", entgegnete sie barsch. Enttäuscht zog er die Hand zurück, wirkte verunsichert. Dann räusperte er sich und nahm einen zweiten Anlauf.

„Entschuldigen Sie vielmals mein Auftreten. Ich hätte meinen Besuch ankündigen sollen. Aber ich wollte meine Tochter überraschen."

„Ihre … Tochter?", haspelte Frau Grimm.

„Ja. Annette. Annette Gerland." Er trat einen halben Schritt zurück und warf einen Blick auf die Hausnummer.

„Herr Struck!", rief sie erstaunt. Der Angesprochene zuckte zusammen. „Das ist ja eine Überraschung. Ich habe Sie gar nicht erkannt." Ihr fiel wieder ein, dass Annette ja immer noch den Namen ihres Ehemannes trug.

„Ich bitte Sie, das macht doch nichts."

Sie führte ihren Besucher in die Wohnküche. Ausgerechnet jetzt, dachte sie mit einem flüchtigen Blick auf die Küchenuhr. Beiläufig schockelte sie die Thermoskanne. Sie war leer.

„Käffken? Oder lieber nicht?"

„Machen Sie sich keine Umstände, Frau Grimm. Sie sind sicher beschäftigt. Ich hörte, Sie sind eine erfolgreiche Detektivin."

Der aufkommende Gedanke an Ben, der sie jeden Moment abholen würde, verblasste im Schatten des Stolzes. Verlegen nestelte sie an ihrer Bluse.

„Hat Annette Ihnen das erzählt?"

„Ähm … gewissermaßen. Meine Tochter ist, sagen wir, ein wenig skeptisch. Nun ja, als Staatsanwältin muss sie das sein. Aber ich finde es prima, dass Sie diese Aufgabe ausführen. Es ist bestimmt eine höchst interessante Tätigkeit, nicht wahr?"

Es kam selten vor, dass ihr ein Fremder auf Anhieb derart sympathisch war.

„Das kann man sagen. Zurzeit ermittle ich in einem Mordfall."

Sein Gesicht versteinerte sich. Frau Grimm kam ein Verdacht.

„Gnädige Frau, ein Mordfall ist Aufgabe der Polizei. Da sollten Sie sich raushalten, das ist viel zu gefährlich."

Sie wollte anmerken, dass sie mit den möglichen Gefahren durchaus vertraut war und dass die Arbeit der Polizei nicht dazu angetan war, das Vertrauen in der Bevölkerung zu steigern, als seltsame Geräusche durch den Hausflur drangen. Sekunden später ertönte das ihr vertraute Geräusch eines Presslufthammers. Claus Gunther Struck zog nachdenklich die Stirn in Falten.

„Ich hatte gar keine Baustelle bemerkt."

„Das ist nur mein Chauffeur", erwiderte sie verlegen und lief schnellen Schrittes zur Haustür. Kurz darauf kam sie mit Ben zurück.

„Darf ich vorstellen, Benjamin Heitkamp."

Der Oberstaatsanwalt a. D. stand auf und hielt dem Kaugummi kauenden Ben die Hand entgegen.

„Claus Gunther Struck, angenehm."

„Hi."

Ben hielt ihm das rechte Armgelenk hin.

„'tschuldigung, der Anlasser funktionuckelte nicht, musste ihn wechseln. Coolen Sound bringt die Karre jetzt auch."

„Man hörte es bereits. Wenn Sie sich vielleicht zuerst waschen möchten", mischte Gertrud Grimm sich verärgert ein. Schulterzuckend verschwand Ben.

„Sie können sich nicht vorstellen, wie schwierig es heutzutage ist, qualifiziertes Personal zu bekommen.“ Sie warf einen Blick auf die Uhr.

„Ja, das ist schlimm“, bedauerte Struck. „Wie ich sehe, müssen Sie aufbrechen. Ich wollte sowieso noch in die Stadt, ein paar Dinge erledigen.“

„Prima. Gegen vier kommen Annette und Heinrich. Es gibt sicherlich viel zu bereden. Wenn Sie es einrichten könnten …“

„Gerne.“

23

Vor einer halben Stunde war Siegfried Horlemann eingetroffen. Manuela hatte ihn von einer Zivilstreife abholen lassen. Die erkennungsdienstliche Behandlung hatte er widerstandslos über sich ergehen lassen. Regungslos saß er ihr jetzt im Vernehmungszimmer gegenüber. Manuela schaltete die Kamera ein und machte die notwendigen Angaben für das Protokoll. Zwischen ihnen auf dem Tisch hatte sie den Pfeil abgelegt.

„Herr Horlemann, was machen Sie beruflich?"

Er stieß einen kurzen Lacher aus.

„Ich bin freiberuflicher Archäologe."

„So was gibt es?"

Horlemann fuhr mit der Hand über sein unrasiertes Kinn. Er trug ein verwaschenes Hemd mit rotem Karomuster offen über einem fleckigen T-Shirt.

„Natürlich nicht. Ich war bis vor eineinhalb Jahren bei Pfeifer in Kalkar beschäftigt. Dann hat man mich rausgeschmissen."

Er presste die Lippen aufeinander, schüttelte den Kopf.

„Weshalb hat man Ihnen gekündigt?"

„Wen interessiert das noch?" Er ließ seiner Antwort ein dumpfes Lachen folgen.

„Mich interessiert das."

Manuela blieb betont gelassen. Sie wusste, dass er bereitwillig antworten würde.

„Ich habe meinen Führerschein verloren. Alkohol. Karl meinte, mit einem Archäologen ohne Pappe könne er nichts anfangen. Dabei fuhren wir so gut wie nie alleine zur Grabungsstelle." Er machte eine wegwerfende Handbewegung. „Seitdem helfe ich bei Blomberg aus, wenn Not am Mann ist. Da kann ich mit dem Fahrrad hin."

Manuela blätterte in einer Akte, die sie sich vor einer Stunde hatte kommen lassen. Horlemann hatte im Oktober letzten Jahres mit einem Blutalkoholwert von 1,2 Promille ein Fahrzeug gerammt und von der Straße gedrängt. Der Wagen streifte einen Baum und überschlug sich anschließend mehrmals. Der Fahrer war mit einigen Schürfwunden glimpflich davongekommen. Weil es sich augenscheinlich um eine Eifersuchtstat gehandelt hatte, plädierte der Staatsanwalt auf versuchten Mord. Der Richter wies die Anklage aus Mangel an Beweisen ab und verurteilte Siegfried Horlemann wegen gefährlichen Eingriffs in den Straßenverkehr in Verbindung mit einem Trunkenheitsdelikt zu einer Freiheitsstrafe von einem halben Jahr, die auf Bewährung ausgesetzt wurde, einem Führerscheinentzug von achtzehn Monaten und einer Geldstrafe von sechzig Tagessätzen zu je vierzig Euro.

„Sie sind vorbestraft."

„Es war ein verdammter Unfall. Ich habe meine Strafe bekommen, was wollen Sie noch?", giftete er sie an. Manuela fragte sich, ob er wirklich so naiv war. Sie blätterte weiter, verharrte auf einer Seite und hob die Augenbrauen.

„Im April kam es offenbar zu einem häuslichen Streit. Nachbarn haben die Polizei alarmiert und ausgesagt, dass dies des Öfteren vorkommt."

„Quatsch! Mir ist mal die Hand ausgerutscht, na und? Kommt in den besten Ehen vor." Er beugte sich über den Tisch und grinste hämisch. „Oder liegt etwa eine Anzeige vor, Frau Kommissarin?"

„Nein. Ihre Frau hat ausgesagt, Moment … sie sei ausgerutscht und vor die Tischkante geschlagen."

„Na also. Was soll das überhaupt?"

Eine halbe Minute lang blickte Manuela ihn nur wortlos an. Sie musste die mutmaßliche Gewaltanwendung gegen seine Frau aus ihrem Bewusstsein verbannen, bevor sie sich darin ausbreiten und für Befangenheit sorgen konnte. Es fiel ihr schwer.

„Ich versuche, mir ein Bild von Ihnen zu machen."

Bevor Horlemann reagieren konnte, deutete Manuela auf den Pfeil zwischen ihnen.

„Ist das Ihr Pfeil, Herr Horlemann?"

Ohne ihn näher zu betrachten, nickte er.

„Bitte antworten Sie."

„Das scheint so."

„In Ordnung. Besitzen Sie ein dunkelgrünes Fahrrad der Marke Batavus?"

„Ja. Ist das verboten?"

Manuela schwieg. Sie beobachtete ihn, suchte nach verräterischen Details. Worte konnten die Schuld verdecken, einen flüchtigen Ausweg eröffnen. Erst die Stille machte die Menschen wehrlos. Sie wurden unsicher, mehr und mehr abhängig von der unterbewussten Sprache ihres Körpers. Diese Signale zu kontrollieren, erforderte ein Höchstmaß an Konzentration. Siegfried Horlemann zeigte nur die gewöhnliche Unruhe, die jemanden befällt, der in einem Vernehmungszimmer sitzt.

„Wo waren Sie am Samstagabend zwischen 22.15 Uhr und 23 Uhr?"

Zum ersten Mal zeigte er Anzeichen von Nervosität. Seine Finger suchten nach Halt, umklammerten die Tischplatte.

„Sie glauben …"

„Bitte beantworten Sie meine Frage."

„Die genaue Uhrzeit weiß ich nicht mehr. Ich war mit Kollegen bei Opel, ich meine, in der ‚Börse'. Ist 'ne Kneipe am Markt. Wir treffen uns einmal im Monat zum Stammtisch. Irgendwann sind wir ins ‚Einstein'." Er machte eine kleine Pause. „Zwischendurch bin ich zum Fürstenberg hochgefahren."

Manuela sah ihn erstaunt an. Sie hatte mit allem gerechnet, aber nicht damit. Er musste wissen, weshalb sie ihn nach dieser Uhrzeit fragte.

„Um Bernd Roth zu treffen."

„Nein … das heißt ja, aber …"

„Warum?"

Auf seiner Stirn schwoll eine Ader bedrohlich an.

„Warum? Weil er meine Frau vögelt, deshalb!“

Manuela verschlug es die Sprache. Nach den Gesprächen mit Julia Roth und Monika Horlemann hatte sie das am wenigsten erwartet.

„Wie kommen Sie darauf?“

„Sie haben sich dort verabredet. Ich habe den Zettel unter dem Scheibenwischer des Autos meiner Frau gefunden. Julia behauptet zwar, es wäre nicht Bernds Handschrift, aber so blöd ist Bernd nicht. Ich meine“, er senkte betreten den Kopf, „war er nicht.“

„Sie haben Bernd Roth getötet, weil Sie einen Zettel gefunden haben?“

„Nein!“, schrie Horlemann. „Ich wollte ihn zur Rede stellen. Ich konnte nicht glauben, dass mein bester Freund … aber er war sowieso nicht da. Obwohl sein Auto dort oben stand. Das verstehe ich immer noch nicht.“

„Was haben Sie dann gemacht?“

„Nichts.“

Manuela ließ ihren Blick auf ihn gerichtet. Er wandte den Kopf zur Seite, starrte in eine Ecke des Raumes, stieß laut den Atem aus und sah sie anschließend mit einem entschuldigenden Blick an.

„Ich war verdammt wütend. Ich dachte, er treibt es da oben irgendwo mit Monika. Ich habe ’ne Weile gewartet. Dann hab ich vor lauter Frust die Luft aus seinen Reifen gelassen und bin zurückgefahren.“

„Nette Geschichte.“

„Das ist die Wahrheit, verdammt noch mal!“

„Die Wahrheit ist, dass Bernd Roth an diesem Abend mit einem Pfeil erschossen wurde, der offensichtlich Ihnen gehört. Die Wahrheit ist auch, dass Sie ein Motiv haben und dass Sie zum fraglichen Zeitpunkt am Tatort waren. Herr Horlemann, ich nehme Sie vorläufig fest. Sie stehen in dringendem Tatverdacht, Bernd Roth getötet zu haben.“

„Was? Das ist doch völliger Schwachsinn! Ich bringe doch niemanden um!“

Nachdem ein Kollege den tobenden Horlemann aus dem Vernehmungszimmer geführt hatte, blieb Manuela noch eine Minute sitzen, stützte den Kopf in die Hände. Sie verabscheute Typen wie ihn. Eine innere Stimme mahnte sie, sich nicht von Gefühlen leiten zu lassen. Seine Verblüffung war nicht gespielt. Sie gab sich einen Ruck und stand auf.

Im Büro erwartete sie Hans-Gerd Schmeink. Der Kollege der kriminaltechnischen Untersuchungsstelle war 1,95 Meter groß, fast halb so breit und hielt einige lose Blätter in seiner Linken. Verwundert gab sie ihm die Hand. Es kam selten vor, dass die Kollegen persönlich aus Duisburg kamen. Gespannt setzte die Hauptkommissarin sich an den Schreibtisch. Sie bemerkte die Kladde seiner Abteilung vor sich.

„Die Speicherkarte der Kamera war ein Volltreffer, wie ich es geahnt hatte“, kam Schmeink zu Manuelas Zufriedenheit direkt auf den Punkt.

„Wie ich dir schon am Telefon gesagte habe, kamen uns die verwischten Fingerabdrücke an den Menüknöpfen komisch vor. Bei einer ersten Inaugenscheinnahme zeigten die Bilder nichts Ungewöhnliches. Damit meine ich die, die nicht gelöscht waren. Wobei unklar ist, um wie viele es sich letztendlich handelt. Die Karte war nicht gerade neu, sie ist schon zigmal überschrieben worden, da ist dann nicht mehr allzu viel zu holen. Zwei Aufnahmen konnten die Kollegen beim LKA aber wiederherstellen, wobei eine davon verwackelt und hoffnungslos unterbelichtet ist. Sie haben alles probiert, aber mehr als das hier war nicht rauszuholen.“

Er legte einen Computerausdruck in der Größe DIN A4 auf die Kladde vor Manuela. Der vordere Bereich zeigte den Rand der Grube, in der sich der Eimer befunden hatte, das Hauptmotiv war aber das gegenüberliegende Gebüsch, etwa die Stelle, an der vermutlich der Schütze gestanden hatte. Adriano hatte es nicht mehr auf seinem Platz gehalten. Er stand seitlich hinter der Kollegin und betrachtete die unscharfe Aufnahme auf der Suche nach einem entscheidenden Hinweis.

„Da ist niemand zu sehen. Weshalb hat er das Foto geschossen?“, rätselte er.

„Vielleicht hat das Opfer etwas gesehen. Der Blitz dieser kleinen Digicams reicht nur wenige Meter weit. Sie sagen, sie haben die Aufnahme am Rechner bis zur Unkenntlichkeit nachbelichtet. Aber wo nichts ist, ist nichts. Das Foto entstand übrigens um 22.48 Uhr. Es war aller Wahrscheinlichkeit nach das letzte, was er in seinem Leben gemacht hat“, bemerkte Schmeink und legte eine weitere Aufnahme darüber.

„Dieses Foto wurde um 22.27 Uhr aufgenommen. Die interne Uhr der Kamera geht, nebenbei bemerkt, lediglich zweiunddreißig Sekunden vor.“

Manuela nahm das Blatt und hielt es dicht vor die Augen. Es zeigte den Grund der Grube, der umgekippte blaue Plastikeimer war deutlich erkennbar. Daneben ragte ein unscheinbares, leicht gebogenes und verdrecktes Gebilde aus der Erde. Manuela nahm den Eimer als Größenvergleich und schätzte das ominöse Teil auf eine Größe von höchstens fünf Zentimetern. Ihr erster Gedanke war: eine Wurzel, die, einer Laune der Natur gehorchend, diese seltsame und doch auf irgendeine Art vertraute Form aufwies. Aber ein Mensch musste sterben und ein Loch in der Größe eines Grabes wurde an dieser Stelle ausgehoben, mahnte ihre innere Stimme sie. Manuela legte das Blatt ab und wandte sich fragend an Schmeink.

„Es gibt immer einen Weg. Wir haben eine Art feinmaschiges Netz darübergelegt, die Form damit abgegriffen. Diese Computermodelle machen wir oft von Tatorten, bei Unfällen und so weiter. Meistens, um ein dreidimensionales Bild zu erstellen. Mittlerweile verfügt das LKA über eine umfangreiche Datenbank. Dort sind die Kollegen auch fündig geworden. Und zwar in der Abteilung Anatomie."

„Was willst du damit sagen?", fragte Manuela leise.

„Es handelt sich zweifelsfrei um einen Daumen."

24

Frau Grimm setzte sich achtlos auf den Beifahrersitz. Das Geräusch zerberstender Styroporverpackungen eines Fast-Foodrestaurants erklang. Sie atmete tief durch, dann fiel ihr Blick auf einige Schrauben, Muttern und Unterlegscheiben in einer Mulde der Mittelkonsole.

„Die waren über“, kommentierte Ben schulterzuckend. Der Motor sprang, begleitet von metallischem Kreischen, beim ersten Versuch an. Ben hatte zudem die Seitenscheibe der Fahrertür mit kleinen Holzkeilen vor dem Herabfallen gesichert. Unterwegs nach Xanten, vorbei an dem Dörfchen Ginderich, das wie eine Insel aus dem Meer der Kornfelder, Rübenäcker und Weiden ragte, rief sie Julia Roth an und klärte sie über den Ermittlungsstand auf. Einen Tempel hatte ihr Mann zwar mal in einem anderen Zusammenhang erwähnt, von einem darin befindlichen Schatz sei allerdings nie die Rede gewesen.

In der Nähe der Ampelkreuzung am Fürstenberg stand ein Polizist an der Einfahrt eines LKW-Parkplatzes. In seiner rechten Hand baumelte die berüchtigte Kelle. Ben wirkte erleichtert, als er ihn im Rückspiegel sah.

Wenige Meter vor dem Ende der durch die Ortsumgehung zweigeteilten Siegfriedstraße bogen sie auf den Schotterparkplatz des LVR-Römermuseums.

Das mächtige Hauptgebäude war auf den Grundmauern der Basilika Thermarum, der Eingangshalle des römischen Stadtbades, errichtet worden. Beim Anblick der riesigen Fensterfront fragte sich Gertrud Grimm, ob es in der Antike mehrgeschossige Gewächshäuser gegeben hatte. Ben konnte sich einen der vielen freien Plätze aussuchen, was ihn zu der Bemerkung veranlasste, der Parkplatz sei ja „voll leer“.

Vor dem Kassenhäuschen kramte sie in ihren Taschen und legte schließlich zufrieden eine ihrer Visitenkarten auf die Theke. Die Kassiererin nahm sie in die Hand, las den Text, drehte sie neugierig um und legte sie zurück. Mit einem Nicken deutete sie auf Ben.

„Ist das Ihr Sohn … ähm, ich meine Enkel?"

„Gott bewahre. Das ist mein engster Mitarbeiter", antwortete Frau Grimm bestimmt.

„Gut, dann bekomme ich achtzehn Euro."

Frau Grimm entglitten die Gesichtszüge. Mit Nachdruck klopfte sie auf das Kärtchen. Ben drehte verlegen den Kopf zur Seite und betrachtete das benachbarte Feld.

„Hören Sie, das ist kein Spaß. Wir ermitteln in einem besonders brisanten Mordfall."

„Bei uns im Museum?"

Sie lächelte! Der Mangel an Respekt trieb der Detektivin die Zornesröte ins Gesicht.

„Ja, bei Ihnen im Museum!"

„Davon weiß ich nichts. Tut mir leid."

„Nu gib ma Gas, Omma!", rief ein untersetzter Glatzkopf mit Motorradhelm in der Hand. Hinter ihm hatten sich fünf weitere Typen in Ledercombos angestellt. Nur weil sie Aufsehen vermeiden wollte, zahlte sie widerwillig.

„Wow", entfuhr es Ben. Sein Blickfeld reichte im Mittelbereich bis an die Decke in über zwanzig Metern Höhe. Scheinbar schwebende Rampen führten an den Seitenwänden auf die von der Decke abgehängten Ausstellungsflächen. Diese Architektur sorgte für ein angenehm helles Ambiente. Unbeeindruckt davon schritt Gertrud Grimm an die lange Informationstheke, die eher einem Verkaufsregal glich. Dort wurde sie anscheinend schon erwartet.

„Guten Tag, Fräulein, ich hätte gerne den Herrn Direktor gesprochen."

„Was kann ich für Sie tun?", vernahm sie eine sonore Stimme

neben sich. Der Informationsfluss funktioniert offenbar prächtig, dachte sie.

„Marcus Ritter", freundlich reichte er ihr die Hand. Er war von schlanker Statur, sein ovales Gesicht mündete in ein kleines, abgerundetes Kinn. Seine Augenbrauen waren ebenso schwarz wie der modische Kurzhaarschnitt. Zu einer figurbetonten dunklen Jeans trug Ritter ein weißes Oberhemd, dazu eine Krawatte in Bordeauxrot. In seinem herausfordernden Blick vereinten sich Freundlichkeit und Neugierde. Frau Grimm fielen die gepflegten Hände auf.

„Grimm. Gertrud Grimm. Ich leite das Detektivbüro Grimm und Sohn. Das ist mein Chauffeur, Herr Heitkamp. Wir sind derzeit mit dem Mordfall Roth betraut und ..."

„Verzeihen Sie, Frau Grimm", Ritter legte die Hand auf ihre linke Schulter, „vielleicht bereden wir das in Ruhe. Bitte folgen Sie mir."

Unterwegs in einen der Konferenzräume im Untergeschoss nahm Ben den kinderhandgroßen Ketchupfleck auf Frau Grimms Gesäß wahr.

„Moment, Sie haben da was" flüsterte er, zog einen Lappen aus der Tasche und wischte mit schnellen Bewegungen darüber. Das darauf enthaltene Motorenöl verdeckte den Ketchupfleck nun großräumig. Erschrocken ließ er den Lappen wieder verschwinden.

„Was fällt Ihnen ein!", zischte sie. Dann ging ihr ein Licht auf. Sie drehte ihren Kopf nach hinten, zog an dem Rock, um etwas zu erkennen. Der Museumsdirektor räusperte sich.

„Darf ich Ihnen etwas anbieten? Kaffee, Tee, Mineralwasser?"

„Nein, danke. Wir benötigen nur einige Informationen." Die Detektivin legte Block und Kugelschreiber bereit. Ritter wartete gespannt auf ihre Fragen und wunderte sich unterdessen, dass er nichts von einem Mord mitbekommen hatte. Blomberg hatte am Telefon nur von einer Raubgrabung und dem Tod seines Grabungsleiters gesprochen.

„Wie Sie vermutlich wissen, ist in der Nähe der alten Kapelle auf dem Fürstenberg ein alter Tempel ausgegraben worden."

„Freigelegt. Ja, leider."

„Leider? So ein Tempel ist doch bestimmt sehr wertvoll. Ich meine, so was gräbt man ja nicht jeden Tag aus. Freuen Sie sich denn gar nicht?"

„Dass ein Bodendenkmal zerstört wurde? Nein, das ist wahrlich keine Freude. Wenn es nach uns gegangen wäre, wäre der Tempel in der Erde geblieben, dort war er geschützt. Die abgetragenen Erdschichten können nie wiederhergestellt werden. Und wertvoll ist der hier in Xanten sicher nicht."

Frau Grimm notierte Ritters Aussage. Sie konnte sich ohnehin nicht vorstellen, dass der Fund eines antiken Tempels, dessen Lage noch dazu mehr oder weniger öffentlich bekannt war, als Mordmotiv herhalten sollte.

„Könnte sich irgendetwas besonders Wertvolles in dem Tempel befunden haben, Herr Ritter?"

Der Museumsdirektor schmunzelte, er schien allmählich Gefallen an der Unterhaltung zu finden.

„Titus, gib uns unsere Schätze wieder!", antwortete er mit dumpfer Stimme.

„Ich verstehe nicht."

„Das hätten die Juden fordern können, nachdem vier römische Legionen in Judäa die Tributpflicht mit dem Raub des Tempelschatzes erzwangen. Aber im Ernst: Es kam vor, dass der Sold für die Soldaten oder auch eine Kriegskasse im Tempel aufbewahrt wurde, aber sicher nicht am Fürstenberg, einen Steinwurf von einem der größten Militärlager der Antike entfernt. Das wäre so, als ob Sie Ihr Erspartes unter einer Holzbank neben der Sparkasse aufbewahren."

Die Raubgrabung exakt am Ort des Tempels, die Grube in der Grube und eine Leiche daneben – das kann kein Zufall sein, dachte Frau Grimm. Ritter sah auf die Uhr. Hastig blätterte die Detektivin in ihrem Block. An Camels Anmerkungen blieb sie hängen. Leider konnte sie die eilig mit der linken Hand hingekritzelte Gesprächsnotiz kaum entziffern.

„Damals haben doch die Barbaren dieses Lager geplündert, könnten die Römer nicht ihre Schätze zur Sicherheit im Tempel versteckt haben?“

„Barbaren nannten die Griechen in der Antike alle Menschen, die nicht ihre Sprache beherrschten. Was Sie meinen, waren die Bataver. Und was hätte sie daran hindern sollen, den Tempel zu plündern?“

Mit einem Lächeln ruinierte Ritter eine schöne These nach der anderen.

„Irgendetwas *muss* sich dort befunden haben“, grummelte sie trotzig.

Ritters Nicken nährte ihre Hoffnung.

„In dem Tempel könnte sich ein Götterbildnis befunden haben. Diese Bildnisse waren oft mit Gold und Edelsteinen reichlich verziert und schon damals von beträchtlichem Wert. Bis auf die Hohepriester hatte niemand Zugang zum Tempel, sie waren dort sicher.“

„Das ist es!“, triumphierte Frau Grimm, doch Ritters leichtes Kopfschütteln ließ ihren Jubel verebben.

„Die Bataver konnten zwar nicht ahnen, dass sie bei ihrer Rückkehr im Jahre 70 nach Christus vernichtend geschlagen werden, aber eine derart wertvolle Reliquie hätten sie niemals zurückgelassen.“

„Und bis auf dieses Götterbildnis war der Tempel leer?“

„Ich war zwar nicht drin, aber ich fürchte ja. Wenn man mal vom Opfertisch absieht. Der ist übrigens nicht von besonderem Wert.“

Die glühende Julisonne hatte den Innenraum des Golfs in ein Treibhaus verwandelt. Ben löste kurzerhand zwei Holzkeile, woraufhin die Seitenscheibe mit einem dumpfen Knall im Bauch der Fahrertür verschwand. Frau Grimm wischte mit einem alten Scheibentuch aus der Ablage den Beifahrersitz halbwegs trocken und breitete eine Landkarte, die sie in der Seitenablage der Tür gefunden hatte, darauf aus.

„Der Tempel spielt eine Rolle, da kann der mir erzählen, was er will", grummelte sie anschließend.

„Möglicherweise ist alles nur vorgetäuscht", bemerkte Ben.

Frau Grimm sah ihren Chauffeur fragend an.

„Ich habe gestern Abend einen Krimi gesehen. Darin hat jemand zu einem völlig überzogenen Preis ein Grundstück erworben, auf dem die Stadt eigentlich eine Feuerwache errichten wollte. Alle haben geglaubt, er wolle der Kommune eins auswischen oder hat auf einen lohnenden Wiederverkauf spekuliert. Irgendwann wurde das Gelände enteignet und man fand die Leiche seiner Exfreundin im Garten. Wie groß ist eigentlich diese Grube?"

„Das werden wir rausfinden." Mit einem schnellen Griff entnahm sie ihrer Handtasche den Zollstock.

„Das gibt's doch nicht. Kann man vielleicht einmal in Ruhe seiner Arbeit nachgehen?", fluchte die Detektivin beim Anblick der Polizeifahrzeuge. Sie wies Ben an, hundert Meter zurückzusetzen und dort auf sie zu warten.

Die junge Polizistin am Eingangstor zur Kapelle grüßte sie freundlich.

„Ist das eine schöne Gegend hier", flötete Frau Grimm. Sechzig Meter weiter endete die Sichtschutzfolie am Zaun. Sie blieb stehen, genoss eine Weile den Blick auf die über seichte Hügel verlaufenden Felder, um sich danach betont zufällig umzudrehen. Dabei erhaschte sie einen Blick auf Manuela und Adriano, die sich mit einem Hundeführer unterhielten.

Leichenspürhunde, schoss es ihr durch den Kopf. Gertrud Grimm dachte scharf nach. Sollte Ben mit seiner Andeutung richtig liegen, würde dies den Täterkreis rapide einschränken. Und noch etwas dürfte klar sein: Der Tempel wurde nicht zum ersten Mal ausgegraben.

25

„Escortservice Annabelle" war in geschwungener Kursivschrift in die Messingtafel graviert. Camel hatte ein schlichtes Büro erwartet, vielleicht mit einer wärmeren Atmosphäre als das einer Versicherungsagentur. Beim Betreten des großzügig dimensionierten Empfangsraums verschlug es ihm jedoch die Sprache. Ockerfarbene Textiltapeten, eine Decke mit fein geschwungenem Stuck, dessen Verästelungen mit Goldfarbe verziert waren, ein daumendicker, dunkelroter Teppich, der die Schrittgeräusche schluckte, und dezent platziertes Mobiliar aus dem Biedermeier. Kurz darauf erschien Madame Annabelle, wie sie sich selbstbewusst nannte, und fragte nach seinen Wünschen. Camel befiel eine leichte Nervosität. Seine Blicke verfingen sich im tiefen Dekolleté der Inhaberin.

„Gefallen Ihnen meine Augen?", fragte sie mit rauchzarter Stimme. Ein Ruck durchfuhr den Journalisten.

„Ja … ähm, nein, ich meine … Also, weshalb ich hier bin, ich bin Archäologe. Vorige Woche war ein Kollege von mir bei Ihnen, Bernd Roth. Sagt Ihnen der Name etwas?"

Sie richtete sich auf, drückte ihren Rücken durch. Die hellblaue Seidenbluse spannte sich um ihre ausladenden Brüste. Camel wurde es heiß.

„Über Kunden gebe ich keine Auskunft. Diskretion ist uns heilig, Sie verstehen?"

„Selbstverständlich. Bernd sagte mir, er hätte eine Dame kennengelernt, die Erfahrung hat … ich meine mit Archäologie."

„Ah, ich verstehe. Sie suchen einen Begleitservice für eine Veranstaltung. Archäologinnen habe ich zwar nicht, aber ich könnte Ihnen Carmen empfehlen."

Madame Annabelle blätterte in einem Ordner, zog drei großformatige Fotos hervor und beugte sich damit weit über den Biedermeiertisch. Camel wischte sich flüchtig den Schweiß von der Stirn.

„Carmen hat zwei Semester Kunstgeschichte an der Ludwig-Maximilians-Universität in München studiert."

Camel warf einen Blick auf eine leicht bekleidete Brünette mit Modelfigur.

„Ja, das wird sie sein, so hat mein Freund sie mir beschrieben. Wo ist die Dame denn? Ich hab's nämlich ein bisschen eilig."

„Für Eilige gibt es eigentlich andere Häuser. Ich werde aber sehen, was sich machen lässt. Wenn Sie sich zwischenzeitlich mit unseren Angeboten vertraut machen möchten?"

Sie deutete auf eine Art Preisliste vor ihm und griff nach dem Telefon. Camel stockte der Atem. Bis dreitausendzweihundert Euro für ein Wochenende! Das günstigste Arrangement war eine Buchung am Nachmittag für mindestens drei Stunden. Aber alleine der Versuch, diese vierhundert Euro in der Spesenabrechnung unterzubringen, würde seinen Chef Sennheiser vermutlich zur Weißglut bringen. Madame Annabelle hielt eine Hand vor den Hörer.

„Wo würden Sie die Dame gerne treffen? Wir haben sehr schöne Hotels zur Auswahl. Oder bevorzugen Sie die private Atmosphäre eines Apartments?"

„Geht es auch bei mir? Sagen wir in einer Stunde?"

Madame Annabelle hob kaum merklich die Augenlider.

„Selbstverständlich."

26

Die Teamsitzung begann mit zwanzigminütiger Verspätung. Manuela wollte auf Michael Kempkes warten, der sich noch auf dem Rückweg aus Xanten befand und Neuigkeiten angekündigt hatte. Josef Wolters war in der Zwischenzeit damit beschäftigt, den neuen Hightech-Kaffeeautomaten, den er über gute Kontakte „organisiert" hatte, anzuschließen und zu befüllen. Immer wieder musste er dafür einen Blick in die englischsprachige Bedienungsanleitung werfen, deren Text er kaum verstand. Endlich nahm er die Bestellungen entgegen. Sein Angebot reichte vom ordinären Kaffee über Cafè Latte bis zum Cappuccino in allen erdenklichen Geschmacksrichtungen. Mit bedenklich lautem Zischen und dem Ausstoß einer mächtigen Wasserdampfwolke nahm die Maschine ihre Arbeit auf.

Michael Kempkes war inzwischen eingetroffen, Manuela begann mit den neuesten Ergebnissen. Den Bericht der Kriminaltechnik hatte sie bereits zu Beginn verteilt. Die Nachricht von dem „Daumenfund" war am Vormittag bereits per Flurfunk in Windeseile verbreitet worden.

„Das Ergebnis der Hundeführer ist leider ernüchternd. Laut Einschätzung unserer vierbeinigen Kollegen haben sich in der fraglichen Aushebung in den letzten drei Jahren weder eine Leiche noch Teile davon befunden."

Ein Raunen breitete sich aus. Josef Wolters schlug mit der flachen Hand auf die Tischplatte.

„Rin inne Kartoffeln, raus ausse Kartoffeln. Morgens haben wir 'ne Leiche, mittags wieder nicht. Was denn nun?", kommentierte er die Situation auf seine Art.

„Moment, Jupp", unterbrach ihn Mareike, „von einer Leiche war nie die Rede. Die KTU hat nur festgestellt, dass dieses Teil starke Ähnlichkeit mit einem Daumen hat. Und einen Daumen hat eine Schaufensterpuppe beispielsweise auch."

„Ich hab mal 'ne Möhre aus der Erde gezogen, die sah aus wie die Nase meiner Frau. Aber dafür stirbt man nicht. Nee, Leute, da ist was faul. Vielleicht haben die Köter sich geirrt oder die Leiche wurde großzügig freigelegt oder sie war mumifiziert oder was weiß ich."

„Oder lag nicht lange genug dort", ergänzte Elke Meiners, deren Sommersprossen durch die dunklere Braunfärbung um diese Jahreszeit besonders auffielen. Manuela schüttelte den Kopf. Sie blätterte einige Seiten in ihrem Notizblock zurück.

„Vier bis sechs Stunden, je nach Witterung und äußeren Umständen, muss eine Leiche sich an einem Ort befunden haben, damit die Hunde sie riechen. Ich glaube, wir befinden uns auf dem Holzweg."

Der Kaffeeautomat machte sich selbstständig. Gefolgt von einer Reihe seltsamer Geräusche ertönte ein sonorer Brummton, danach ein leises Klacken und die Lichter neben den Wahltasten erloschen. Elke Meiners wartete, bis sich die Blicke der Anwesenden von der Maschine lösten.

„Vielleicht sehen wir die Sache bloß aus der falschen Richtung", begann die Oberkommissarin zögerlich.

„Wie meinst du das?", wollte Manuela wissen.

„Na ja, wir gehen davon aus, dass jemand dort etwas ausgraben wollte. Was offensichtlich auch der Fall war. Nehmen wir mal an, das war gar nicht die Intention des Täters. Nehmen wir an, er wollte dort an diesem Abend eine Leiche verschwinden lassen und ist dabei überrascht worden."

Fast andächtiges Schweigen breitete sich für einige Sekunden aus. Erstaunte Blicke machten die Runde.

„Leck mich fett, daran hat niemand gedacht! Wenn der Kaskopp da erst mal sein Kloster stehen hat, findet die Leiche keine Sau mehr."

„Allerdings", zauderte Elke, „hätte er nach dem Tod des Zeugen seine Tätigkeit beenden können. Weshalb gräbt er die Leiche wieder aus?"

„Lass mal, Mädchen, der Ansatz war klasse. Das Areal ist ein Tatort, da würde ich keine zweite Leiche eine Handbreit unter der Erde liegen lassen. Der Täter musste damit rechnen, dass wir dort alles umdrehen."

„Warum hat er dann Roths Leiche die ganze Nacht da liegen lassen? Und warum ein Grab in dieser Größe?", fragte Mareike. Wolters atmete kräftig durch. Es war einer dieser Momente, in denen er gerne das Fenster öffnen und sich eine Zigarette anzünden würde. Michael Kempkes betrachtete mit gerümpfter Nase den Kaffeesatz auf dem Boden seiner Tasse. Manuela notierte Elkes Ansatz, obwohl sie nicht daran glauben mochte. Plötzlich schnippte Adriano mit den Fingern.

„Spinnen wir das Szenario mal andersrum durch. Was wäre, wenn Bernd Roth den Täter nicht erwischt hätte? Wenn er dort eine Leiche gefunden und uns angerufen hätte?"

„Dann säße anstelle von Siegfried Horlemann Steen van Bruneck in der Untersuchungszelle", stellte Manuela leise fest. „Ihm gehört das Grundstück, er hat dort Ausgrabungen durchgeführt und er verfügt über kein Alibi."

„Doch."

Mit einem Wort beendete Michael Kempkes die Spekulation und zog die Blicke auf sich. Mit seinem hellgrünen Hemd, der modischen roten Brille und dem gepflegten äußeren Erscheinungsbild in Verbindung mit seiner dezent-höflichen, aber immer korrekten Umgangsform hätte er auch problemlos als Sachbearbeiter im Ordnungsamt durchgehen können. Obwohl durchaus eloquent, konnte Kempkes Neuigkeiten während einer Teamsitzung so lange zurückhalten, bis er an der Reihe schien oder sie zum Thema passten. Eine Eigenart, die Josef Wolters gelegentlich auf die Palme brachte.

„Ich war vorhin im Xantener Rathaus, habe die Baupläne eingesehen. Die Planungen sehen neben dem Aufbau der ehemaligen Klosteranlage ein Café und ein Hotel vor. Nach einhelliger Meinung ein durchaus rentables Projekt. Alleine was die Kapazität an Hotelbetten betrifft, sieht die Stadt Handlungsbedarf. Es dürfte sich also unabhängig von der Raubgrabung lohnen, das heißt, so groß ist der Aufwand gar nicht, den van Bruneck betreibt. Interessant ist aber, was ich ganz nebenbei erfahren habe. Samstagabend trafen sich der Bauausschuss, der Herr Bürgermeister und Herr van Bruneck zu einem Arbeitsessen im ‚Gotischen Haus'. Es gab anscheinend viel zu bereden, jedenfalls hat Herr van Bruneck das Restaurant weit nach Mitternacht verlassen. Zu Fuß, er brauchte frische Luft."

„Prima", konstatierte Manuela.

„Warum gibt er uns gegenüber an, dass er alleine im Bett war?", wollte Adriano wissen.

„Er hat euch verarscht, ganz einfach", erwiderte Wolters.

„Möglicherweise." Manuela wirkte nachdenklich. „Ich halte van Bruneck für berechnend. Er ist nicht der Typ, der irgendetwas dem Zufall überlässt."

„Du willst damit andeuten, er kennt den Täter und will ihn decken beziehungsweise ihm einen Vorsprung geben? Warum sollte er das tun?"

„Ich weiß es nicht, Adriano. Ich meine nur, wir sollten das nicht leichtfertig verwerfen. Aber da ist noch etwas, das mir Kopfzerbrechen bereitet. Um 22.27 Uhr hat Roth den ominösen Daumen fotografiert. Die nächste und letzte Aufnahme machte er um 22.48 Uhr. Was war in den einundzwanzig Minuten dazwischen? Es war um diese Zeit schon stockdunkel."

Der Kaffeeautomat fühlte sich berufen, erneut mit diversen Geräuschen auf sich aufmerksam zu machen. Wolters bemerkte die mahnenden Blicke, stand auf und zog den Netzstecker heraus.

„Vielleicht wollte er nach Hause fahren. Aber dann hat er gesehen, dass seine Reifen platt sind", überlegte Adriano.

„Jau. Und dann hat er den ADAC angerufen. Is klar."

Adriano warf Wolters einen wütenden Blick zu.

„Seine Frau konnte er nicht erreichen. Er könnte ein Taxi bestellt haben. Die Verbindungsdaten seines Handyproviders sollten wir heute bekommen. Dann dürfte dieser Punkt geklärt sein."

Damit beendete Manuela die Teamsitzung.

Auf dem Flur hörte sie das Klingeln ihres Telefons. Manuela beeilte sich, die Tür aufzuschließen, und sprang mit einem Satz an ihren Schreibtisch. Es war Schmeink.

„Entschuldigt, dass es so lange gedauert hat, aber bei hundertzweiundachtzig Spuren ... Jedenfalls sind wir fast durch, zumindest, was die Abgleiche betrifft. Demnach verbleiben insgesamt vier Fremdspuren. Da sind zum einen Reifenspuren. Anhand des Profils und der Reifenbreite konnten wir Hersteller und Typ ermitteln. Sie werden als Kompletträder von der Firma Gernot vertrieben. Verwendet werden sie hauptsächlich für Sackkarren und Bollerwagen. Der Spurabstand von sechsundfünfzig Zentimetern und der geradlinige Verlauf weisen auf Ersteres hin. Wir haben angenommen, dass sie von den Archäologen eingesetzt wurden. Ein Vergleich bei der Firma Blomberg hat aber gezeigt, dass sie dort weitaus bessere Arbeitsgeräte verwenden. Lediglich im Lager fanden wir eine dieser Baumarktkarren. Wir haben sie untersucht und können sicher ausschließen, dass sie am Tatort war."

„Wo befanden sich diese Spuren?"

Manuela hatte die Mithörtaste gedrückt, Adriano beugte sich übertrieben mühevoll vor, deutete Interesse an.

„Einen halben Meter von dieser tieferen Aushebung entfernt bis zur Rampe. Oben im Gras war natürlich nichts mehr zu finden. Übrigens: Aufgrund der Spurtiefe und einem angenommenen Reifendruck von 2,5 Bar betrug das Gewicht auf der Karre, grob geschätzt, zwischen sechzig und siebzig Kilogramm."

Die Untersuchung bei der Firma Blomberg hätten sie sich sparen können, dachte Manuela. Am Freitagnachmittag gab es diese Aushebung schließlich noch nicht. Sie fragte Schmeink nach den weiteren Spuren.

„Da sind zunächst die Abdrücke im Gebüsch am Rande des Grundstücks. Es handelt sich um Sicherheitsschuhe der Firma ‚Elten', Modell Adam ESD in der Größe zweiundvierzig. Die werden wegen ihrer relativ glatten Sohle von Archäologen bevorzugt. Auf sandigen Ausgrabungsflächen sind Stollenschuhe verpönt, habe ich mir sagen lassen. Die sind da sehr pingelig. Wir haben tatsächlich auch einige Abdrücke dieser Modelle am Tatort sichergestellt. Abdrücke speziell von diesem Paar befanden sich aber ausschließlich in der Nähe der tieferen Aushebung und zwischen den Reifenspuren. Zwei weitere Fußspuren konnten wir nicht zuordnen. Einmal gewöhnliche Straßenschuhe der Firma ‚Sandora', Größe vierzig, bei den anderen handelt es sich um grobstollige Arbeitsschuhe der Größe sechsundvierzig, den Hersteller konnten wir noch nicht in Erfahrung bringen. Bevor ich es vergesse, mit dem Auto sind die Kollegen auch durch. Der Innenraum ist blitzblank, bis auf die Spuren des Ehepaares Roth konnten sie keine Fremdfasern finden. Auf den Kotflügeln und auf dem Dach befanden sich erstklassige Abdrücke, die mit den neuen Ergebnissen vom Erkennungsdienst übereinstimmen. Dieser Horlemann musste sich offensichtlich mit der ganzen Hand abstützen. Den Bericht schicke ich euch gleich rüber."

„Moment – du sagtest, im Auto hat sich keine fremde Person befunden?"

„Nein, das habe ich nicht gesagt. Ich sagte, die Kollegen haben nichts gefunden. Wenn sich zum Beispiel jemand mit Regenjacke und Kapuze kurz hineinsetzt, könnte …"

„Schon gut, Hans-Gerd."

Das Wesentliche hatte Manuela mitgeschrieben. Sie bedankte sich bei Schmeink. Adriano wirkte sichtlich zufrieden. Manuela warf ihm einen fragenden Blick entgegen.

„Das Puzzle setzt sich allmählich zusammen. Jetzt wissen wir, wie die Leiche abtransportiert wurde."

„Eine Leiche auf einer Sackkarre, wie soll das denn funktionieren?"

„Wenn man sie anschnallt... was weiß ich, jedenfalls dürfte das Motiv Eifersucht vom Tisch sein."

Manuela sah aus dem Fenster. Sie wunderte sich, dass die Wiesen trotz der Hitzewelle ihr saftiges Grün bewahrten. Der Radiosprecher hatte am Morgen den heißesten Tag des Jahres vorausgesagt. Für den Abend waren erste Wärmegewitter angekündigt. Sie fragte sich, ob sie ein erneutes Gespräch mit Hajos Frau suchen sollte. Das Rattern des Faxgerätes holte ihre Gedanken zurück.

„Bingo!", rief Adriano mit dem Ausdruck in der Hand. „Der Verbindungsnachweis von Roths Handy. „Ein Anruf am Samstagabend, 22.31 Uhr. Ist 'ne Handynummer."

Nach wenigen Minuten hatte Manuela den Namen des Teilnehmers herausgefunden. Es handelte sich um Siegfried Horlemann.

27

Camel fühlte sich nicht besonders wohl in seiner Haut. Eine knappe Stunde war nicht allzu viel. Mit dem Staubsauger in der Hand räumte er unterwegs schmutziges Geschirr weg oder wischte mit dem fleckigen Geschirrtuch den gröbsten Staub von den Stellen, an denen er gerade vorbeikam. Unterwegs hatte er an einer Tankstelle eine Flasche Sekt und ein paar Knabbereien für alle Fälle besorgt. Er stellte den Staubsauger weg und goss heißes Wasser in den Kaffeefilter. Anschließend ging er im Wohnzimmer seine Plattensammlung durch, die ausschließlich aus Schlagern der Sechziger- und Siebzigerjahre bestand. Camel legte Ricky Shaynes „Mamy Blue“ auf dem Plattenteller bereit. Der Song schien ihm wie gemacht, um für eine entspannte Atmosphäre zu sorgen.

Auf dem Weg nach Hause hatte Camel einen kurzen Abstecher in die Redaktion gemacht. Sennheiser dachte nicht im Traum daran, ihm vierhundert Euro Spesen für „die speziellen Dienste einer Nutte“ zu bewilligen. Stattdessen stellte er den geistigen Gesamtzustand seines Mitarbeiters infrage. Camel störte es nicht weiter. Seine Tage in der Provinz waren ohnehin gezählt. Die überregionale Exklusivberichterstattung eines brisanten Mordfalles würde seiner Karriere den entscheidenden Kick geben. Während er darüber nachdachte, welchem renommierten Blatt er die Zusage erteilen würde, klingelte es an der Tür. Camel zupfte rasch das Hemd mit den Blumenmotiven glatt, strich sich durch das spärliche Haupthaar und hastete zur Tür.

„Du … bist Carmen?“ Camel war sichtlich schockiert.

„Nein, ich bin immer noch Trixie. Sag mal, trinkst du schon am Nachmittag?“

Mit einer achtlosen Armbewegung bat er sie hinein. Seit acht Jahren bewohnte er nun die Wohnung an der Isselstraße. Ganze zwei Mal waren in dieser Zeit Kollegen aus der Redaktion zu Besuch gekommen, aber ausgerechnet jetzt musste Trixie hier auftauchen. Er vermied es, ihr einen Platz oder gar ein Getränk anzubieten.

„Ich hab deine Karre unten an der Straße gesehen. Seit du in Rheinberg bist, trifft man sich ja nicht mehr."

„Und da wolltest du mich besuchen."

„Wollen würde ich es nicht nennen. Sennheiser wird doch am Samstag sechzig. Wir legen alle zusammen. Wenn du dabei bist, kriege ich einen Zwanni von dir. Sag mal, was ist das eigentlich? Moschusschweiß?"

„Was?"

„Dein Rasierwasser."

Camel reagierte nicht darauf, ging zur Garderobe, um seine Brieftasche zu holen. Als er ihr den Schein gab, ertönte hinter ihm eine Stimme voller Sinnlichkeit und Erotik.

„Hallo. Ich bin Carmen. Entschuldigung, dass ich so hereinplatze, die Tür war auf."

Im Türrahmen zum Wohnzimmer stand eine attraktive Frau Ende zwanzig mit schulterlangem, seidenglattem brünettem Haar. Sie trug einen knielangen Rock von Dior, ihre langen Beine endeten in hochhackigen Plateauschuhen der Marke Gucci. Die halb durchsichtige Bluse bot der Fantasie des Betrachters ausreichende Ansätze.

„Das ist eine Bekannte", zischte Camel in Trixies Ohr. Sie hielt der Besucherin die Hand hin.

„Hallo, Süße", erwiderte Carmen ihren Gruß, „von einem Dreier hat mir gar keiner was gesagt. Macht aber nichts, ich bin da flexibel. Kostet nur 'n bisschen extra, ist das okay für euch?"

Trixie musste lachen. Carmen sah sie verwundert an.

„Es handelt sich um eine Recherche", ging Camel ernst dazwischen.

„Schon klar. Dann wünsche ich dir tiefgreifende Erkenntnisse. Ich bin dann mal weg."

Mit hochrotem Kopf sah er seiner lachenden Kollegin hinterher.

„Das haben Sie ja prima hingekriegt."

„Oh, das tut mir jetzt aber leid", flötete Carmen. Sie trat dicht an Camel heran und streichelte seine Brust. Er befreite sich vorsichtig. Sie begriff.

„Entschuldigen Sie bitte. Ich nahm an, weil das Treffen in Ihrer Wohnung stattfinden sollte… ich habe die Situation wohl missverstanden. Selbstverständlich stehe ich Ihnen auch als Begleitung für gesellschaftliche Anlässe zur Verfügung."

Camel atmete tief durch. Für einen Augenblick reizte ihn die Vorstellung, das Geschäftliche mit dem Privaten zu verknüpfen. Dann zwang er seine Gedanken auf den eigentlichen Grund ihres Besuches zurück. In der ihm eigenen Dramaturgie schilderte er ihr den „Mordfall Fürstenberg" und seine eminent wichtige Rolle bei dessen Aufklärung. Er vergaß in diesem Zusammenhang auch nicht, darauf hinzuweisen, dass namhafte Zeitungen und Illustrierte im Lande bereits auf die Ergebnisse seines investigativen Journalismus warten dürften. Im Anschluss reichte er Carmen ein Foto von Bernd Roth, welches er am Morgen im Archiv gefunden hatte. Die Escortdame war darum bemüht, sich ihr mangelndes Interesse auf gar keinen Fall anmerken zu lassen.

„Das ist ja aufregend. Und dieser attraktive Mann ist ermordet worden? Kann man sich gar nicht so recht vorstellen, nicht wahr? Wer macht so was?"

„Das werde ich herausfinden, Frau … Carmen. Kennen Sie diesen Mann vielleicht? Hat er schon mal mit Ihnen … ähem … ich meine, Sie wissen schon."

„Nein, tut mir leid, diesen Herrn habe ich noch nie gesehen. Selbst wenn, ich darf Ihnen über meine geschäftlichen Kontakte keinerlei Auskünfte erteilen. Diskretion wird bei uns großgeschrieben."

Das habe ich gemerkt, wollte der Journalist entgegnen. Immerhin hatte sie ihm geschickt die gewünschte Antwort gegeben.

Doch Camel wollte Sicherheit.

„Aber für Archäologen sind Sie zuständig, nicht wahr?“

Carmen lächelte milde.

„Wenn sie mich buchen.“

Camel zog eine Visitenkarte des Hostessenservice aus der Hemdtasche, die er bei seinem Besuch dort eingesteckt hatte.

„Wie kommt man an diese Karten? Werden die irgendwo ausgelegt oder verteilt?“

„Nein, die sind nur für Kunden. In manchen Hotels liegen Flyer unserer Firma aus. Aber keine Visitenkarten.“

Camel konnte sich nicht mit der Tatsache anfreunden, vierhundert Euro für nichts auszugeben. Er hatte nach seinem Besuch bei Blomberg Nachbarn und Freunde von Bernd Roth befragt. Die einhellige Meinung besagte, dass Roth absolut vernarrt in seine Frau war. Den Gedanken, er könne sie betrügen, hielten ausnahmslos alle für völlig absurd. Sein Nachbar von gegenüber erzählte, Roth habe sogar die Tage und Stunden gezählt, die er bis zur geplanten Kreuzfahrt mit seiner Frau noch warten müsse.

„Hören Sie, Frau … Carmen. Ich habe vierhundert Euro für Ihre Dienste bezahlt. Wenn Sie mir helfen, können Sie direkt danach gehen. Gab es irgendetwas Merkwürdiges in der letzten Zeit? Hat vielleicht jemand nach einer Visitenkarte gefragt, der kein Kunde ist?“

Ihr schmales Gesicht wurde ernst. Sie schürzte die Lippen, dachte nach.

„Na schön, ist ja kein großes Geheimnis. Am letzten Freitag war ich zufällig dabei, als eine Dame bei uns in der Firma auftauchte. Sie hatte sich für den fünfzigsten Geburtstag eines Kegelbruders was Besonderes ausgedacht. Der Junggeselle solle mal auf den Geschmack kommen, meinte sie. Sie nahm einen Flyer und eine Visitenkarte mit. War schon merkwürdig.“

Camel wäre es zwar peinlich, ein solches Geschenk zu bekommen, aber plausibel fand er den Vorgang schon.

„Was ist daran so merkwürdig? Kam das noch nie vor?"

„Das kommt sehr oft vor. Für Junggesellenabschiede, zum Beispiel, ist es in letzter Zeit ein beliebter Spaß geworden. Dafür hat unsere Chefin extra edle Geschenkgutscheine in neutralen Umschlägen angeschafft. Das lehnte die Dame allerdings ab. Ich meine, wenn ich so was verschenke, lege ich kein Bargeld in den Umschlag, oder?"

„Das stimmt. Wer war die Dame?"

„Das weiß ich nicht. Sie hat sich nicht vorgestellt, ehrlich."

„Können Sie sie beschreiben?"

Carmen seufzte, es war ihr offensichtlich unangenehm.

„Tut mir leid, ehrlich. Aber das geht jetzt zu weit. Ich habe Ihnen sowieso schon viel zu viel erzählt. Wenn das rauskommt, bin ich den Job los. Vielleicht kann ich Ihnen ja doch anderweitig behilflich sein?" Sie öffnete einen Knopf ihrer Bluse und schob den Stoff mit einer lasziven Bewegung eine Nuance zur Seite. Camel fiel die Konzentration schwer. Eine Schweißperle löste sich von seiner Stirn. Mit einem Ruck startete er einen letzten Versuch.

„Ich kann verstehen, dass Sie Angst um Ihren Job haben. Aber es geht hier immerhin um Mord. Das kann Ihnen doch nicht egal sein."

„Ist für Mord nicht die Polizei zuständig? Warum lassen wir sie nicht ihren Job machen und kümmern uns jetzt um meinen?" Beiläufig beugte sie sich herüber und streichelte sein Bein. Dabei rutschte der Stoff ihrer Bluse zur Seite und gab den ungehinderten Blick auf ihre Brust frei.

„Die … die … Polizei", stotterte Camel, „hat womöglich einen Unschuldigen eingesperrt, Siegfried Horlemann, ein Freund des Toten."

Carmen durchfuhr ein kaum spürbarer Ruck. Sie zog ihren Arm zurück und wurde plötzlich ernst.

„Siegfried Horlemann aus Xanten?"

„Sie kennen ihn?“

Für einen kurzen Augenblick sah sie ihn nur an. Camel glaubte, eine Mischung aus Angst und Entsetzen in ihrem Blick zu erkennen.

„Ähem … nein. Darüber darf ich auch nicht reden.“

Nachdem Carmen gegangen war, machte er es sich mit einer Tasse Kaffee, einem Block und einem Stift auf der Couch bequem. Ricky Shaynes „Mamy Blue“ lenkte seine Gedanken auf die brünette Carmen. Sie kennt Horlemann. War er ihr Kunde? Nein, Carmen ist Profi, in dem Fall wäre die Reaktion weniger auffällig gewesen. Er schaltete den Plattenspieler aus, um seine Konzentration zu fördern, da meldete sich das Telefon. Es war Sennheiser. Was sein Vorgesetzter auf dem kurzen Dienstweg von Engels, dem Leiter der Weseler Polizeibehörde, erfahren hatte, versetzte Camel in helle Aufregung.

„Wer ist der Tote?“, fragte er hektisch.

„Das wissen sie nicht. Finden Sie es heraus, Walther. Ich faxe Ihnen ein Foto und dann an die Arbeit. Ich erwarte eine fundierte Recherche.“

28

Die Julisonne schien durch die zum Boden reichenden Fenster, spiegelte sich in den unzähligen, gläsern schimmernden Halbkugeln. Kleine Punkte in den Farben eines Regenbogens erstrahlten auf den glänzenden Gebilden. Der süßliche Geruch frischer Rosen strömte durch den Raum. Sein Blick haftete auf dem Foto, das er an die Wand neben sich gestellt hatte. Er wischte den Schaum von seinem Oberkörper, seine Gedanken flogen zurück zum letzten Winter …

Unter Nordafrikas Sonne badeten die letzten Touristen im Meer. Händler warteten am Strand auf sie, um ihr Glück zu versuchen. Er hatte nicht mehr daran geglaubt. Nicht nach den Kriegen und den darauffolgenden Plünderungen. Raubgräber und Pseudoarchäologen, vornehmlich aus Osteuropa, waren nur auf den schnellen Profit aus, ohne jede Achtung vor dem Gesamten. Ihre „Fundstücke" wurden zu horrenden Preisen auf dem Schwarzmarkt angeboten. Diese Leute waren in van Brunecks Augen nichts weiter als gewöhnliche Diebe. Es kümmerte sie nicht, dass sie es damit oftmals auf die vorderen Plätze der nationalen Fahndungslisten schafften, was eine spätere Einreise unmöglich machte. Van Bruneck dagegen trieb Handel, wenn auch am Rande der Legalität. Er bezahlte, für örtliche Verhältnisse sogar fürstlich, was ihn zu einem gern gesehenen Gast machte, zumindest in gewissen Kreisen. Er hielt sich selbst für viel mehr als einen bloßen Händler antiker Kunst, nicht selten rettete er sie sogar in politisch unruhigen Zeiten. Viele Exponate fanden nur durch ihn den Weg in Museen oder private Sammlungen, die der Öffentlichkeit zugänglich waren.

Plötzlich spürte er den Zorn, der sich seinen Weg zurück ins Bewusstsein bahnen wollte. So ähnlich musste es sich anfühlen, wenn ein Marathonläufer endlose zweiundvierzig Kilometer das Feld anführte und dann, die Ziellinie vor Augen, überholt wurde.

Er betätigte einen Schalter neben sich. Kleine Perlen streichelten ihn am gesamten Körper, krochen an ihm vorbei zur Oberfläche und versetzten sie in Unruhe. Seine Augen flogen über den schlafenden Altrhein. Ein abgestorbener Flussarm, auf dem vor Jahrhunderten Lastkähne ihre Fracht beförderten. Ein Teil von sich, den der Fluss abstieß, weil er einen neuen Weg einschlug. Der mächtige Turm der Rheinbrücke im Hintergrund deutete wie der Finger eines Riesen auf den heutigen Verlauf des Stroms. Von allen Räumen im Schloss liebte er dieses Bad im Obergeschoss, mit der in einem Marmorpodest eingelassenen Wanne, am meisten. Seine Gedanken flogen weit zurück. Er dachte an die überaus glückliche Fügung, die ihn hierhergebracht hatte.

Es war vor fast zwei Jahren. Eine seiner Kontaktpersonen, die er großzügig alimentierte, brachte endlich den ersehnten Erfolg. Ein halbes Jahr lang hatte er seinem tunesischen Geschäftsfreund Mourad Bourgiba in unregelmäßigen Abständen höhere Beträge überwiesen, um die Einfuhrbestimmungen für Devisen zu umgehen. Mourad war in Le Bardo Leiter des größten archäologischen Museums Tunesiens gewesen, bevor er die Position im Außenhandelsministerium angeboten bekam. Er verfügte über erstklassige Beziehungen zu Museen und Grabungsstätten im gesamten Norden Afrikas. Sein wertvollster Besitz war das in abgegriffenes rotes Leder gebundene Notizbuch. Darin befanden sich nicht nur die Kontaktdaten der wichtigsten Personen der antiken Kunstszene Afrikas, sondern auch deren Preise. „Käuflich ist jeder, es kommt nur auf die Summe an“, schmunzelte Mourad bei ihrer letzten Begegnung. Seine Mimik verriet, dass er sich selbst einschloss.

Durch die gewaltige Torburg Skiffa el Kahla gelangte er in die Medina, die malerisch schöne Altstadt Mahdias. Am Place du Caire erwartete ihn Mourad im wohltuenden Schatten der Bäume, deren Kronen ihn wie ein immergrüner Schirm überspannten. Der Kellner servierte Thé à la menthe. Das wohlig duftende Aroma frischer Minze ließ die bevorstehenden Strapazen für den Augenblick in Vergessenheit geraten. Mourad überreichte ihm Schlüssel und Papiere eines Landrovers, dazu militärisches Kartenmaterial, das ein Europäer nie zu Gesicht bekäme. Später, in seiner Wohnung an der Rue Manoubia, übergab Mourad ihm eine unscheinbare Aktentasche, deren Leder an vielen Stellen eingerissen und spröde war. Darin befanden sich achtzigtausend Dollar in kleinen Scheinen, wie verabredet. Darüber hinaus Bescheinigungen des tunesischen Außenhandelsministeriums, die ihn als offiziell einreisenden Gast auswiesen – für den Notfall. Auf die angebotene Waffe verzichtete van Bruneck, sie würde nur Komplikationen mit sich bringen.

Am nächsten Morgen machte er sich noch vor Sonnenaufgang auf den Weg nach Libyen. Bei Riqdalin erkaufte er sich für fünftausend Dollar den Schutz einer ehemaligen Rebellentruppe. Die Ordnung im Lande war auch jetzt, fast zwei Jahre nach dem Bürgerkrieg, nicht flächendeckend hergestellt. Den überwiegenden Rest des Geldes hatte er gut geschützt im Tank versteckt. Van Bruneck faltete einen Zettel auseinander, den Mourad ihm lapidar mit der Aussage: „Bitte, deine Einkaufsliste" überreicht hatte. Er konnte sein Glück kaum fassen. Alle Exponate waren erst in den vergangenen zwölf Monaten bei Grabungsarbeiten entdeckt worden. Zurzeit wurden sie aufwendig restauriert und anschließend katalogisiert. Das war seine Chance.

Am nächsten Tag erreichten sie die Kyrenaika, eine Landschaft im Osten Libyens. Van Bruneck bedankte sich bei seinen Begleitern und fuhr von hier aus alleine weiter. Sein Weg führte zur antiken Stadt Apollonia, dem heutigen Susah.

Am späten Nachmittag traf er seine Kontaktperson in der Nähe der Ausgrabungsstätte Marsa Susah. Tareq oblag die staatlich angeordnete Aufgabe, die Kunstschätze des Landes, vornehmlich die aus der Provinz Kyrenaika, zu restaurieren, katalogisieren und einem Museum zuzuführen. Staatliche Mittel bekam er dafür so gut wie keine und so kamen ihm Geschäftsleute wie van Bruneck gerade recht. Mit dem Verkauf einzelner Exponate finanzierte Tareq seine Arbeit und nicht zuletzt sich selbst. Die Kooperation mit dem korrupten Libyer hatte van Bruneck vor drei Jahren über einen Mittelsmann aus Tripolis eingefädelt. Seitdem brachte sie ihm beträchtliche Gewinne.

Van Bruneck parkte den Wagen wie verabredet auf dem Gelände einer ehemaligen Fabrik. Einzelne Flechten und Gräser hatten den rötlich schimmernden trockenen Boden aufgerissen, im Hintergrund reihten sich die Plattenbauten der Stadt aneinander. Das Mittelmeer wirkte im Schein der untergehenden Sonne wie ein Spiegel, der sich bis zum Horizont erstreckte.

Tareq erwartete ihn in einem Anbau, der mit Wellblech verkleidet war. Er war alleine. Durch eine milchige Scheibe drang ein Sonnenstrahl ein, der den Museumsdirektor wie einen Spot erfasste. Tareq führte ihn in ein altes Personalbüro. Auf dem Boden befanden sich fünf größere Holzkisten. Van Bruneck öffnete sie und verglich den Inhalt mit seiner Liste. Anschließend überreichte er Tareq einen Umschlag. Mit einem zufriedenen Ausdruck reichte dieser ihm die Hand.

Fünfzigtausend Dollar hatten ihn die Exponate gekostet. Weitere zehntausend Dollar verlangte Tareq für eine halbwegs offizielle Ausfuhrgenehmigung. Dabei hätte er den wertvollsten Fund in die Aktentasche stecken können. Um ein Haar wäre die Pergamentrolle seiner Wertschätzung entgangen. Mehr aus Neugierde nahm er sie vom staubigen Holztisch in der Mitte des Raumes. Ein Umstand, der ihm heute wie eine schicksalhafte Fügung vorkam. Während sein Landrover auf das Frachtschiff geladen wurde, verschwand van Bruneck in ein kleines Hafencafé. Die Wände waren von Granateinschlägen gezeichnet, die Einrichtung bestand aus zwei notdürftig reparierten Tischen und einigen brüchigen Stühlen. An der Wand neben ihm hing ein vergilbtes Kalenderblatt mit einem Foto der Stadt aus einer längst vergangenen Zeit. Der Besitzer servierte den Mokka in einer verdreckten und zerrissenen Jeans und mit freiem Oberkörper. Dicht neben dem Bauchnabel verlief eine dreißig Zentimeter lange Narbe senkrecht nach oben. Seine gesamte Gestik war ein einziges Zeichen von Stolz. Als van Bruneck glaubte, unbeobachtet zu sein, rollte er das Pergament behutsam auseinander. Er benötigte eine Weile, um sich mit der lateinischen Sprache vertraut zu machen. Es handelte sich um eine Nachricht des Batavers Manius Appius. Er beschrieb den Überfall seines Volkes auf das römische Lager Vetera. Sie hatten ein Beutestück von besonderer Schönheit und beträchtlichem Wert unter dem Altar eines Tempels zurückgelassen. Dann folgten eine Lageskizze und die Aufforderung an seine Brüder, dorthin zurückzukehren und es zu holen. Als van Bruneck die Beschreibung der Beute las, stockte ihm der Atem. Es war schier unglaublich. Dieser Moment brannte sich unauslöschlich in sein Unterbewusstsein. Dieser Fund würde ihn berühmt machen, ihm ein völlig neues Image bescheren. Prado, Louvre, das britische Museum – alle bedeutenden Museen der Welt würden ihn hofieren! Natürlich vergebens.

Am Abend brach das Schiff mit dem Ziel Tekirdağ auf. Den türkischen Hafen steuerte er immer dann an, wenn er verlässliche Zöllner und saubere Papiere benötigte.

29

„Ein Daumen, der aus der Erde ragt? Eine zweite Leiche? Herr Walther, haben Sie getrunken?"

Sie hatte den Journalisten selten so aufgewühlt erlebt.

„Quatsch. Ich habe die Informationen aus allererster Hand. Die Polizei tappt im Dunkeln."

Das ist nichts Neues, dachte Frau Grimm. Allerdings dürfte dieser Aspekt den Ermittlungen eine völlig neue Wendung geben. Von wegen Tempelschatz und Eifersucht. Da wollte jemand einen lange zurückliegenden Mord vertuschen! Sie teilte Camel ihre Faxnummer mit und war gespannt auf dieses Bild. In kurzen Sätzen berichtete Camel ihr noch von dem Gespräch mit Carmen und hängte vorsichtig die Frage nach den Spesen an.

„Von wegen. Es war überhaupt nicht die Rede davon, dass Sie sich mit einer der Damen vergnügen sollen!"

Mit dem Versprechen, ihn auf dem neuesten Stand zu halten, beendete Gertrud Grimm das Gespräch. Ihr gegenüber rührte Claus Gunther Struck in seinem Kaffee. Annettes Vater hatte aus der Stadt Kuchen mitgebracht. Er hielt die Visitenkarte in der Hand und wirkte nachdenklich. Frau Grimm klärte ihn darüber auf. Die zweite, für sie wesentlich interessantere Information behielt sie für sich.

„Sie müssen das der Polizei mitteilen, Frau Grimm!"

Gertrud Grimm bedachte ihn mit einem mitleidigen Blick.

„Die Polizei weiß von der Visitenkarte. Wenn sie dort nicht ermitteln, ist das nicht meine Schuld."

„Nein, so geht das nicht. Sie machen sich strafbar. Überhaupt dürfte sich die Frage stellen, welchen Wert die Aussage des Journalisten hat. Vielleicht hat er die Situation einfach nur falsch eingeschätzt."

„Sie meinen …?" Frau Grimm runzelte nachdenklich die Stirn.

Es wäre immerhin möglich, dass Camel selber viel zu aufgeregt war, um die Aussage realistisch zu bewerten. Vielleicht hat diese Carmen einfach nur den vertrauten Namen eines Stammgastes gehört. Bernd Roth könnte die Karte von seinem Freund zugesteckt bekommen und aus Loyalität angegeben haben, sie sei von einem Geschäftsfreund. Es könnte am Mordabend tatsächlich zum Streit zwischen den beiden gekommen sein. Horlemann wirft Roth vor, ein Verhältnis mit seiner Frau zu haben, und dieser wiederum droht damit, Frau Horlemann über die vermeintlichen Treffen ihres Mannes mit Damen vom Escortservice aufzuklären. In diesem Fall wäre die Beweislast gegen Horlemann noch erdrückender. Gegen einen Unschuldigen! Denn für einen Totschlag im Affekt sprach nun wirklich gar nichts.

Die zweite Leiche, von der Camel vor wenigen Minuten sprach, warf ihre Thesen nun vollständig über den Haufen. Denn van Bruneck war es, der dieses Areal gekauft hatte, und er war es auch, der ausgerechnet dort gegraben hatte. Wenn es also eine zweite Leiche geben sollte, musste dieser Holländer wissen, um wen es sich bei dem Toten handelte. Aber weshalb sollte er ihn ausgraben wollen? Irgendetwas stimmt hier nicht, dachte Frau Grimm. Allerdings musste sie sich auch eingestehen, leichte Zweifel an dem Motiv Eifersucht zu hegen. Vor wenigen Minuten hatte Julia Roth sie angerufen. Sie wollte Gewissheit, wollte wissen, ob sie ihrer Freundin vertrauen konnte. Frau Grimm hatte ihre Klientin beruhigt, sagte ihr wahrheitsgemäß, dass sie ein Verhältnis der beiden für äußerst unwahrscheinlich halte und sie noch heute bei einem persönlichen Gespräch über den Ermittlungsstand aufklären würde. Bevor sie Claus Gunter Struck diese Überlegungen jedoch mitteilen konnte, klangen aus dem Hausflur vertraute Stimmen herüber.

„Hier sind wir!“, rief Frau Grimm aus voller Kehle. Kurz darauf öffnete sich die Küchentür. Annette blieb beim Anblick ihres Vaters einige Sekunden wie angewurzelt stehen.

„Was machst du denn hier? Warum hast du denn nichts gesagt?" Annette umarmte ihn und gab ihm einen Kuss auf die Wange. Heinrich wartete dahinter.

„Hallo, Claus", begrüßte er ihn schließlich mit Handschlag. Dann deutete er auf die Zettelsammlung seiner Mutter.

„Hat sie dich schon in ihren neuesten Mordfall eingeweiht?"

„Allerdings. Annette hat ja schon des Öfteren über die Ermittlungsmethoden deiner Mutter gesprochen. Aber dieses Ausmaß hat mich doch sehr überrascht. Das grenzt ja schon an Strafvereitelung. Entschuldigen Sie, Frau Grimm, aber damit müssen Sie sofort aufhören."

Auf der Stirn der Detektivin zeichnete sich eine dunkle Ader ab.

„Und dann? Laufen nicht schon genug Verbrecher frei herum?", rief sie empört. „Wer hat denn entscheidend an der Aufklärung mehrerer Mordfälle teilgenommen? Fragen Sie doch mal die Weseler Polizei, wer ihre Fälle löst."

Claus Gunther Struck sah seine Tochter fragend an.

„In diesem Fall kann ich dich beruhigen, Gertrud. Der Tatverdächtige sitzt bereits in U-Haft. Ich denke", sie verlieh ihrer Stimme einen mahnenden Unterton, „auch die Detektei Grimm kann den Fall demnächst abschließen."

„Ach ja? Und wer bitte schön soll das sein?"

Annette setzte sich neben ihren Vater. Heinrich stellte Kaffeegeschirr für Annette und sich auf den Tisch. Aufreizend lässig füllte Annette die Tassen. Claus Gunther Struck stellte wortlos den Kuchen dazu.

„Ich will mal nicht so sein, für morgen früh ist eh eine Pressekonferenz angesetzt. Bei dem Tatverdächtigen handelt es sich um Siegfried Horlemann."

„Motiv Eifersucht, nicht wahr?"

„Ja."

„Nein, wie originell. Letztes Mal ein Lehrer wegen Unzucht, jetzt ein eifersüchtiger Archäologe. Bekommen eure Versuchspersonen eigentlich eine Haftentschädigung?"

„Ich verbitte mir diese Unterstellungen, Gertrud. Bei dem Verdächtigen handelt es sich um einen versierten Bogenschützen. Er war eifersüchtig und zur Tatzeit am Tatort. Außerdem sind es seine Pfeile. Das hat er bereits zugegeben. Die Indizien sprechen eine deutliche Sprache."

„Ja. Und die Kunst besteht darin, sie zu verstehen. Weshalb wurden zum Beispiel drei Pfeile nebeneinander im Feld gefunden?"

„Wie kommst du darauf, dass es sich um drei Pfeile handelt?"

„Das haben meine Ermittlungen ergeben."

„Welche ... ach, ist ja jetzt egal. Die Ballistiker überprüfen das gerade. Vermutlich hat der Täter in Panik versucht, die Beweismittel vom Tatort zu entfernen."

„Anstatt sie einfach mitzunehmen? Das ergibt ebenso wenig Sinn wie die Tatsache, dass es sich um drei Pfeile handelt."

Annette verzog den Mund. Zu ihrem Missfallen griff ihr Vater den Gedanken der Detektivin auf.

„Dieser Aspekt ist tatsächlich zu hinterfragen. Ich habe mal bei einem Bogenschießturnier in Daun zugesehen. Die schießen auf ganz andere Entfernungen. Wenn dieser Horlemann seinen Sport einigermaßen beherrscht, sollte er auf gut zwanzig Meter problemlos treffen."

„Eben", pflichtete ihm die sichtlich zufriedene Gertrud Grimm bei. „Drei Schüsse, das passt nicht."

„Nichtsdestotrotz ist das aber die Aufgabe der Polizei, Frau Grimm."

Ihre Mundwinkel sackten wieder herab.

„Meine Güte", warf Annette genervt ein, „Horlemann kam direkt aus der Kneipe, er wird mindestens angetrunken gewesen sein."

„Das spricht erst recht gegen seine Schuld."

Annette zog die Stirn in Falten.

„Nehmen wir mal an, der erste Schuss war tödlich. Weshalb sollte der Mörder noch zwei weitere Pfeile abschießen?"

Annette wirkte nachdenklich.

„Oder der erste Schuss verfehlte sein Ziel, der zweite ebenfalls", fuhr Frau Grimm fort, „warum sollte Bernd Roth dort stehen bleiben, wenn ihm die Pfeile um die Ohren fliegen?"

Annette musste sich eingestehen, dass tatsächlich viele Fragen offen waren. Allerdings hielt sie es nicht für völlig ausgeschlossen, dass zwei Pfeile ihr Ziel verfehlten und das Opfer nichts davon bemerkte. Es war bereits dunkel und eine starke Geräuschentwicklung hielt sie für unwahrscheinlich. Die im Augenblick wichtigste Frage galt dem Motiv. Roth hatte etwas gesehen, das er nicht sehen durfte. Horlemann hatte ihn dabei beobachtet. Er nutzte die Gelegenheit, nicht nur einen Zeugen zu beseitigen, sondern sich quasi en passant am Nebenbuhler zu rächen. Frau Grimm rückte dicht an sie heran, ihre Augen verengten sich.

„Und was ist mit dem zweiten Toten? Hat euer Herr Horlemann den etwa auch auf dem Gewissen?"

„Was für ein zweiter Toter?", fragte Annette unsicher.

„Was für ein Toter wohl? Du weißt genau, was ich meine. Oder zappelte der Daumen etwa noch?"

„Woher …" Sie biss sich auf die Lippen. „Ich weiß nicht, wovon du sprichst, Gertrud."

„Ich weiß nicht, wovon du sprichst Gertrud", imitierte diese ihre Stimme. „Ich weiß es sehr wohl. Wenn du mir nichts sagen möchtest, bitte. Das kann ich auch!"

Annette dachte fieberhaft darüber nach, wie Frau Grimm an diese Information gekommen sein konnte. Plötzlich wurde ihr etwas anderes bewusst: Ihr Vater besuchte sie zum ersten Mal in Wesel und sie hatten nichts Besseres zu tun, als über ihren aktuellen Fall zu diskutieren.

„Ich habe einen Riesenhunger. Was haltet ihr davon, wenn wir den Kuchen für morgen aufheben und essen gehen?"

Gertrud Grimm schluckte. Sie hatte tatsächlich vergessen, etwas vorzubereiten. Liebend gerne hätte sie die Unterhaltung weiter vertieft, aber ein Blick auf die Uhr hinderte sie daran. In einer halben Stunde sollte Ben sie wieder abholen.

„Wo schläfst du eigentlich, Claus?“, wollte Heinrich wissen.

„Ich denke, es gibt sehr schöne Hotels und Pensionen in der Stadt. Da wird Herr Struck sicherlich etwas Passendes finden“, fuhr seine Mutter pikiert dazwischen.

30

Julia Roth wirkte an diesem Nachmittag erstaunlich gefasst. Kopfschüttelnd hatte sie sich Frau Grimms Ermittlungsergebnisse angehört.

„Ich weiß langsam nicht mehr, was ich glauben soll. Erst soll Bernd in diesem Bordell gewesen sein, dann Siggi. Für mich klingt beides absurd. Aber was für einen Grund sollte es geben, meinen Mann zu töten?"

„Vielleicht", antwortete Gertrud Grimm vorsichtig, „liegt die Antwort weiter zurück. Es gibt, also möglicherweise, Grund zu der Annahme, dass Ihr Mann einen dunkeln Fleck auf seiner Seele hatte. Vielleicht wusste er auch nur etwas, das er besser nicht hätte wissen sollen."

Julia Roth legte die Stirn in Falten.

„Was wollen Sie damit sagen?"

Gertrud Grimm beugte sich vor und senkte die Stimme.

„Die Leiche Ihres Mannes war nicht die einzige am Fürstenberg."

„Was?"

Julia Roth ließ sich in den Sessel zurückfallen. Sie dachte an ihren Bruder, der ihr die Detektei Grimm empfohlen hatte. Ihr kamen mittlerweile Zweifel. Sie dachte darüber nach, der Detektivin den Auftrag zu entziehen, wollte abschließen mit allem, Bernd zu Grabe tragen. Mit einer fahrigen Bewegung wischte sie sich Tränen aus ihren Augenwinkeln.

„Darf ich Ihnen ein Bild der zweiten Leiche zeigen? Viel erkennen lässt sich darauf nicht, aber vielleicht fällt Ihnen dennoch etwas dazu ein."

Julia Roth schloss für einen Moment die Augen und nickte dabei. Dann führte sie den Ausdruck des Faxgerätes dicht an ihre Augen. Das Bild war völlig unterbelichtet. Im ersten Augenblick konnte sie nichts erkennen. Frau Grimm deutete mit dem Zeigefinger auf ein Detail. Unvermittelt zuckte die Witwe zusammen. Dann stand sie auf und holte einen Bildband aus dem Bücherregal an der Wand.

„Bernd hat es immer gewusst", flüsterte sie.

31

„Wie lange wollen Sie mich noch festhalten? Ich habe nichts getan!"

Siegfried Horlemanns Gesicht war dunkelrot vor Wut. Am Anfang hatte er es für eine Routineuntersuchung der Polizei gehalten. Er war ganz einfach zur falschen Zeit am falschen Ort gewesen. Einige Stunden, und alles würde sich aufklären. Als die Tür der Untersuchungszelle sich öffnete, rechnete er mit einer Entschuldigung. Stattdessen saß er jetzt einer offensichtlich von seiner Schuld überzeugten Polizistin gegenüber.

„Was wollte Bernd Roth am Samstagabend von Ihnen, Herr Horlemann?"

„Bitte? Ich habe Ihnen doch gesagt, dass ich ihn nicht getroffen habe."

Manuela nickte.

„Ja, das haben Sie. Möglicherweise stimmt das aber nicht. Bernd Roth hat Sie an dem fraglichen Abend um 22.31 Uhr angerufen. Was wollte er von Ihnen?"

Horlemann verengte die Augen. Auf seiner Stirn zeichneten sich zwei Falten ab.

„Ich habe nicht mit ihm gesprochen."

Manuela beobachtete ihn, wartete auf eine Reaktion, eine kleine unscheinbare Geste, die seine Unsicherheit verriet. Dann schlug sie unvermittelt mit der Faust auf den Tisch. Horlemann zuckte zusammen.

„Herr Horlemann, es reicht! Wir haben die Anrufliste des Opfers und darauf befindet sich Ihre Handynummer!"

„Was? So ein Quatsch. Sie wollen mich verarschen, weil Sie nichts gegen mich in der Hand haben! Glauben Sie im Ernst, dass Sie damit durchkommen?"

Manuela stieß hart den Atem aus.

„Allerdings!“

„Selbst wenn er mich an dem Abend angerufen hat, ich hatte mein Handy nicht mit. Ich habe es selten dabei.“

„In Ordnung“, fuhr sie in lapidarem Tonfall fort. „Wo befindet sich Ihr Handy?“

Er senkte den Kopf.

„Ich habe es weggeworfen.“

„Was Besseres fällt Ihnen nicht ein?“

„Meine Frau war nicht da, als ich in der Nacht nach Hause kam. Sonntagmorgen habe ich die SMS von ihr gelesen, in der sie mir mitteilte, dass sie die Nacht bei einer Freundin verbringt. Ich war außer mir vor Wut, habe das Handy an die Wand geschmissen.“

Manuela lehnte sich zurück, verschränkte die Arme. Glaubte er wirklich, damit durchzukommen? Die Durchsuchungsanordnung für sein Haus war beantragt, sie würden sich so schnell wie möglich darum kümmern. Die Selbstsicherheit, die Schnelligkeit, mit der er seine Antworten vortrug, verstärkten Manuelas Zweifel an seiner Schuld. Die Indizien verhärteten sich zusehends und doch fügten sie sich nicht in das Bild eines skrupellosen Mörders. Auf die blindwütige Tat eines eifersüchtigen Ehemannes deutete zudem nichts.

„Besitzen Sie Arbeitsschuhe der Firma Elten?“

Er runzelte die Stirn, sein Blick wirkte provozierend.

„Ja. Die hat jeder von uns. Die Firmen nehmen meistens Sammelbestellungen auf.“

„Größe?“

„Zweiundvierzig. Was soll das? Haben Sie etwa auch einen Schuh gefunden, der mir gehören soll?“

Manuela ging nicht darauf ein. Sie entnahm der Mappe ein Foto, das den Daumen zeigte, betrachtete es so, dass Horlemann es nicht sehen konnte.

„Was wollten Sie wirklich auf dem Gelände?“

„Meine Güte", murmelte Horlemann und legte den Kopf in den Nacken. „Ich habe es Ihnen doch schon gesagt", antwortete er betont langsam. Plötzlich schoss er nach vorn, sah sie mit stechendem Blick an und erhob die Stimme.

„Bernd vögelte meine Frau und ich wollte ihn zur Rede stellen! Was ist daran so schwer zu begreifen, verdammt noch mal?" Er breitete hilflos seine Arme aus.

Alles, dachte Manuela, von der Körpersprache über den Ausdruck seiner Augen bis hin zu den Antworten sprach dafür, dass dieser Mann felsenfest von seiner Unschuld überzeugt war. Außerdem fehlte den Ermittlern der entscheidende Beweis, dass Horlemann tatsächlich auch am Tatort war. Bis auf das Fahrrad und seinen Handabdruck auf dem BMW hatten sie gar nichts. Wusste er das? Bezog er daraus seine überzeugende Selbstsicherheit? Sie hielt immer noch das Foto in ihrer linken Hand, betrachtete es flüchtig. Der Daumen wirkte auf sie wie ein höhnischer Fingerzeig, den sie nicht verstand. Aktuell gab es in ihrem Zuständigkeitsbereich zwei Fälle von Vermissungen. Eine achtundachtzigjährige Dame, die nach einem Spaziergang nicht mehr ins Altenheim in Rees zurückgekehrt war, und eine zweiundzwanzigjährige Studentin, die zuletzt an der Hochschule in Duisburg gesehen wurde. Vor acht Monaten.

„Wann waren Sie zuletzt in dem Grabungsfeld am Fürstenberg?"

„Ich war überhaupt nicht dort. Blomberg hat zurzeit genügend Leute. Am Samstagabend war es zu dunkel. Ich hatte Angst, in einen der Schnitte zu fallen."

„In was?"

„Schnitte, so nennen wir die Ausgrabungen."

„Ist Ihnen ein blauer Plastikeimer aufgefallen?"

Manuela ignorierte seine Einlassung bewusst, wollte ihn zu Fehlern zwingen.

„Ein Eimer? Nein." Wieder reagierte Horlemann verwundert.

„Hören Sie, ich habe langsam die Schnauze voll von Ihren Spielchen. Lassen Sie mich gefälligst gehen!"

Seine Augen wanderten auf Manuelas linke Hand, mit der die Kommissarin die Unterkante des Fotos in einem ihm unbekannten Takt auf die Tischplatte trommelte. Unvermittelt warf sie es ihm hin.

„Das ist die letzte Aufnahme, die Ihr Freund gemacht hat. Am nächsten Morgen befand sich an dieser Stelle eine Aushebung. Können Sie mir dazu etwas sagen?"

Horlemann nahm das Bild hoch, führte es dicht an seine Augen.

Manuela rechnete fest mit einer lapidaren Bekundung seiner Ahnungslosigkeit. Stattdessen ging eine eigenartige Wandlung in ihm vor. Er strich sich die schwarzgrauen Haare aus der Stirn. Seine Augen und sein Mund waren weit geöffnet, durch die gespannte Gesichtshaut zeichneten sich die Wangenknochen ab. Manuela hörte, wie sein Atmen lauter wurde.

„Das … das gibt's ja nicht", murmelte er und wiederholte es noch einmal mit einer anderen Betonung. „Er hatte tatsächlich recht."

Sein Gesicht wirkte plötzlich versteinert.

„Wer hatte recht?"

„Bernd. Wir haben uns oft darüber unterhalten, mehr aus Spaß. Bernd war davon überzeugt, dass er dort oben irgendwo liegt. Das gibt es nicht. Das ist absolut unglaublich."

Manuela fühlte, wie sich seine Anspannung auf sie übertrug.

„Sie wollen damit sagen, Sie wissen anhand dieses Fotos, um wen es sich handelt?"

Horlemann bedachte sie mit einem ungläubigen Blick.

„Selbstverständlich. Es ist der zweite Knabe."

Manuela wurde heiß. Ihre Gedanken malten das Szenario eines pädophilen Täterkreises. In ihrer bisherigen Karriere war sie von diesem Albtraum verschont geblieben. Verzweifelt klammerte sie sich an die Bestimmtheit, mit der Horlemann ihr geantwortet hatte. Trotzdem fürchtete sie sich vor der Antwort auf ihre nächste Frage.

„Von welchem Knaben sprechen Sie?“

Seine Atmung wurde flacher. Nur sein linkes Augenlid vibrierte noch leicht. Er beugte sich vor, legte die Arme auf den Tisch.

„Vom Lüttinger Knaben. Haben Sie nie davon gehört?“

„Nein. Ich bin erst seit drei Jahren in Wesel.“

Zum ersten Mal hoben sich seine Mundwinkel zu einem angedeuteten Lächeln.

„Es handelt sich um eine Bronzefigur aus der Antike, die sechs Fischer im Jahre 1858 bei Lüttingen aus dem Rhein gezogen haben. Sie befindet sich im Neuen Museum in Berlin. Einen Abguss davon können Sie sich im Xantener Römermuseum ansehen.“

„Das können Sie anhand dieses Daumens erkennen?“

„Glauben Sie mir, das kann jeder Archäologe. Bernd sagte mal, es ist der berühmteste Daumen der Antike.“

„Wie viele dieser Knaben gibt es denn?“, Manuela deutete auf das Foto vor ihm.

„Bislang nur einen, das ist es ja. Bernd und ich haben bei Partys immer wieder darüber philosophiert, dass es einen weiteren geben muss. Diese Skulpturen dienten in der Antike als stumme Diener. Im Eingangsbereich einer Legatenvilla beispielsweise. Bernd meinte, die Römer hätten nicht nur ein Faible für griechische Statuen, sondern auch für Symmetrie gehabt. Es wäre daher nur logisch, an beiden Seiten des Eingangs einen Diener zu postieren. Mir war diese Argumentation zu dünn. Auf der anderen Seite sprach nichts dagegen. Warum sollten die Griechen nur einen dieser Diener hergestellt haben? Das ist schon makaber.“

„Was ist daran makaber?“

„Bernd hat immer an die Existenz eines zweiten Knaben geglaubt. Und nun war er wahrscheinlich das Letzte, was er in seinem Leben gesehen hat.“

Manuela suchte nach einem Zusammenhang. Sollte diese Bronzefigur als Motiv für einen Mordfall ausreichen? Sie dachte an Steen van Bruneck. Der Holländer hatte sehr viel in das Grundstück investiert.

„Was wäre ein zweiter Knabe wert?"

Horlemann hob die Schultern.

„Schwer zu sagen. Der in Berlin hat einen Versicherungswert von fünf Millionen Euro. Der Sammlerwert dürfte wesentlich höher liegen, zumal wenn dieser Knabe hier", er tippte mit dem Finger auf die Aufnahme, „unversehrt ist."

Manuela spitzte die Lippen. Horlemann gab dem Fall mit diesem Satz eine ungeahnte Wendung.

„Wem gehört ein solcher Fund eigentlich?"

„In Nordrhein-Westfalen jeweils zu fünfzig Prozent dem Finder und dem Grundstückseigentümer."

Das könnte van Bruneck in einer Person sein. Denkbar wäre aber auch ein anderer Finder, dem dann möglicherweise zweieinhalb Millionen Euro oder mehr zustünden. In jedem Fall ließ sich daraus ein Motiv ableiten.

„Wer kann gewusst haben, dass sich diese Bronzefigur dort befindet?"

Horlemann lachte unvermittelt.

„Niemand natürlich, sonst wäre sie nicht mehr dort gewesen."

„Sind Sie ganz sicher? Es wurde immerhin gezielt an dieser Stelle danach gesucht."

Horlemann zögerte einen kurzen Augenblick, bevor er zur Antwort ansetzte.

„Ich halte es für äußerst unwahrscheinlich, dass jemand dort speziell nach einem zweiten Lüttinger Knaben gesucht hat. Nicht einmal Bernd wäre darauf gekommen, trotz seiner Überzeugung –" Plötzlich hielt er inne und schaute sie mit aufgerissenen Augen an. Manuela nickte. Es konnte kein Zufall sein, dass Bernd Roth wenige Meter vom Fundort dieses Knaben ermordet wurde.

32

Mittwoch, 18. Juli

Auf dem Weg nach Xanten erreichte Manuela der Anruf von Hajo. Ihr Freund hatte kurzfristig einen Termin bei der zuständigen Sachbearbeiterin vom Jugendamt erhalten. Er klang zuversichtlich. Die Dame teilte ihm mit, dass seine Frau ihm das Besuchsrecht durch einen Umzug ins Ausland nicht ohne triftigen Grund erschweren dürfe.

„Bin ich denn kein triftiger Grund?", hatte sie mit provokantem Unterton nachgehakt.

„Um die Welt aus den Angeln zu heben, auf jeden Fall. Aber nicht, mir die Kinder zu nehmen."

Manchmal glaubte sie, in Hajos Augen würde selbst das tiefste Schwarz der Nacht rosarot schimmern.

Monika Horlemann warf einen beiläufigen Blick auf die Durchsuchungsanordnung in Manuelas Hand. Bereitwillig trat sie zur Seite und ließ die Hauptkommissarin, Adriano und vier weitere Kollegen durch. Als Elke Meiners die Haustür hinter sich schließen wollte, spürte sie einen Widerstand. Hans-Gerd Schmeink, den Manuela vor einer Stunde um Mithilfe gebeten hatte, grüßte freundlich. Nachdem die Aufgabenbereiche verteilt waren, gingen Manuela und Adriano ins Wohnzimmer durch. Monika Horlemann folgte ihnen. Durch die offene Terrassentür betrat eine Frau mit dunkelhaarigem Pagenkopf und sportlicher Figur den Raum. Sie trug ein eng anliegendes Shirt zu einer kurzen Sporthose. Ihr Blick schien durch Manuela hindurch direkt auf Monika Horlemann zu fallen.

„Sofia Stein", stellte diese sie knapp vor. Frau Stein nickte freundlich und reichte Manuela die Hand.

„Es ist alles meine Schuld", meldete sich Monika Horlemann

aus dem Hintergrund. Manuela drehte sich herum. „Er hat mich genervt, da …“

Sie hob den Kopf, blickte zur Decke und stieß den verbrauchten Atem in einem Zug aus.

„Mein Mann hat mir wieder mal eine Szene gemacht. Siggi ist manisch eifersüchtig. Ständig sieht er irgendwo einen Lover. Diesmal war es angeblich Bernd. Ich war es leid, hab ihm einfach recht gegeben und gesagt, dass ich mich am Abend mit ihm treffe. Ich habe doch nicht im Traum für möglich gehalten, dass er es ernst meint.“

„Was meinen Sie damit?“

„Er war völlig außer sich, viel schlimmer als sonst. Hat damit gedroht, Bernd umzubringen. Ich war sicher, der beruhigt sich wieder, habe nicht geahnt … mein Gott. Bernd konnte doch nichts dafür.“

Monika Horlemann vergrub ihr Gesicht in den Händen. Sofia Stein trat an ihre Seite, legte einen Arm um sie. Monika Horlemann klammerte sich an sie. „Es ist nicht deine Schuld“, flüsterte die Freundin ihr ins Ohr.

Plötzlich bemerkte Manuela, dass Hans-Gerd Schmeink neben ihr stand. Der Kriminaltechniker räusperte sich, deutete mit dem Daumen über seine Schulter hinweg in den Garten.

„Hast du einen Moment?“

Manuela folgte dem stämmigen Kollegen in ein kleines Holzhaus am Ende des Grundstücks. Zunächst konnte die Ermittlerin nichts Ungewöhnliches erkennen. Bis Schmeink einen Schritt zur Seite trat und mit dem ausgestreckten Arm auf die rechte hintere Ecke zeigte.

„Sicherheitsschuhe der Firma Elten, Größe zweiundvierzig, eine Sackkarre von Germania, Spurabstand sechsundfünfzig Zentimeter, und ein Handy. Daneben ein Spaten mit Erdresten dran. Menschenskinder, so blöd kann man doch gar nicht sein.“

Adriano, der neben einem Fahrradanhänger stand, klatschte kurz in die Hände.

„Das war's dann wohl für Horlemann."

„Das denke ich auch", pflichtete Schmeink ihm bei. „Die rötliche Erde an den Rädern kommt mir jedenfalls auf den ersten Blick bekannt vor."

Neben dem zugewucherten Gartenteich blieb Manuela nachdenklich stehen. Wenn sie Schuhe und Karre wenigstens aus dem modrigen Wasser gefischt hätten, aber so ... Die Beweismittel waren derart deutlich platziert, dass es geradezu danach roch, als wolle man Horlemann einen Mord in die Schuhe schieben. Aber warum? Adriano hielt den Spurenbeutel mit dem Handy in der Hand und bediente es durch die Folie hindurch.

„Das ist sogar noch eingeschaltet."

Er hielt es Manuela entgegen. Auf dem Display erkannte sie ein Foto von Julia Roth als Hintergrundbild.

„Bin gespannt, was Horlemann dazu sagt", grinste Adriano.

„Vielleicht fragt er uns, weshalb er eine Sackkarre zu einer Aussprache mit Bernd Roth hätte mitnehmen sollen?"

Sein Ausdruck erhielt eine leichte Härte, der Oberkommissar fühlte sich provoziert.

„Ich weiß nicht woher, aber der wusste von Anfang an, was sich dort in der Erde befindet. Dem ging es nicht um Roth. Fünf Millionen Euro oder mehr können einem abgestürzten Pleitegeier schnell wieder Flügel verleihen", konterte er mit schneidender Stimme.

„Mensch, Adriano, das ist doch absurd. Es war Horlemann, der uns erst gesagt hat, worum es sich bei dem Fund handelt und welchen Wert er hat, schon vergessen?"

„Richtig. Und er hat auch gesagt, dass jeder Archäologe diese Figur am Daumen erkennt. Horlemann ist Archäologe. Er hätte sich verdächtiger gemacht, wenn er ihn nicht erkannt hätte."

„Das würde aber bedeuten, dass Horlemann erst seit Kurzem davon weiß. Warum sonst hätte er warten sollen, bis van Bruneck dort alles umdreht. Und woher sollte er dieses Wissen haben?"

Adriano verdrehte die Augen.

„Von Bernd Roth natürlich. Horlemann hat doch selber gesagt, wie überzeugt sein Freund von der Existenz eines zweiten Knaben war."

„Er selbst hat aber nicht daran geglaubt."

Adriano kratzte sich nachdenklich am Kinn.

„Na schön, dann hat er es an diesem Abend erfahren – oder gesehen. Er tötet seinen Nebenbuhler, macht auch noch fette Beute und ..."

„Lässt die Beweise für seine Tat hier offen rumliegen, während er seine Beute gut versteckt?", unterbrach ihn Manuela. Sie konnte ihre Zweifel nicht beiseiteschieben wie einen unangenehmen Traum. Vieles von dem, was Horlemann als einen einfallslosen oder naiven Mörder kennzeichnete, konnte möglicherweise der unkontrollierbaren, blinden Eifersucht, dem Alkohol, der Habgier, vielleicht auch alledem zugerechnet werden. Aber damit ließ sich längst nicht alles erklären. Selbst die stärksten Gefühle verloren irgendwann ihre Strahlkraft. Spätestens am nächsten Tag hätte Horlemann seinen Fehler bemerken müssen. Die Pfeile, die wie eine Visitenkarte in der Nähe des Tatortes lagen, die Schuhe, die Sackkarre, Roths Handy ... Was, wenn sie recht hätte, wenn die Last der Indizien kunstvoll zusammengetragen wurde? Ihre Augen wanderten automatisch ins Wohnzimmer zu Monika Horlemann, die sich, an die Anrichte gelehnt, mit ihrer Freundin unterhielt.

„Frau Horlemann, wo waren Sie eigentlich am vergangenen Samstag zwischen 22 und 23 Uhr?"

„Wie bitte?"

„Sie haben mich richtig verstanden. Ich muss das überprüfen."

„Ich war in Wesel, im Kino."

„Kann das jemand bestätigen?"

„Wir haben uns den Film gemeinsam angesehen", mischte Sofia Stein sich ein.

„Welchen Film haben Sie sich angesehen?"

Die Frauen tauschten einen flüchtigen Blick.

„Einen Thriller. Es ging um einen Mörder, der sein Gedächtnis verloren hat", antwortete Monika Horlemann. Sofia Stein stimmte ihr zu.

„Haben Sie die Kinokarten noch?"

„Ist das eine Berufskrankheit?"

Manuela nickte.

„Ich habe gestern meine Handtasche aufgeräumt und sie weggeworfen. Vielleicht liegen sie noch im Abfall."

Manuela hielt ihren Blick stumm auf sie gerichtet. Monika Horlemann verdrehte genervt die Augen. „Also schön, sehen wir nach."

Unter der Fernsehzeitung der Vorwoche und einigen ungeöffneten Werbebriefen wurde sie fündig. Mit spitzen Fingern hielt sie Manuela die eingerissene Kinokarte vors Gesicht. Die Vorstellung begann um 21.30 Uhr, las Manuela. Vorschau, Werbung und Fahrtzeit eingerechnet, dürfte das Alibi ausreichen.

„Ich werde die Kollegen bitten, das zu überprüfen." Adriano tippte bereits die Nummer der Dienststelle in sein Handy.

„War Ihr Mann zu Hause, als Sie zurückkamen?", hakte Manuela nach.

„Nein. Ich habe ihm daraufhin eine SMS geschrieben, aber er hatte mal wieder sein Handy vergessen. Ich habe dann bei Sofia übernachtet. Ich hatte eine Riesenangst vor meinem Mann. Sie kennen ihn nicht. Wenn er in Rage ist, ist er zu allem fähig."

Manfred Scholl, ein Kollege vom Schutzbereich, kam mit einem Plastikbeutel in der Hand herein. „Handelt es sich um das Handy Ihres Mannes?"

Monika Horlemann hob den Beutel an, betrachtete die Einzelteile des Gehäuses und stieß ein kurzes, zynisches Lachen aus. „Das sieht nach einem seiner cholerischen Anfälle aus. Er ist nicht nur extrem eifersüchtig, er verliert leider auch immer wieder die Kontrolle über sich."

Manuela fiel der Bericht der KTU ein, von dem Schmeink gesprochen hatte. Sie ging mit Monika Horlemann auf die Terrasse.

„Frau Horlemann, Sie gaben an, am Freitagabend eine fremde Frau im Fahrzeug von Bernd Roth gesehen zu haben."

„Ja, das stimmt."

„Wir haben das Fahrzeug kriminaltechnisch untersucht. Es konnten keine Hinweise darauf gefunden werden. Sind Sie absolut sicher, dass es sich um eine fremde Frau und nicht etwa Julia Roth gehandelt hat?"

„Selbstverständlich!", antwortete sie pikiert. „Das würde Julia doch wissen, oder?"

Manuela hielt ihren Blick auf sie gerichtet, wartete auf ein Anzeichen von Nervosität.

„Sonst noch was?"

„Nein. Kommen Sie bitte morgen früh zu uns. Wir müssen Sie für den Spurenvergleich erkennungsdienstlich behandeln."

„Das stinkt doch zum Himmel", schimpfte Manuela im Auto. Adriano fuhr auf der Poststraße hinter einem Radfahrer her, der es vorzog, den breiten Radweg nebenan zu meiden. Sein linker Arm hing halb herab. In seiner Hand baumelte eine Bierflasche.

„Der ist ja total besoffen", echauffierte sich Adriano.

„Wie Horlemann", murmelte Manuela.

„Bitte?"

„Siegfried Horlemann war total betrunken. Die Kellnerin vom Schützenhaus hat ausgesagt, gegen 23 Uhr sei ein Radfahrer in Schlangenlinien vorbeigefahren. Während er die Luft aus den Reifen von Roths BMW ließ, musste er sich mit einer Hand am Auto abstützen, damit er dabei nicht umfiel."

„Das passt." Zur Bekräftigung dieser Erkenntnis schlug Adriano die Hand aufs Lenkrad. „Horlemann ist Sportschütze, der würde auf diese Entfernung mit links treffen. Weil er aber so breit war, brauchte er drei Schuss."

„So sollte es aussehen. Aber würde Bernd Roth stehen bleiben, während man auf ihn schießt?"

Adriano hatte den Radfahrer mittlerweile weiträumig umfahren, stand vor der Ampel zur Bundesstraße und sah seine Kollegin ungläubig an.

„Aber wir haben handfeste Motive. Such dir was aus: Eifersucht oder Habgier", Adriano zuckte die Schultern.

„Aus Eifersucht hat er Roth die Luft aus den Reifen gelassen."

„Meinetwegen. Bleibt noch diese komische Figur. Sagte Horlemann nicht selbst, der Knabe wäre locker fünf Millionen wert?"

„Ja. Und Schmeink sagte, die Karre wog mit Ladung zwischen sechzig und siebzig Kilogramm. Wie sollte Horlemann die in dem Zustand ausgegraben und abtransportiert haben?"

Adriano kratzte nachdenklich seine Wange.

„Wir wissen nicht, wann sie ausgegraben wurde. Möglicherweise hat er sich erst ein paar Stunden hingelegt und sie dann am Sonntagmorgen geholt. Und zwar mit dem Fahrradanhänger, der in Horlemanns Gartenhaus steht."

„Ohne dass Steen van Bruneck was davon mitbekommt? Niemals. Immerhin hat der diese Grube erst ausgehoben."

Adriano fuhr an der alten Wassermühle in Birten vorbei. Schweigend knabberte er an seiner Unterlippe, dann gab er sich einen Ruck.

„Okay. Du hast einen Verdacht, stimmt's?"

Manuela hob zaghaft die Schultern.

„Ich glaube, dass Monika Horlemann uns anlügt."

Zu ihrer Überraschung nickte Adriano.

„Daran habe ich auch schon gedacht. Die Indizien könnten zum größten Teil auch gegen sie sprechen. Aber sie hat ein Alibi und kein Motiv."

„Stimmt."

„Tja, wenn dieser Lüttinger Knabe uns helfen könnte", sinnierte Adriano auf halber Strecke zwischen Birten und Ginderich. Manuela betrachtete eine Kopfweide, deren Stamm zwei Meter waagerecht parallel zur Wiese gewachsen war, um sich dann zur Krone hin zu erheben. Plötzlich schlug sie sich die flache Hand an die Stirn.

„Ich blöde Kuh. Dreh um!"

33

Während ihr Rechner hochfuhr, ärgerte sich Frau Grimm immer noch über Annettes Vater. Eine quengelige Staatsanwältin in der Familie reichte ihr voll und ganz. Nun hatte sie einen pensionierten Oberstaatsanwalt dazubekommen, der keinen Deut besser war. Anstatt froh darüber zu sein, dass sie die Polizei tatkräftig unterstützte, nörgelten sie nur an ihr herum. Der Startbildschirm ließ ihr verärgertes Spiegelbild im Monitor verblassen. Sofort war sie wieder bei der Sache und tippte ihre Suchanfrage ein.

„Fünf Millionen", murmelte Frau Grimm wenig später. Sie war auf einen Artikel zum Lüttinger Knaben gestoßen, der ihr fast die Sprache verschlug. Darin war auch die Rede davon, dass der Sammlerwert die besagte Deckungssumme der Versicherung noch um einiges übersteigen dürfte. Vollständig erhalten, mutmaßte ein Kommentator, würde er locker im zweistelligen Millionenbereich liegen. Gut möglich, dass dieser Knabe am Fürstenberg nicht nur den einen Daumen besaß, der aus der Erde ragte, sondern auch den zweiten. Oder gewissermaßen den dritten, wenn man den einarmigen Knaben aus dem Berliner Museum hinzuzählte. Da war es also: das Motiv. Aber wo befand sich dieser zweite Knabe nun? Ihr erster Verdacht galt Steen van Bruneck. Er musste irgendeinen ernst zu nehmenden Hinweis bekommen haben, dass die Figur sich genau dort in der Erde befand, davon war sie überzeugt. Deshalb hatte er so viel Geld investiert und deshalb hatte er dort heimlich gegraben. Alles schien klar, bis Camel vor wenigen Minuten ihre schöne These über den Haufen warf. Van Bruneck hatte es sich zur Tatzeit mit dem Herrn Bürgermeister und einigen Mitgliedern von Rat und Verwaltung im „Gotischen Haus" gemütlich gemacht. Um den Charakter des Treffens als Arbeitsessen zusätzlich herauszustellen, hatte man die Presse geladen. Camel persönlich hatte über die kurz vor dem Abschluss stehende Baugenehmigung berichtet und herausgefunden, dass der Niederländer noch bis Mitternacht dort gewesen war. Sie schaltete den Rechner ab und ging mit einem Stift in der Hand zu dem Tapetenrest an der Wand, auf dem sie ihren Ermittlungsstand bildlich darzustellen pflegte. Ein Bild des Knaben hatte sie ausgedruckt und mit einer Heftzwecke in der Mitte befestigt. Grübelnd betrachtete sie das Gesamtbild. Van Bruneck schien dort alles zu überlagern. Sie konnte sich einfach nicht mit dem Gedanken anfreunden, dass seine Anwesenheit auf der Tapete nur Zufällen zu verdanken war. Van Bruneck spielte eine Rolle in dem Fall, davon war sie überzeugt. Nur welche? Der Täter konnte er nicht sein. Dass er jemandem von dem Versteck des Knaben erzählt haben könnte, hielt sie ebenfalls für ausgeschlossen. Andererseits dürfte niemand zufällig an einem Samstagabend mit Pfeil und Bogen hinter irgendeinem Gebüsch am Fürstenberg lauern. Ihre Gedanken bewegten sich im Kreis und doch ahnte sie, der Lösung ganz nahe zu sein. Die Pfeile, schoss es ihr durch den Kopf. Warum drei? Warum lagen sie im Kornfeld, und das auch noch auf gleicher Höhe? Sie musste mehr über das Bogenschießen in Erfahrung bringen.

Gertrud Grimm war im hintersten Winkel des Waschkellers endlich fündig geworden. Seit einem Seniorenkegelabend vor fünf Jahren hatte sie die Turnschuhe nicht mehr benötigt. Den Jogginganzug hatte sie zum letzten Mal vor sechzehn Jahren bei ihrem einzigen Kuraufenthalt getragen, er hing an den Seiten leicht durch, die Hose war inzwischen einige Zentimeter zu lang geworden. Ein Blick in den Flurspiegel sorgte halbwegs für Zufriedenheit. Auf der Homepage des Vereins war nicht zu erfahren, welche Kleidung für den Umgang mit Pfeil und Bogen angemessen war. Um an aussagekräftige Ermittlungsergebnisse zu gelangen, galt es, auf gar keinen Fall aufzufallen. Sie hoffte, dass sich ihr Chauffeur ebenfalls an die Kleiderordnung hielt, auch wenn sie nicht vorhatte, ihn zum Schnupperkurs bei den „Silberpfeilen“ einzuladen.

Nach den üblichen zwanzig Minuten Verspätung fuhr Ben vor. Zu ihrer Verwunderung stieg er sofort aus. Für eine Sekunde glaubte sie tatsächlich, er würde um den Wagen laufen und ihr die Tür aufhalten. Stattdessen zeigte er mit dem ausgestreckten Arm auf sie und hielt sich lachend am Dach des Golfs fest.

„Voll krass, was die Leute alles so wegwerfen."

Er trug das Trikot eines spanischen Fußballvereins in der Größe eines A-Jugendspielers. Bis zum Hosensaum blieb eine Handbreit frei. Frau Grimm entglitten die Gesichtszüge.

„Egal, Sie müssen hier einsteigen, ich habe drüben das kaputte Türscharnier ausgebaut. Morgen krieg ich ein Neues."

Ben bückte sich ins Wageninnere, um zwei leere Flaschen vom Beifahrersitz zu räumen. Dabei rutschte seine Hose ein Stück herunter und gab den Blick auf sein „Maurerdekolleté" frei. Frau Grimm schloss für eine Sekunde die Augen und holte tief Luft. Danach kletterte sie umständlich über den Fahrersitz auf ihren Platz.

„Wohin des Weges, gnädige Frau? Zum Fußball?"

„Nach Xanten-Vynen. Zum Bogenschießen."

Nach dem fünften Versuch sprang der Motor an. Bis zur Jugendherberge in Wardt hielt Ben sich zurück, sprach über belanglose Dinge wie die drohende Kürzung seines Hartz-IV-Regelsatzes aufgrund unglücklich verlaufender Vorstellungsgespräche und entsprechende Disharmonien mit dem zuständigen Sachbearbeiter. Irgendwann konnte er jedoch seine Neugierde nicht mehr zügeln.

„Das ist doch kein Zufall, dass wir zu einem Bogenschießverein fahren, oder?"

„Nein, zufällig fahre ich mit Ihnen ganz bestimmt nicht durch die Gegend. Es gilt, herauszufinden, weshalb die Pfeile im Feld lagen, und vor allem, warum es sich um deren drei handelt. Die moderne Ermittlerin muss sich heutzutage in den Täter hineinversetzen, wissen Sie?"

Ben bemühte sich um einen verständnisvollen Blick. Sie fuhren entlang der Xantener Nordsee. Die Kommune war vor etlichen Jahren auf die Idee gekommen, zwei profane Baggerseen in Nord- beziehungsweise Südsee umzubenennen und infrastrukturell aufzurüsten. Ziel des maritimen Anstrichs war eine weitere Anhebung des Tourismusstroms. Im Laufe der Zeit wurden Yachthäfen, Schwimmbad, Wasserskianlage und vieles mehr angelegt und sogar ein Ausflugsschiff angeschafft. Camel mutmaßte nach der Einweihung eines weiteren Hafens am Ortsrand von Lüttingen in einem Kommentar, es würde wohl nicht mehr allzu lange dauern, bis die Stadtväter eine nachträgliche Aufnahme in den Kreis der Hansestädte beantragen würden.

Über einen asphaltierten Wirtschaftsweg am Ortseingang von Vynen gelangten sie an das Vereinsgelände der „Silberpfeile". Ben parkte den Golf auf der Wiese hinter einem Holzpavillon mit Satteldach. Neben ihnen schlug ein Mann um die vierzig die Heckklappe seines Kombis zu. Mit seinem langen lockigen Haar und dem überdimensionalen Schnurbart wies er eine gewisse Ähnlichkeit zu dem Schlagersänger Wolfgang Petry auf. Er grüßte sie freundlich, dann fiel sein Blick auf das kleine Wollknäuel an der Antenne von Bens Golf.

„Auch nicht schlecht. Da sieht man direkt, dass Sie Bogenschützen sind."

Frau Grimm sah ihm einen Moment ratlos hinterher. Dann ging sie um den Wagen und deutete auf die Spitze der Antenne. Der unangenehme Verdacht, der sie von Anfang an beschlichen hatte, schien sich zu bestätigen.

„Wo haben Sie das her?", fragte sie misstrauisch.

„Sieht geil aus, nä? Hab ich im Wald gefunden, neben Ihren komischen Fahrradspuren."

Auf ihr Gesicht legte sich ein dunkler Schatten. Ben wirkte stolz auf das ungewöhnliche Accessoire.

„Sie haben ein Beweisstück in einem Mordfall unterschlagen? Was fällt Ihnen ein?", grollte die Detektivin. Mit einem schnellen

Griff riss sie das Büschel von der Antenne, kramte einen Gefrierbeutel hervor, in dem sie es fein säuberlich verstaute, und ließ ihn in ihrer Handtasche verschwinden. Ben verdrehte die Augen.

„Petry“ legte seine Ausrüstung neben einen gemauerten Grill an den Maschendrahtzaun, der das Schießgelände umschloss. Frau Grimm sah sich neugierig um. Auf weißen Gartenstühlen saß etwa ein Dutzend Menschen, die sich angeregt unterhielten. Beim Anblick des ungleichen Pärchens verstummten die Gespräche. Ein älterer Herr drehte sich neugierig um. Er trug einen grauen, fast weißen Bart, der in dünnen Streifen das Gesicht einrahmte, sein Kinn großflächig umrundete und nahtlos in einen schmalen Oberlippenbart überging. Seine kleinen braunen Augen blinzelten neugierig durch die schmale Brille. Auf der schwarzen Kappe war in Gelb der Schriftzug des Vereins eingestickt. Er streckte den Zeigefinger vor und richtete ihn wippend auf Frau Grimm.

„Ich kenne Sie.“ Nachdenklich zog er die Stirn kraus. Eben hatte die Detektivin noch darüber nachgedacht, sich unter einem anderen Namen vorzustellen.

„Richtig!“, jubilierte der Mittfünfziger. „Sie sind doch die Detektivin aus Wesel. Frau Grimm, nicht wahr?“

„Sie sollten sich Autogrammkarten zulegen“, flüsterte Ben. Sie stieß ihn mit dem Ellbogen in die Rippen.

„Ja … ähm, das stimmt.“

„Meine Eltern wohnen in Wesel. Ich habe Ihr Bild schon des Öfteren in der Zeitung gesehen. Dickmann. Theo Dickmann. Ich bin hier Vereinstrainer.“

Mit leichter Verärgerung erwiderte sie seinen Händedruck. Darauf war sie nicht vorbereitet. Aber tief in ihrem Innern fühlte sie einen Anflug von Stolz. Also schön, dann eben mit offenem Visier, dachte sie.

„Sie möchten also bei uns das Bogenschießen erlernen?“ Er warf einen leicht zweifelnden Blick auf ihre Kleidung. „Warum nicht, das Alter spielt dabei keine Rolle. Im Gegenteil, es ist gesund, stärkt die Rückenmuskulatur, sorgt für Entspannung und Zufriedenheit."

„Was davon abhängen dürfte, auf welcher Seite des Bogens man steht", ergriff Frau Grimm die Gelegenheit. „Für Bernd Roth war es wohl weniger entspannend, nicht wahr?"

Sein Lächeln gefror. Eine Schleierwolke schob sich vor die Sonne.

„Daher weht also der Wind. Ja, das ist eine tragische Geschichte. Dass sie jetzt ausgerechnet den Siggi verdächtigen ... unglaublich. Siegfried Horlemann war viele Jahre Mitglied bei uns. Ein ausgezeichneter Mensch und auch Schütze. Ich kann mir das nicht vorstellen."

„Gab es irgendwann mal Ärger?"

Dickmann kniff die Augen zusammen.

„Sie meinen, weil er nicht mehr bei uns im Verein ist? Nein, das hatte andere Gründe. Er musste im vorigen Jahr seinen Führerschein abgeben. Monika hat ihn immer zum Training gebracht, aber das war denen irgendwann zu lästig, deshalb wechselte er zu den Querschießern. Da kann er zur Not auch mal mit dem Fahrrad hinkommen. Es ist schon schlimm genug, was da oben passiert ist, aber es geht nicht nur um Siggi. Darunter leidet der gesamte Bogensport. Vor allem, wenn der Täter ein Vereinsmitglied ist."

„Ja, wenn ..." Ihre Augen blinzelten misstrauisch. Wolfgang Petry klatschte in die Hände, woraufhin die Gruppe sich von den Stühlen erhob und ihm folgte. Vorbei an einer Metalltafel mit dem Namen des Vereins und einem kunstvoll geschmiedeten Bogenschützen als Blickfang in der Mitte begab sich die Gruppe an die Schießlinie. Gertrud Grimm wartete ab, bis sie mit ihrem Gesprächspartner alleine war.

„Es gibt da einige Unklarheiten, denen die Polizei meiner Meinung nach nicht die ... sagen wir ... nötige Bedeutung zukommen lässt."

„Sie glauben auch, dass Siggi unschuldig ist?"

„Allerdings. Aber Glaube ist in der modernen Kriminaltechnik nicht gefragt. Alles, was zählt, sind Beweise."

Dickmann wirkte angespannt. „Aber …", begann er zaghaft, um gleich darauf unschlüssig wieder zu verstummen. Petry griff einer Dame im fortgeschrittenen Alter helfend unter die Arme, was diese sichtlich genoss.

„Würden Sie meinen Hals auf eine Entfernung von zwanzig Metern beim ersten Versuch treffen, Herr Dickmann?"

Der Trainer zuckte zurück.

„Ihren Hals?"

„Ja, meine Güte, oder den von Ihrem Trainer da drüben. Welcher Hals, ist im Moment egal."

Dickmann legte die Zeigefinger rechts und links an seinen Hals, führte sie danach unter Wahrung des Abstandes nach vorn, betrachtete sie eingehend und nickte schließlich.

„Kein Problem, diesen Bereich würde ich auch auf die doppelte Entfernung problemlos treffen. Vielleicht nicht gleich beim ersten Versuch, aber treffen schon."

„Gut. Was glauben Sie, wie weit ein Pfeil nach einem Durchschuss im Halsbereich noch fliegen würde?"

Auf seiner Stirn zeichneten sich einige Falten ab. „Puh", Dickmann wog den Kopf langsam hin und her. „Das ist schwer zu sagen. Wir haben hier bei einem Tag der offenen Tür mal auf Kürbisse geschossen. Das waren auch so etwa zwanzig Meter Entfernung. Wir wollten demonstrieren, welche Schusskraft dahintersteckt. Damit die Leute sehen, wie gefährlich das sein kann, und zu uns kommen, anstatt irgendwo auf der Wiese rumzuballern, verstehen Sie?"

„Ja, sehr gut."

„Je nachdem, ob mit Compound- oder Recurvebogen, flogen die Pfeile nach dem Durchschuss noch zehn bis zwanzig Meter weit."

„Das reicht nicht", grummelte Frau Grimm.

„Ja, tut mir leid, da kann ich jetzt auch nichts dran ändern."

Petry unterbrach das Schusstraining, damit die Teilnehmer ihre Pfeile zurückholen konnten. Die meisten mussten sich dafür bücken. Ben hatte sich inzwischen dazugestellt und unterhielt sich mit dem Trainer.

Es muss also einen anderen Grund geben, weshalb der Täter die Pfeile ins gegenüberliegende Kornfeld befördert hat, dachte Frau Grimm.

„Sagen Sie, sehen die Pfeile eigentlich alle gleich aus oder stehen die Namen der Besitzer drauf?"

Dickmann ging in den Pavillon, kam kurz darauf mit einem etwa einen Meter langen Pfeil in der Hand zurück. Er deutete auf das hintere Ende und erklärte ihr die Vielfalt unterschiedlicher Federfarben und Nocken.

„Das bedeutet, wenn Sie hier einen Pfeil finden, wissen Sie, wem er gehört?"

„In der Regel schon, ja."

Gertrud Grimm notierte sich die Aussage. Die Projektile waren also gleichbedeutend einem Personalausweis, der Täter durfte sie auf keinen Fall am Tatort zurücklassen. Aber warum nahm er sie nicht mit? Ihm musste doch klar sein, dass sie im Feld irgendwann gefunden würden. Dazu quälte sie weiterhin die Frage, warum der Täter drei Pfeile benutzt hatte. Und noch etwas bedurfte der Klärung durch einen Fachmann. Sie öffnete ihre Handtasche und zog den Gefrierbeutel hervor, in dem sich das dunkelbraune Wollknäuel befand.

„Können Sie mir sagen, was das ist?"

Dickmann reichte ein flüchtiger Blick darauf.

„Das ist ein Sehnengeräuschdämpfer, Modell Beaver Puffs. Der wird aus dem Fell der Nutrias hergestellt. Total praktisch. Erstens ist es wasserabweisend und zweitens sind die Viecher hier sowieso eine Plage. Wo haben Sie den her?"

„Ich habe ihn in der Nähe des Tatortes gefunden. Benutzte Siegfried Horlemann ein solches Modell?"

Dickmanns Gesichtsausdruck entspannte sich. Es machte beinahe den Eindruck, als sei eine Last von ihm gefallen.

„Nee, im Gegenteil. Siggi sagte bei jeder Gelegenheit, das sei was für Mädchen. Ich halte es übrigens auch für Blödsinn, die Dinger beim Sport zu benutzen. Die wurden für die Jagd hergestellt, damit die Tiere nicht den Knall der Bogensehne hören und abhauen. Siggi meinte mal, ihm sei noch nie 'ne Scheibe abgehauen. Recht hat er."

Gertrud Grimm notierte die Aussage. Sie empfand die Schussgeräusche im Hintergrund nicht als besonders laut. Und dass Bernd Roth nach dem Abschuss noch hätte flüchten können, hielt sie für ausgeschlossen. Allerdings dürfte es nachts auf dem Fürstenberg mucksmäuschenstill sein. Spaziergänger hätten das verräterische Geräusch möglicherweise wahrnehmen können. Sie bemerkte Dickmanns Blick über ihre Schulter in Richtung der gegenüberliegenden Seite. Seine Mundwinkel sanken schlagartig herab, er atmete tief durch.

„Muss das sein?", schimpfte er leise vor sich hin. Frau Grimm drehte sich um und folgte seinem Blick. Sie erkannte zwei schlanke Frauen, die vorbei an der roten, ehemaligen Scheune auf sie zuliefen. Eine von ihnen trug einen Trainingsanzug.

„Wer ist das?", fragte Frau Grimm.

Dickmann schüttelte mit aufeinandergepressten Lippen den Kopf. Dann ließ er einen lang gezogenen Seufzer folgen.

„Das ist Monika Horlemann. Muss sie ausgerechnet jetzt kommen? Das gibt nur noch mehr Gerede."

„Ist sie etwa Vereinsmitglied?"

„Nein, sie nicht, aber ihre Freundin."

Die Frauen liefen eng nebeneinander, ihre Hände berührten sich. Darauf soll einer kommen, dachte die Detektivin. Sie bedankte sich bei Dickmann und lief den beiden schnurstracks entgegen. Auf halber Strecke, in der Nähe der Vierzigmeterscheiben, begegneten sie sich. Ein dumpfes Geräusch aus dem Hintergrund verkündete einen Treffer. Sofia Stein trug Bogen, Pfeile und einen seltsamen Handschuh, der nur einen Finger bedeckte. Monika Horlemann musterte Frau Grimm mit gerunzelter Stirn.

„Guten Tag. Mein Name ist Grimm, Gertrud Grimm. Ich leite die Detektei Grimm und Sohn und vertrete derzeit Frau Julia Roth."

„Ach, Sie sind das", gab sie misstrauisch zurück. „Hat sich Ihr Auftrag nicht erledigt?"

„Im Gegenteil, er hat sich zu einer Mordermittlung entwickelt. Wir sind da flexibel, wissen Sie?"

Monika Horlemann senkte für eine Sekunde den Kopf. Als sie ihn wieder hob, wirkte sie plötzlich zart und zerbrechlich.

„Das dürfte sich wohl auch erledigt haben. Mein Mann sitzt in Untersuchungshaft. Es ist schrecklich, ich hätte nie gedacht, dass er dazu fähig ist."

Sofia Stein legte ihren Arm über die Schulter ihrer Freundin, ließ sie aber sofort wieder los, als habe sie sich erschrocken. Es war nur ein winziger Augenblick, kaum mehr als ein Wimpernschlag, in dem Gertrud Grimms Augen dieses Detail registrierten. Und doch war sie sicher, dass sich in dieser einen Sekunde das Schicksal von Siegfried Horlemann entschieden hatte.

„Machen Sie sich keine Sorgen, ich werde die Unschuld Ihres Mannes beweisen, Frau Horlemann." Die Worte kamen mit der Kraft und Kälte einer Lawine über ihre Lippen. Frau Grimm nahm die plötzlich aufkommende Unsicherheit der Damen wahr, bemerkte das nervöse Flackern in ihren Augen.

„Das kann ich mir nicht vorstellen", antwortete Monika Horlemann. Frau Grimm registrierte den erschrockenen Blick der Frau. Sie fragte sich, ob es die Angst war, mit einem Mörder unter einem Dach zu leben, oder ob etwas anderes dahintersteckte …

„Hier sind Sie“, polterte Petry in ihr Verhör. Sofia Stein und Monika Horlemann nutzten die Gelegenheit und verabschiedeten sich einsilbig von der Detektivin.

„Ich bekomme noch zwölf Euro Kursgebühr für Ihren Enkel, Frau …“

34

Die Metallflügel am Eingangstor standen offen. Adriano steuerte den Wagen um das Rondell direkt vor die Haustür. Steen van Bruneck erwartete sie bereits. Manuela hatte ihn unterwegs angerufen. Der Kunsthändler führte sie in einen Salon, der die Größe von Manuelas gesamter Wohnung hatte. Hohe weiße Wände, hellgraue Marmorfliesen und das durch vier große Fenster eindringende Tageslicht verliehen dem Raum ein angenehm helles Ambiente. Großzügig im Zimmer verteilte Kunstgegenstände vergangener Epochen zogen das Auge des Betrachters auf sich. Das gesamte Mobiliar bestand lediglich aus einem roten Sofa und zwei Sesseln mit kunstvoll geschnitzten Füßen und Armlehnen, postiert um einen kleinen Holztisch mit geschwungenen Beinen. In die Tischplatte war eine dunkle Glasscheibe eingelassen. Die Raumluft erweckte den Eindruck, als würde man inmitten einer Blumenwiese sitzen. Van Bruneck fragte nach ihren Getränkewünschen, während er ihnen mit einer höflichen Geste den Platz auf dem Sofa anbot. Die Polizisten lehnten dankend ab.

„Herr van Bruneck, wir haben Sie vorgestern nach Ihrem Alibi für den Samstagabend befragt, erinnern Sie sich?"

Das Sonnenlicht ließ sein Gesicht wie ein Relief erscheinen. Seine Augen wirkten geheimnisvoll. Wenn sie ein Spiegel seiner Seele sein sollten, wäre dieser verblasst und undurchsichtig.

„Ja, das haben Sie."

Er zögerte. Manuela durchschaute seine Taktik, gab ihm Zeit. Er war am Zug, und das wusste van Bruneck.

„Das meinen Sie", fuhr er übertrieben freundlich fort. „Entschuldigen Sie, ich hatte in die Aufregung ganz vergessen, dass ich an den Abend mit die Politiker essen war. Aber ich denke, ein Alibi zu haben, das ist doch nicht verkehrt, oder?"

Er spielt mit uns. Nein, er tanzt mit uns. Zu unserer Melodie gibt er den Takt vor, führt, gibt mit seiner Dominanz die Richtung an. In deinem großen, kahlen Schädel verliert sich kein Gedanke einfach so ins Nirgendwo, kein Abend wandert ins Vakuum des Vergessens, fluchte Manuela in sich hinein.

„Absolut nicht", übernahm Adriano, den Manuela unterwegs von ihrer Vermutung überzeugen konnte. „Wir fragen uns nur, ob Sie es wirklich vergessen haben oder es einen anderen Grund dafür geben könnte."

„Was für ein Grund soll ich haben?"

„Das fragen Sie?"

Manuela wurde energischer, sie musste den Kunsthändler in die Enge treiben, ihn zu einem Fehler zwingen. Schon der erste Widerspruch könnte seinem Lügenkonstrukt das Standbein wegziehen.

„Sie wollten den Mörder schützen, ihm Zeit geben. Auch wenn es ein jämmerlicher Versuch war und vor allem völlig unnötig."

„Frau Kommissarin, ich denke, es ist gut, wenn die Polizei Fantasie hat. Aber warum soll ich eine Mörder schützen?"

„Weil er etwas hat, das Ihnen gehört. Und diesmal reden wir nicht von Münzen. Was war das für ein Gefühl, als Sie den Daumen gesehen haben? Und wie groß war dann Ihre Wut, als Sie in der Nacht vor der leeren Grube standen, Herr van Bruneck?"

Während ihrer Worte wich langsam, kaum wahrnehmbar, das überhebliche Lächeln aus seinem Gesicht. Es war die einzige Regung, abgesehen von der seiner Pupillen, die prüfend in den rechten Augenwinkel Richtung Adriano rollten und wieder zurück. Nur als Manuela den Daumen erwähnte, ging ein leichter Ruck durch seinen Körper. Nur zu gerne hätte sie gewusst, was in diesem Moment in seinem Kopf vorging.

„Ich habe mich genauso wie Sie auch abgefragt, was in die Grube war und ob die Archäologe darum sterben musste. Wenn das stimmt, dann müsste das sehr wertvoll sein. Ja, und dann muss ich doch froh sein, wenn die Polizei den Mörder kriegt, oder sehe Sie das anders?“

Manuela konnte es nicht fassen, für derart naiv gehalten zu werden. Ihr Geduldsfaden löste sich in kleine, nicht tragfähige Fasern auf, um noch in der gleichen Sekunde mit einem Knall zu reißen.

„Verdammt noch mal, mir reicht's! Froh sein, wenn die Polizei die Mörder kriegt, was soll der Blödsinn?“

Manuela sprang auf und ging langsam um ihn herum.

„Sie haben einen zweiten Lüttinger Knaben gefunden, wahrscheinlich wussten Sie ganz genau, dass er sich dort befindet. Irgendjemand ist dahintergekommen, wie auch immer. Er wollte ihn stehlen und wurde von Bernd Roth überrascht. Es gibt niemanden, der diese Skulptur besser verkaufen könnte als Sie. Der oder die Täter werden sie Ihnen anbieten, oder haben sie es bereits?“ Sie hob ihre Stimme, gab ihm aber keine Gelegenheit zu einer Antwort. „Es gab da nur ein kleines Problemchen: Sollte die Polizei den Täter schnappen, ist der Knabe für Sie verloren. Sie müssten beweisen, dass er auf Ihrem Grundstück gefunden wurde. Wie sollten Sie das anstellen? Also haben Sie den Verdacht zunächst auf sich gelenkt, um dem Täter Zeit zu geben. Sie decken einen Mörder, dafür kriege ich Sie dran, van Bruneck!“

Er blieb reglos sitzen, ließ die Anschuldigungen wie einen lästigen Landregen über sich ergehen. Lediglich ein gelegentliches leichtes Flackern seiner Augenlider verriet die Anspannung. Er kannte den Mörder, davon war Manuela überzeugt. Gleichzeitig befand er sich in einem Dilemma. Würde er ihnen den Namen nennen, drohte ihm ein Millionenverlust. Im anderen Fall machte er sich strafbar, indem er ihn schützte. Sie mussten ihm eine Brücke bauen.

„Wissen Sie, Herr van Bruneck“, übernahm Adriano in einem auffällig ruhigen Tonfall, „meine Kollegin ist eigentlich ganz umgänglich. Sie mag es halt nicht, wenn man ihr Märchen erzählt. Im Grunde möchten wir mit Ihnen zusammenarbeiten. Sie helfen uns und wir helfen Ihnen. Sie bekommen Ihren Knaben und wir den Mörder. Was halten Sie davon?“

Manuela stand hinter van Bruneck, zwinkerte ihrem Kollegen zu. Auch wenn er sie mit seinem Phlegma oft genug zur Weißglut trieb, in Situationen wie dieser schätzte sie seine Mitarbeit. Manuela bemerkte den feuchten Glanz auf der Glatze des Holländers.

„Ich wüsste nicht, wie ich Ihnen helfen könnte.“

„Ganz einfach: Sie arrangieren eine Übergabe des Knaben.“

Van Bruneck erhob sich, schlenderte, die Hände in den Hosentaschen vergraben, an die Fensterfront und sah nachdenklich hinaus. Wenn es noch einer Geste bedurft hätte, um ihre Vermutungen zu untermauern, so hatte er sie nun geliefert. Kein lautes Dementi, keine naiven Nachfragen, sondern ausdruckslose Stille. Eine Stille, die Manuelas Zweifel beseitigte. Er hatte viel zu viel investiert, um kurz vor dem Ziel aufzugeben. Van Bruneck drehte sich um, sah Manuela tief in die Augen.

„Soll ich ein Angebot bekommen, das in Ihrem Sinn ist, melde ich mich.“

„Wir werden dafür sorgen, dass Sie dieses Angebot bekommen. Guten Tag, Herr van Bruneck.“

„Wie willst du das anstellen?“

„Wir sorgen für Dampf im Kessel.“

Adriano überquerte den Augustusring in Richtung Innenstadt. Ihr Schweigen machte ihn wütend.

„Du musst mit mir nicht darüber reden!“

„Entschuldigung. Ich dachte an eine Pressekonferenz, in der wir bekannt geben, dass dieser Knabe auf van Brunecks Grundstück gestohlen wurde. Für Diebesgut dürfte sich kein Museum interessieren. Der Knabe wird heiß. Das dürfte den Käuferkreis enorm einschränken.“

„Du meinst, der Täter muss zwangsläufig in van Brunecks Arme laufen?“

„Er ist der Kunsthändler mit den besten Kontakten weltweit, gilt nicht gerade als pingelig, was Diebesgut angeht, und er ist äußerst interessiert."

„Das halte ich für keine gute Idee. Die Medien werden ihn besser observieren, als wir es je könnten. Nicht gerade die besten Voraussetzungen für eine Übergabe."

„Das Interesse wird irgendwann abklingen. Warum sollte er es eilig haben?"

Sie konnte Adrianos Skepsis nachvollziehen. Es war ein riskantes Unterfangen. Ebenso gut konnte es dazu führen, dass der oder die Täter sich ins Ausland absetzen würden und dort in Ruhe warteten, bis Gras über die Sache gewachsen wäre. Außerdem dürfte van Bruneck nach einer öffentlichen Bekanntgabe nicht der einzige Interessent bleiben.

„Van Bruneck weiß, wer den Knaben hat", unterbrach Adriano ihre Gedanken, „und er ist sicher, ihn zu bekommen."

„Ja. Davon bin ich überzeugt."

„Das bedeutet, dass Horlemann entweder unschuldig ist oder es einen Mitwisser gibt."

„Bernd Roth, aber der lebt nicht mehr."

Adriano bremste ab, steuerte den Wagen in die Bucht einer Bushaltestelle.

„Manuela! Horlemann erfährt davon, dass da oben locker fünf Millionen liegen, unbewacht. Zu diesem Zeitpunkt sitzt er besoffen in der Kneipe. Ich kenne Leute, die könnten das nüchtern nicht für sich behalten."

Ich war mit Kollegen bei Opel.

Ihr fielen Horlemanns Worte während der ersten Vernehmung ein. Ein Archäologenstammtisch, einmal im Monat. Der letzte Anruf des Opfers galt Horlemann, auch wenn dieser die Kenntnis von dem Telefonat beharrlich abstritt.

Das können Sie anhand dieses Daumens erkennen? – Glauben Sie mir, das kann jeder Archäologe.

35

Innerhalb weniger Minuten hatte Ben die Adresse auf das Display seines Smartphones gezaubert. Frau Grimm registrierte erstaunt, dass er damit Sekunden später auch noch problemlos die Wegbeschreibung zum Gruithus herausbekam. Ben wählte die vom Navigationsprogramm vorgeschlagene kürzeste Verbindung. Diese führte jedoch quer durch die alte Römerstadt über den Nordwall Richtung Kriemhildmühle und die Rheinstraße entlang der Rückseite des Doms. Neben Touristengruppen, denen der Verwendungszweck von Bürgersteigen offenbar fremd war, sorgten zur Verkehrsberuhigung eingerichtete Verkehrshindernisse in Form von scheinbar wahllos geschaffenen Parkplätzen am Straßenrand für eine Fahrt mit Sightseeingcharakter. Kurz vor der Siegfriedstraße musste Ben zu allem Überfluss eine Touristenbimmelbahn mit mehreren Anhängern passieren lassen. Frau Grimm hoffte, dass Siegfried Horlemann in der Zwischenzeit nicht zu lebenslanger Haft verurteilt wurde.

„Parken Sie bitte nicht direkt vor der Tür, Ben. Wir müssen so diskret wie nur eben möglich vorgehen."

Auf der gegenüberliegenden Straßenseite goss ein älterer Herr in Unterhemd und einer Mütze mit dem Werbeaufdruck eines Baumarktes die Rosen im Vorgarten. Er hatte sie nicht bemerkt, stellte Frau Grimm zufrieden fest. Ben war ausgestiegen und wartete auf seine Chefin, die allerdings geistesabwesend mit einem beherzten Ruck die Beifahrertür aufstieß. Selbige sackte krachend aus dem Rahmen, baumelte am unteren Scharnier und kratzte mit der anderen Seite lautstark über den Asphalt. Ben stöhnte genervt auf. Der Nachbar hatte vor Schreck den Gartenschlauch losgelassen, der wild umhertanzend seinen Inhalt verspritzte. Frau Grimm schloss die Augen, ballte die Hände zu Fäusten und bemühte sich um Contenance. Ausgerechnet in diesem Augenblick meldete sich ihr Handy. Es war Camel, der sensationelle Neuigkeiten offerierte, die der Mitteilung durch ein persönliches Gespräch bedurften. Sie verabredete sich mit ihm in einem Bistro am Xantener Markt, in einer halben Stunde. Mittlerweile zählten auch die Frau des Rosengießers und ein untersetzter Nachbar in einem Jogginganzug, der jeden seiner Bauchringe akzentuierte, zu ihrem Publikum. Frau Grimm winkte verlegen herüber. Es galt nun, ihr Vorhaben der verdeckten Ermittlung durch einen Plan B zu ersetzen. Während Ben fluchend darum bemüht war, die Beifahrertür wieder mit der Karosserie in Einklang zu bringen, dachte sie angestrengt nach. Dann drückte sie ihr Kreuz durch und lief hoch erhobenen Hauptes zum Rosenpaar, das sich mittlerweile angeregt mit dem Nachbarn im Jogginganzug unterhielt. Beim Anblick der älteren Dame im Schlabberlook mit Turnschuhen verstummten die Gespräche.

„Einen wunderschönen guten Tag, die Herrschaften. Mein Name ist Grimm. Gertrud Grimm. Ich leite die Detektei Grimm und Sohn in Wesel. Bitte entschuldigen Sie mein Aussehen, aber ich komme direkt von einer verdeckten Ermittlung."

Sie trat dicht an ihre Zuhörer heran, sah sich kurz um und senkte die Stimme.

„Da darf man auf gar keinen Fall auffallen, verstehen Sie?"

Der Rosenliebhaber warf einen Blick an ihr vorbei auf den laut fluchenden Ben und nickte.

„Wir sind mit der Ermittlung im Mordfall Roth beauftragt", bemerkte sie eher beiläufig.

„Macht dat nich die Polizei?", entfuhr es dem pummeligen Herrn im Jogginganzug.

„Schön wäre es", seufzte die Detektivin. „Aber anstatt den Mörder zu suchen, haben sie den armen Herrn Horlemann eingesperrt. Jetzt bleibt es mal wieder an mir hängen, einen Unschuldigen aus den Klauen der Justiz zu befreien und den wahren Mörder hinter Schloss und Riegel zu bringen. Es ist immer dasselbe. Leider."

Das Geräusch eines berstenden Türscharniers brach in die einsetzende Stille. Die Blicke wanderten zur anderen Straßenseite. Mit der Beifahrertür in den ausgebreiteten Armen drehte Ben sich zu ihnen um. Er wirkte ein wenig hilflos.

„Sie glauben, der Siggi war dat gar nich?", fragte der Grauhaarige mit dem Schlauch in der Hand.

„Warum hätte er seinen Freund töten sollen?"

Frau Grimm las in den Gesichtern, dass es einige Gründe dafür geben musste. Ihr Schweigen sorgte für zunehmende Unsicherheit bei den Nachbarn.

„Der Siggi hat et nich leicht inner letzten Zeit. Und eifersüchtig isser er ja auch noch. Ganz schön sogar", sinnierte der Mann im Jogginganzug. Er musste seinen Kopf leicht in den Nacken legen, um Gertrud Grimm dabei anzusehen.

„Ist dat ein Wunder, bei dem Flittchen?" Die Frau im weißen Kittel sah anscheinend keinen Grund mehr für übertriebene Zurückhaltung. „Allein schon, wie die sich immer aufdonnern tut, wenn se alleine aus et Haus geht. Da weiße manchmal nich, ob sie et is oder 'ne Verkehrsampel."

Frau Grimm fiel die kleine, spitze Nase auf, die das aufgeschwemmte Gesicht der Frau wie die Frucht auf einer Torte zierte. Sie schätzte ihr Alter auf Mitte fünfzig. Ihre pechschwarzen Haare waren mit blonden Strähnchen optisch aufgelockert. Ihr Mann wiegelte ab.

„Ich bitte dich, Anni, dat ist die doch nich wert. Die hätt ich längst achtkantig rausgeschmissen. Die war doch andauernd alleine unterwegs. Ich möcht nich wissen, wat die so alles am Laufen hat."

„Genau. Jetzt, wo ihr et sacht. Beim letzten Straßenfest hat se mich immer so merkwürdig angeglotzt", unterstrich der Pummelige fast ein wenig stolz.

„Der war wirklich nichts zu peinlich", bestätigte Anni. Ihr Nachbar runzelte nachdenklich die Stirn. „Sagen Sie mal, glauben Sie, die hatte wirklich wat mit dem Siggi seinen Freund am Laufen?"

„Das halte ich nach dem derzeitigen Ermittlungsstand für unwahrscheinlich."

Anni atmete erleichtert durch. Ben hatte inzwischen die Tür im Kofferraum verstaut. Frau Grimm verabschiedete sich mit dem großzügigen Versprechen, Siegfried Horlemann aus dem Gefängnis zu befreien und stattdessen dafür zu sorgen, dass seine Frau eingesperrt würde. Wegen Erregung nachbarschaftlichen Ärgernisses und Unzucht mit Unbekannten. Im Gehen hielt die Nachbarin sie kurz am Arm, rannte ins Haus und kam Sekunden später mit einem Schlüssel zurück, den sie ihr wie eine Trophäe entgegenstreckte.

„Der Haustürschlüssel der Horlemanns, falls niemand zu Hause ist. Wir haben hier 'ne gute Nachbarschaft, da kümmert sich noch jeder um den anderen."

„Außer Frau Horlemann", knurrte der Nachbar im Jogginganzug.

„Die haben ja auch keinen Schlüssel. Wäre ja noch schöner, wenn dieses Flittchen in unserem Haus rumschnüffeln tät", keifte die Schwarzblonde zurück. „Der Siggi ja, aber nich die", setzte sie noch hinterher. Dann zog sie eine dunkelrote Kaustange für Hunde aus der Kitteltasche und reichte sie Frau Grimm.

„Für Nathan, damit wird der einigermaßen umgänglich. Mach ich auch immer so, wenn ich da nach'm Rechten guck."

Unterwegs fragte sich Frau Grimm, welche Größe wohl ein Hund mit dem Namen „Nathan" haben könnte. Nachdem sie den Klingelknopf betätigt hatte, klang von der anderen Seite der Haustür die Antwort in Form eines dunklen Bellens in Hüfthöhe herüber. Frau Grimm zog die Hand mit dem Schlüssel nachdenklich zurück. Ben deutete auf den Briefschlitz in der Tür. Frau Grimm bückte sich, öffnete die Klappe und sah direkt in die dunkelbraunen Augen einer offensichtlich schlecht gelaunten Dogge mit üblem Mundgeruch.

„Ja, wer ist denn da?", eröffnete Gertrud Grimm mit kindlicher

Stimme den Dialog. Nathans wütende Antwort ließ sie zurückschrecken. Mit der Kaustange startete sie einen neuen Versuch. Zunächst ließ sie ihn nur schnüffeln, bis sie leises Winseln vernahm.

„Ja, was hat die Omi denn hier für den kleinen Nathan?"

Ben verdrehte die Augen. Dann verschwand die Kaustange von schmatzenden Geräuschen untermalt in der Dogge. Entschlossen öffnete Frau Grimm die Tür.

„Ja, hallo. Wer ist denn da?", grüßte Frau Grimm. Nathan hielt den Kopf schräg, überlegte einen winzigen Moment und lief schließlich an den staunenden Besuchern vorbei nach draußen.

„Und jetzt?", flüsterte Ben, ging zum Bürgersteig und sah die kleine Stichstraße hinunter. Nathan markierte noch kurz seinen Golf und verschwand danach um die Ecke.

„Man lässt seinen Hund nicht alleine im Haus", bemerkte Gertrud Grimm achselzuckend und wies Ben an, am Straßenrand Schmiere zu stehen. Dann inspizierte sie das Erdgeschoss.

Das Wohnzimmer erweckte auf den ersten Blick nicht den Anschein, als würde es irgendwelche Antworten auf ihre Fragen bereithalten. In einem Schrank bildeten Staubkonturen die Umrisse von Aktenordnern nach. Sie zog die oberste Schublade auf. Darin befanden sich belanglose Werbebriefe, Postkarten und einige Visitenkarten. Bei einer stutzte sie und notierte sich einer inneren Eingebung folgend die darauf angegebene Handynummer. Weil sie im gesamten Erdgeschoss keine weiteren Unterlagen finden konnte, machte sie sich auf der Suche nach einem Büro auf den Weg in den Keller. Auf halber Treppe hörte sie einen gellenden Pfiff.

„Halt sie auf", murmelte Frau Grimm.

Die erste Tür führte in den Heizungskeller. Neben Brenner und Wasserkessel befanden sich Waschmaschine, Trockner und ein kleiner Wäscheständer in dem Raum. Durch das halb geöffnete Fenster zur Straße vernahm sie einen zweiten Pfiff. Dessen ungeachtet öffnete sie die nächste Türe. Als sie das Licht einschaltete, fiel ihr Blick auf spärlich gefüllte Vorratsregale, ein fast leeres Weinregal sowie zwei Getränkekisten. Beim nächsten Raum handelte es sich um einen Partykeller. Der Boden war mit allerlei Kisten und losem Gerümpel übersät, die Theke lag unter einer dicken Staubschicht. Im Raum daneben wurde sie endlich fündig. Blecherne Standregale voller Akten, ein kleiner Schreibtisch und ein Schrank mit Geschirr. Frau Grimm zog zielsicher den Aktenordner mit der Aufschrift „Verträge“ aus einem der Regale. Das Geräusch einer zufallenden Tür hallte durchs Treppenhaus. Hastig klemmte sie sich den Ordner unter den Arm und tippelte vorsichtig ins Treppenhaus. Eine hysterische Stimme rief nach Nathan. Die Stimme kam näher. Frau Grimm duckte sich unter die Treppe. Die Türklingel! Erleichtert atmete die Detektivin auf. Wenig später erkannte sie Bens Stimme.

„Entschuldigung, eben wäre mir fast eine Dogge vors Auto gelaufen. Wissen Sie vielleicht, wem die gehören könnte?“

„Was? Oh Gott, ja, wo ist sie?“

„Gerade war sie noch da hinten.“

Die Stimmen wurden leiser. Frau Grimm eilte erleichtert die Treppe hoch.

„Wo ist sie?“, fragte sie Ben, der grinsend auf dem Bürgersteig wartete.

„Ich habe sie in die Innenstadt geschickt.“

„In Ordnung, wir haben alles. Auf geht’s.“

„Bitte, bitte. Das habe ich doch gerne gemacht.“

36

Nach mehreren Telefonaten hatte Mareike ihnen die Liste der Namen durchgegeben, mit denen Siegfried Horlemann an dem fraglichen Abend beim Stammtisch saß. Adriano parkte den Wagen auf einem Parkplatz hinter der Gaststätte „Einstein". Eine junge Frau trug zwei Kartons durch die Eingangstür. Die Polizisten folgten ihr in den gemütlich eingerichteten Schankraum. An der Wand vor Kopf neben dem Flur, der zu den Toiletten führte, hing ein Porträt des Namensgebers der Kneipe. Der Wirt stand hinter der Theke und putzte Gläser.

„Wir haben eigentlich noch nicht geöffnet", bemerkte er bei ihrem Anblick freundlich. Manuela zeigte ihm ihren Dienstausweis.

„Geht um den ermordeten Roth, oder?"

Manuela nickte.

„Der war nur ab und zu hier, wenn sich die Archäologen trafen. In letzter Zeit aber nicht mehr."

„Darum geht es uns", Manuela reichte ihm einen Zettel über die Theke, auf dem sie die Namen während des Telefonats mitgeschrieben hatte.

„Ist einer von den Herren zwischendurch gegangen?"

Er warf nur einen flüchtigen Blick auf den Zettel, ohne ihn zu lesen.

„Nee, außer mal zur Toilette." Er deutete auf die Tischreihe gegenüber, am Fenster zur Straße. „Die saßen den ganzen Abend über dort in meinem Blickfeld."

„Wann kam Siegfried Horlemann dazu?"

Der Wirt strich sich mit der flachen Hand über die Stirn, die bis weit auf den Kopf reichte, und sah dabei verlegen zu Boden.

„Der Siggi … hm, also das weiß ich nicht so genau."

„Kommen Sie schon …"

„'ne knappe Stunde später."

„Wurde es irgendwann hitzig oder lauter?"

„Nein. Ich möchte da jetzt auch nichts Falsches erzählen. Es ist vielleicht besser, wenn Sie den Wim fragen. Der konnte am besten mit Siggi. Die beiden waren auch schon mal unter der Woche aufn Bierchen hier."

Auf der Straße vor dem Haus fuhren zwei Mädchen auf einem Einrad enge Kreise. Adriano hupte zweimal, Manuela bedachte ihn mit einem missbilligenden Seitenblick.

Wim Panemann bewohnte mit seiner Frau und den beiden Töchtern ein Einfamilienhaus in Lüttingen.

Elke Panemann führte die Polizisten durch in den Garten. Die Straße „Am Blauen Stein" lag direkt an der Xantener Südsee, von hier aus bot sich ein herrlicher Ausblick. Manuela und Adriano nahmen auf ausladenden Korbsesseln Platz, vor ihnen auf dem Tisch stand eine Karaffe mit Orangensaft, daneben eine kleine Schale mit angetauten Eiswürfeln. Die Gastgeberin kam mit zwei Gläsern aus dem Wohnzimmer und stellte sie vor ihnen ab. Wim Panemann hatte eine sportliche Figur, die fast weißen Haare ließen seinen gebräunten Körper noch dunkler wirken. Selbst wenn er keine Miene verzog, strahlte sein Gesicht Fröhlichkeit aus. Und dies, obwohl er wissen musste, aus welchem Anlass ihn die Polizei besuchte. Seine Frau füllte die Gläser.

„Wie geht es Siegfried?"

Mit dieser simplen Frage machte der Archäologe seine Meinung deutlich. Er wählte eine Betonung, mit der man sich nach einem Freund erkundigen würde, der eine schwere Operation hinter sich hatte. Beinahe hätte Manuela geantwortet: Den Umständen entsprechend. Aber es waren keine *Umstände,* die seine Untersuchungshaft begründeten, sondern stichhaltige Indizien. Auch wenn sie in ihrer Gesamtheit ein Bild ergaben, das auf Manuela seltsam abstrakt wirkte.

„Er behauptet, unschuldig zu sein."

Wim Panemann mischte seinen Orangensaft mit Mineralwasser. Eine Gruppe Radfahrer fuhr auf dem Uferweg hinter dem Grundstück vorbei.

„Ich glaube ihm das."

„Herr Panemann", übernahm Adriano, „hat Ihnen Siegfried Horlemann an dem Abend etwas von einem Fund erzählt?"

Panemann lachte kurz auf. Dann atmete er tief aus und schüttelte dabei den Kopf.

„Reden wir von einem zweiten Lüttinger Knaben?"

„Er hat beim Stammtisch darüber gesprochen?", hakte Manuela verwundert nach.

„Ja, das hat er", bemerkte Panemann völlig unaufgeregt.

„Aber ... ist das nicht eine Riesensensation?", Adriano konnte seine Gelassenheit bei allem, was sie bisher über diesen Fund herausgefunden hatten, nicht nachvollziehen.

„Ach, wissen Sie, der Siggi ist im Grunde genommen ein guter Mensch. Er trägt sein Herz aber meist auf der Zunge. Und wenn er was getrunken hat ..." Panemann zögerte, „leidet er gewissermaßen unter verbaler Inkontinenz, wenn Sie verstehen."

„Sie wollen damit sagen, Sie haben ihm nicht geglaubt?"

„Nicht geglaubt ..." Der Archäologe breitete die Arme aus, hob unterstützend die Schultern. „Wissen Sie, eigentlich hat er ständig behauptet, Bernd spinnt. Weil der fest davon überzeugt gewesen ist, dass es diesen zweiten Knaben gibt. Aber tief in seinem Innern fand er, glaube ich, Gefallen an den manchmal abstrusen Theorien seines Freundes. Dieses Mal sollte der Knabe sich oben auf dem Fürstenberg befinden. Erst hat Siggi darüber gelacht. Aber so nach dem fünften, sechsten Bier begann er daran zu glauben, wollte uns sogar davon überzeugen. Wenn Sie mich fragen, ist das alles Kokolores. Es gibt nicht einen ernst zu nehmenden Hinweis für seine Existenz. Ebenso gut könnten Sie den Schatz der Nibelungen suchen. Ich weiß nicht, warum der Holländer da heimlich gräbt, ich kenne ja seine Pläne nicht, aber über ihn werden sich hier noch einige wundern. Die Idee mit dem Aufbau des alten Klosters mit Hotel, Café und Biergarten ist jedenfalls gar nicht so schlecht."

„Wissen Sie, ob er an diesem Abend einen Hinweis bekommen hat, telefonisch oder per SMS?"

„Nee, bestimmt nicht. Der hat sein Handy doch nie dabei."

Manuela notierte die Aussage.

„Herr Horlemann hat behauptet, dass Sie alle gemeinsam von der Gaststätte ‚Zur Börse' zum Lokal ‚Einstein' gegangen sind. Stimmt das?"

„Ja, das ist richtig. Außer Siggi, der war zwischendurch zu Hause, sein Portemonnaie holen. Als wir bei Opel zahlen mussten, ist ihm nämlich aufgefallen, dass er es vergessen hat. Ansonsten waren wir bis kurz vor eins komplett, danach löste es sich langsam auf."

Ein Eichhörnchen kam bis auf zwei Meter an die Terrasse heran und richtete sich dort auf. Frau Panemann griff in eine Schale neben sich und warf dem Tier eine Haselnuss hin.

„Seine Frau beschreibt ihn als cholerisch und leicht aufbrausend", fuhr Manuela fort. Panemann lachte kurz.

„Das wäre ich bei der auch. Wissen Sie, ich kenne den Siggi seit dem Studium. Glauben Sie mir, er ist eigentlich ein absolut umgänglicher Mensch …"

„Der extrem eifersüchtig ist", unterbrach Adriano.

Zum ersten Mal wurde Panemanns Gesicht vollkommen ernst.

„Ja, das stimmt zwar, aber …" Er zögerte, es fiel ihm sichtbar schwer. „Siggi hat erst seinen Führerschein, dann seine Festanstellung verloren. Aber das wissen Sie ja sicherlich. Das Haus haben die Horlemanns erst vor zehn Jahren gekauft, das heißt, er hat nach dem Tod seiner Eltern seine Geschwister ausgezahlt und es dann nach den Wünschen seiner Frau umgebaut. Die Belastungen sind daher immer noch beträchtlich. Monika, seine Frau, arbeitet nicht. Sie geht lieber shoppen, ist dauernd unterwegs. Da macht man sich schon seine Gedanken. Siggi hat's im Moment wirklich nicht leicht."

„Deshalb schlägt er seine Frau", entfuhr es Manuela. Panemann biss sich auf die Lippen.

„Außerdem hat er seinen Führerschein nicht verloren ..."

„Schon gut, ich weiß Bescheid", fiel er Manuela ins Wort. „Siggi ist wirklich krankhaft eifersüchtig. Aber das macht ihn längst nicht zum Mörder."

„Glauben Sie, dass Frau Horlemann einen Liebhaber hat?"

Wim Panemann stellte das Glas, das er bereits zum Mund geführt hatte, wieder zurück. Seine Augen beantworteten ihre Frage mit einem eindeutigen Ja.

„Ich weiß es nicht. Das geht mich auch nichts an."

„Kommen Sie, Herr Panemann", mischte sich Adriano eine Spur zu laut ein. „Sie betrügt ihn bei jeder Gelegenheit, das ist es doch, was Sie uns sagen wollen. Warum lassen sich die beiden eigentlich nicht scheiden? Und sagen Sie jetzt bitte nicht, es geht Sie nichts an, wir ermitteln in einem Mordfall!"

Wim Panemann sah ihn mit ernster Miene an. Auf seiner Stirn bildete sich eine Falte. Dann stieß er unvermittelt einen lauten Seufzer aus.

„Na schön, ist ja eh kein Geheimnis: Siggi liebt seine Monika und Monika steht mehr auf La Dolce Vita, so einfach ist das."

Manuela schüttelte den Kopf.

„Hast du seinen Blick gesehen bei der Frage nach dem Liebhaber?", fragte Adriano am Auto. Manuela nickte.

„Das ist ein Ansatz", fuhr ihr Partner fort. „Der Ehemann ist im Weg, dazu ein Millionenfund – passt alles."

„Und das Alibi?"

„Müssen wir noch widerlegen."

„Wenn's weiter nichts ist."

An der Kreuzung gegenüber der Einfahrt zum Archäologischen Park bog Adriano links ab. Dem Oberkommissar gefiel die These zu gut, als dass er sie verwerfen wollte.

„Vom Kino in Wesel bis zum Fürstenberg, das schaffe ich nachts mit dem Auto locker in zwanzig Minuten. Wenn der Film um kurz nach elf aus war und Roth 'ne halbe Stunde später …"

„Und woher sollte der Mörder deiner Meinung nach wissen, dass Bernd Roth am Fürstenberg neben diesem Bronzeknaben wartet?"

Adriano presste die Lippen aufeinander.

37

Weil er sich nicht auskannte und zudem keine Lust mehr auf eine gemächliche Stadtrundfahrt hatte, wählte Ben den Umweg über den Augustusring. An der Ampel davor warteten sie neben einem Fahrradfahrer. Frau Grimm blätterte seit Fahrtantritt unentwegt in dem Aktenordner. Endlich wurde sie fündig. Ihre Vermutung hatte sich bestätigt – der Vertrag war ein weiteres Puzzleteil in ihrer Theorie. „JAWOLL!“, jubelte sie. Der Radfahrer mit der grauen Schiebermütze neben ihr sah erschrocken auf den Golf mit der fehlenden Beifahrertür und der seltsam gekleideten Seniorin. Frau Grimm winkte ihm verlegen zu.

Ben stellte den Wagen auf dem kleinen Parkplatz am Spülsteg ab. Als sie um die Ecke am Karthaus einbogen, sahen sie Camels roten Mustang. Er hatte den Wagen auf dem Gehweg vor dem Eingangsbereich zwischen einer Herrenboutique und einer Fahrschule abgestellt. Davor hielt ein Streifenwagen.

Die attraktive Wirtin des Bistros deutete ungefragt auf die geschwungene, mit roten Teppichfliesen belegte Treppe zum Obergeschoss. Offensichtlich hatte der Journalist sie ausreichend beschrieben, stellte die Detektivin fest.

In dem Gastraum befanden sich dunkelbraune Tische mit jeweils vier Stühlen, an der orangenfarbenen Tapete hingen Öl- und Acrylbilder Xantener Künstler. Die kleinen Schilder mit den Zahlen ließen darauf schließen, dass sie zum Verkauf standen. Camel stand auf dem Balkon. Als er sie erkannte, warf er die Zigarette über die Brüstung und kam zu ihnen. Sie nahmen an einem Tisch in der Mitte des Raumes Platz. Die Bedienung stand wartend in der Nähe. Nachdem sie die Bestellung aufgegeben hatten, kam Camel zur Sache.

„Wie Sie wissen, haben sich meine Recherchen zuletzt auf den Escortservice Annabelle konzentriert.“

„Mit mäßigem Erfolg“, bemerkte Frau Grimm zynisch. Die

Hausdurchsuchung vor wenigen Minuten hatte zwar den von ihr erwarteten Durchbruch in dem Fall gebracht, allerdings stand die Frage nach der ominösen Visitenkarte weiterhin im Raum. Der Korrespondenz mit der Bank und den Kontoauszügen hatte sie zwar entnehmen können, dass Horlemanns vor der Pleite standen, aber eben auch, dass die Lebensversicherung abgetreten war. Eine simple Scheidung hätte also denselben Erfolg gebracht wie der Tod des Archäologen. Dies alles ergab keinen Sinn. Es sei denn, Siegfried Horlemann wäre zu derselben Erkenntnis gelangt wie sie kurz zuvor auf dem Vereinsgelände der „Silberpfeile", das allerdings konnte Frau Grimm sich beim besten Willen nicht vorstellen. Immerhin brachte ihre zweite Entdeckung einen Hinweis darauf, dass Monika Horlemann von der Existenz des Knaben gewusst haben konnte.

„Manchmal lässt der Erfolg auch ein wenig auf sich warten. Mitunter bedarf es der einen genialen Idee." Camel schnippte mit den Fingern. Die Bedienung drehte sich auf der Treppe herum und kam zurück. Camel hob abwehrend die Hände.

„Und diese geniale Idee hatten ausgerechnet Sie?"

„Bei aller Bescheidenheit, ja. Das ist wirklich der Hammer!"

Statt des wohl erwarteten Beifalls sah sie ihn erwartungsvoll an. „Und?"

„Zuerst möchte ich wissen, was Sie zu bieten haben. Geben und nehmen. Kennen Sie doch, Frau Grimm, oder?"

Sie beugte sich leicht vor, ihre Augen verengten sich zu schmalen Schlitzen. Was erlaubt dieser Schmierfink sich, dachte sie.

„Vielleicht interessiert es Sie auch gar nicht, was Frau Horlemann so am Wochenende treibt?", fügte er provozierend hinzu.

„Was? Frau Horlemann arbeitet für den Escortservice Annabelle? Da soll einer drauf kommen!" Ein zufriedenes Grinsen breitete sich in ihrem Gesicht aus. „Das erklärt auch die Visitenkarte."

Camel sah sie an wie ein Komödiant, dem man die Pointe gestohlen hatte. Allmählich begriff er, dass er es vermasselt hatte.

„So ist es. Und, ähm … was haben Sie so herausgefunden in der letzten Zeit?“, fragte er betont freundlich. Die Bedienung brachte die Getränke.

„Alles zusammen?“

„Ja, der Herr hat uns eingeladen.“

Camel verzog das Gesicht. Während die Kellnerin kassierte, überdachte Frau Grimm die weitere Vorgehensweise. Die Beweislage war äußerst dürftig. Der Fall schien klar, aber alles, was sie hatte, waren Indizien, die vor Gericht kaum ausreichen dürften.

„Übrigens, ich habe mal meine erstklassigen Kontakte zur Weseler Polizei spielen lassen. Der dortige Flurfunk berichtet seit gestern, der Mörder hätte einen sensationellen Fund abgeschleppt.“

Camel verschwieg die Tatsache, dieses Wissen von Sennheiser zu haben, der wiederum eine lose Freundschaft zu Behördenleiter Engels pflegte und in letzter Minute seinen Aufmacher bezüglich einer ominösen zweiten Leiche mit hochgerecktem Daumen stoppen konnte. Bei dem Gedanken an den Wutanfall des Chefredakteurs über die seiner Meinung nach schlampige Recherche schmerzten dem Journalisten jetzt noch die Ohren.

„Bei dem Fund handelt es sich keineswegs um eine Leiche, wie ich herausfinden konnte, sondern – angeblich – um eine Bronzefigur namens Lüttinger Knabe. Davon gibt es bereits einen, der steht in irgendeinem Berliner Museum. Versicherungswert, halten Sie sich fest …“

„Fünf Millionen“, fiel sie ihm ins Wort. Camel klappte die Kinnlade herunter.

Dieser Fund dürfte schwer veräußerbar sein, fiel der Detektivin auf. Plötzlich fügte sich alles passgenau ineinander. Van Bruneck handelte mit antiken Kunstgegenständen. Er wusste von dem Fund. Diese Bronzefigur war der Anlass für den Kauf des Geländes. Man hatte sie ihm vor der Nase weggeschnappt! Van Bruneck muss eine ungeheure Wut haben, das ist gut, sinnierte sie, sehr gut. Dann riss sie einen Zettel von ihrem Notizblock, notierte etwas darauf und reichte ihn Camel.

„Ihre Schlagzeile für morgen."

Camel las die Zeilen und wurde schlagartig blass.

„Das … ist das Ihr Ernst?"

„Todsicher."

38

Auf dem Weg in den Besprechungsraum traf Manuela die Staatsanwältin. Sie teilte ihr mit, dass Richter Bartel Anklage gegen Siegfried Horlemann erheben werde. Manuela fühlte sich unter Druck gesetzt. Hajo hatte ihr zudem auf dem Weg nach Wesel mitgeteilt, dass seine Frau eine Aussprache wünschte, mit ihr. Das bereitete ihr Magenschmerzen. Vor allem, weil das Treffen am heutigen Abend in der gemeinsamen Wohnung der beiden stattfinden sollte. Dadurch sah sie sich zusätzlich in die Enge getrieben.

Sie war fünf Minuten über der Zeit, die Kollegen erwarteten sie bereits. Manuela berichtete ihnen von den Gesprächen mit van Bruneck, Wim Panemann und Annette Gerland. Der Bericht der Hausdurchsuchung lag den Anwesenden in Form eines Protokolls vor. Manuela wies gleichzeitig darauf hin, dass aus ihrer Sicht weiter in alle Richtungen ermittelt werden sollte. Dafür erntete sie breite Zustimmung. Michael Kempkes gab im Anschluss seine Information – ganz gegen seine Gewohnheit – direkt zu Anfang preis.

„Ich habe mich um das angebliche Alibi der Damen gekümmert und mir das Kino mal genauer angesehen. Es gibt einen Hinterausgang in der Nähe der Toiletten, der während den Vorstellungen nach draußen hin offen ist. Von dort gelangt man relativ unbemerkt auf die Penningstraße. Sie hätten also ein Ticket kaufen und jederzeit verschwinden können.“

Josef Wolters, der gerade Kaffee servierte, musste lachen.

„’ne Kinokarte als Alibi hat noch nie was getaugt. Wenn, dann gehe ich irgendwo was trinken und schubs dem Kellner das Tablett aus der Hand.“

„Also Leute, das bringt doch nichts“, meldete sich Adriano. „Woher sollten die Damen denn wissen, dass Bernd Roth den Knaben gefunden hat?“

„Haste auch wieder recht, Kleiner.“ Josef Wolters hatte mal

wieder unverschämt gute Laune. „Außerdem habe ich heute das exakte Gewicht von diesem Lüttinger Knaben in Erfahrung gebracht, oder zumindest das von seinem Bruder in Berlin. Der Oschi wiegt 62 Kilo. Die wollen erst mal gestemmt werden."

Manuela fiel die Konzentration schwer. Sie zwang ihre Gedanken zum Tatort. Dabei drängte sich immer wieder genau diese Frage auf: Wie wurde die Figur vom Fürstenberg abtransportiert? Die Zeugen hatten penibel den gesamten Verkehr von diesem Abend zu Protokoll gegeben. Selbst ein Radfahrer war ihnen aufgefallen. Manuela hielt es für unwahrscheinlich, dass die Täter ihren Fund seelenruhig in ein Auto verstauen und damit unerkannt hätten entkommen können. Mareike Verstappen, die ihre langen schwarzen Haare hochgesteckt hatte, wollte den Verdacht jedoch so schnell nicht aufgeben.

„Monika Horlemann hat nicht den geringsten Versuch unternommen, ihren Mann zu entlasten, im Gegenteil. Ich stand außerdem heute Mittag in der Nähe, als Manuela sie nach dem Alibi gefragt hat. Für mich war sie darauf vorbereitet. Sie wusste sofort, wo sie die Kinokarte suchen musste. Sie wählten die Spätvorstellung, weil sie genau die Zeit überbrückte, die sie benötigten. Das ist kein Zufall. Wir sollten herausfinden, welche Gedanken sie dabei verfolgt hat."

Josef Wolters hatte sich erneut einen Cappuccino gemacht. Schmunzelnd setzte er sich Mareike gegenüber.

„Wird nicht leicht. ‚Die Gedanken der Frauen sind wie die Spuren der Fische im Wasser.'"

Mareike warf ihm einen boshaften Blick zu.

„Ist nicht von mir, ist von Konfuzius." Er deutete mit dem Daumen über seine Schulter auf einen Wandkalender aus einem Herrenmagazin, den niemand dort hingehangen haben wollte.

„Aber mal im Ernst. Der Hintergedanke könnte auch gewesen sein, ihren Mann eifersüchtig zu machen. Der Erfolg würde sie in diesem Fall bestätigen."

In die eintretende Stille mischte sich nur das Geräusch eines Kugelschreibers, dessen Mine Elke Meiners gedankenverloren ein- und ausrasten ließ. Das jüngste Mitglied der Mordkommission zog damit die Blicke der anderen auf sich. Ihre Pupillen tanzten nervös hin und her. Manuela gewann manchmal den Eindruck, ihr würde es an Mut fehlen, einen Gedanken zu äußern, der eventuell abwegig sein könnte. Dabei war sie es, die oft „quer dachte", das Vermeintliche infrage stellte und damit verschlossene Türen öffnete.

„Ich … na ja … ich glaube, dass wir das Motiv vernachlässigen. Siegfried Horlemann war sehr eifersüchtig. Er glaubte auch, es gäbe einen Grund dafür. Aber mit dem Verschwinden dieser wertvollen Bronzefigur steht das Motiv Eifersucht nicht mehr alleine im Raum. Jupp könnte natürlich richtig damit liegen, dass Monika Horlemann ihren Mann benutzt hat. Da wir aber nicht davon ausgehen können, dass sie etwas von dem Knaben wusste, müsste sie das Motiv haben, ihren Mann loszuwerden. Dann stellt sich aber die Frage, warum sie sich nicht ganz einfach scheiden lässt."

„Weil sie eine Heidenangst vor ihrem Mann hat", warf Manuela ein.

„Könnte sein. Aber vielleicht gibt es auch wirtschaftliche Gründe? Hat die Hausdurchsuchung da irgendwas ergeben?"

„Ich habe in einem der Kellerräume 'n paar Aktenordner gefunden, belanglos." Adriano machte eine wegwerfende Handbewegung. „Garantiescheine, Telefonrechnungen, Verträge und so 'n Kram. Die wichtigen Sachen waren eh im Wohnzimmer. Aber damit bin ich noch nicht durch. Auf jeden Fall sind 'ne Menge Mahnungen dabei."

Die sinkende Sonne schien jetzt direkt in den kleinen Konferenzsaal. Adriano stellte die Lamellen schräg.

„Haben wir eigentlich schon die Bankauskünfte?", fragte Manuela in die Runde. Josef Wolters schoss in seinem Stuhl vor.

„Jau, die hab ich. Heute Morgen war der Herr Richter so freundlich, mir die Genehmigung zu reichen."

Er entnahm einem Plastikhefter einen Stapel Papiere und reichte ihn herum.

„Ich hab mir die Mühe gemacht, alles auszudrucken. Danach war die rote Farbpatrone leer. Also jetzt sinnbildlich. Mit denen möchte ich jedenfalls nicht tauschen. Die Hütte ist bis untern Dachgiebel verschuldet. Die Lebensversicherung liegt als Sicherheit bei der Bank, dito der Fahrzeugbrief. Das gemeinsame Girokonto steht ebenfalls auf Anschlag. Frau Horlemann geht keiner Beschäftigung nach, ihr Mann kriegt noch ein Jährchen Arbeitslosengeld, dazu ab und an einen kleinen Auftrag von Blomberg. Ich frage mich, wovon die leben. Und im nächsten Jahr ist auch noch Hartz IV angesagt. Übrigens läuft die ganze Chose auf beide. Heißt: Im Falle einer Scheidung oder eines Ablebens ihres Gatten hat die Lady den Arsch voll Schulden, um es mal vornehm auszudrücken."

„Könnte also das Motiv sein", murmelte Elke Meiners.

„Wie bitte?" Wolters konnte nicht glauben, was seine Kollegin da sagte.

Manuela wartete wie die anderen gespannt auf die Ausführung des Gedankens.

„Ich meine, dass es perfekt passt. Mit dem Verkauf des Lüttinger Knaben ist sie die Schulden los, dürfte sogar einiges überbehalten, und gleichzeitig wandert ihr Gatte lebenslang ins Gefängnis. Was will Frau mehr?" Zum ersten Mal an diesem Tag blitzte ihr fröhliches Naturell durch.

„Sie war es auch, die die Geschichte von der angeblichen Untreue Bernd Roths in die Welt gesetzt hat", dachte Manuela laut nach. „Das könnte passen. Das gesamte Umfeld des Ermordeten ist einhellig der Meinung, dass er seine Frau vergötterte. Was wissen wir eigentlich über ihre Freundin, diese Sofia Stein?"

Michael Kempkes schlug die Mappe vor ihm auf, blätterte sie fast bis zum Ende durch.

„Sofia Stein, achtunddreißig Jahre alt, geboren in Düsseldorf, zurzeit wohnhaft in Sonsbeck. Single, nie verheiratet, kinderlos. Studium Museumsmanagement und -kommunikation in Berlin. Seit August 2006 selbstständige Beraterin für Museen und Kultureinrichtungen. Während ihrer Studienzeit einige Verfahren wegen Landfriedensbruch, Tätlichkeit gegen einen Polizeibeamten, Anstiftung zu einer Straftat, kurz alles, was im Rahmen von Demos so anfällt. Interessant könnte für uns ihr Hobby sein. Sofia Stein ist seit drei Jahren Mitglied im Bogenschießverein Silberpfeile in Xanten-Vynen."

Schlagartig breitete sich Unruhe aus. Manuela bat um Aufmerksamkeit.

„Vorladung?", fragte Adriano.

„Nein. Die kennt sich mit so was aus, wird sofort zumachen. Wir müssen es auf die sanfte Tour versuchen."

„Auf die sanfte Tour", wiederholte Josef Wolters sarkastisch.

„Verdammt, Jupp, wir haben nichts gegen sie in der Hand. Wenn die mit einem Anwalt hier auftaucht, lacht der uns aus. Und darauf habe ich keine Lust."

„Okay, okay." Wolters hob die Hände. „Ich habe vorhin beim LKA angerufen. Die sind mit ihren Schießübungen auf Hälse so gut wie durch. Maximal fünfzehn Meter nach Durchschuss sind drin, meinten sie."

„Das reicht nicht. Bedeutet also, die Pfeile sind nachträglich ins Feld geschossen worden", resümierte Mareike.

„Stellt sich die Frage, weshalb der Täter sie nicht mitnimmt und verschwinden lässt. Es müsste ihm doch klar sein, dass wir die angrenzenden Bereiche mit einbeziehen."

„Ja, Michael", antwortete Manuela mit nachdenklicher Stimme, „das war ihm ganz offensichtlich klar."

39

„Soll sehr schön sein“, bemerkte Gertrud Grimm beiläufig. Annette hatte ihr mitgeteilt, dass ihr Vater vorerst in der Pension „Entenhausen“, Am halben Mond, wohnen würde. Claus Gunther Struck war die Situation sichtlich unangenehm.

„Frau Grimm, ich wollte Sie nicht verletzen. Ich denke, dass Sie eine hervorragende Detektivin sind. Aber gewisse Dinge sollten Sie der Polizei überlassen. Denken Sie denn gar nicht daran, in welche Gefahr Sie sich begeben?“

„Glauben Sie mir, werter Herr Struck, ich kann sehr gut auf mich aufpassen. Im Übrigen unterstütze ich die Polizei, wo ich nur kann.“

Annette und Heinrich tauschten einen Blick.

„Meine Ermittlungen stehen übrigens kurz vor dem Abschluss. Ich denke, morgen oder übermorgen werde ich den Mordfall gelöst haben, dann dürften unsere kleinen Problemchen aus der Welt sein, nicht wahr?“

Ihre Hand lag auf seiner linken Schulter und schüttelte ihn sanft. Claus Gunther Struck lächelte sie leicht verunsichert an. Über Annettes Nasenansatz bildete sich unterdessen eine steile Falte. Frau Grimm stellte Wurst und Käse auf den Tisch, verhielt sich dabei betont unauffällig.

„Ich nehme an, bei *deinem* Mörder handelt es sich nicht um Siegfried Horlemann.“

Annette war aufgestanden, um Gertrud Grimm beim Decken des Abendbrottisches zu helfen.

„Natürlich nicht. Bei eurem etwa immer noch? Mein Gott, der Arme. Tja, so ist das bei der Polizei. Wer einmal sitzt, dem glaubt man nicht. War das bei Ihnen in der Eifel auch so, Herr Struck?“

Sie verteilte Teller und Besteck. Während ihr Vater nach einer möglichst diplomatischen Antwort suchte, konnte seine Tochter ihren Ärger nicht verhehlen.

„Gertrud! Solltest du wichtige Informationen in einem Mordfall zurückhalten, machst du dich strafbar!"

„Als wenn sie das jemals interessiert hätte", bemerkte Heinrich gelangweilt.

„Die Erfahrung hat gezeigt, dass die Weseler Polizei *meinen* Informationen keinerlei Interesse entgegenbringt. Oder was glaubst du, warum Herr Horlemann immer noch im Gefängnis sitzt? Im Übrigen bekomme ich ja von der Polizei auch keine Informationen."

„Was wirklich schade ist. Sie könnten eine Menge Personal einsparen und die Fälle würden obendrein viel schneller aufgeklärt", konterte Heinrich.

Ohne weiter darauf einzugehen, setzte sich seine Mutter neben Claus Gunther Struck, schüttete Tee ein und deutete auf den Brotkorb in der Mitte des Tisches.

„Greifen Sie zu, Herr Struck." Annette kochte mittlerweile fast vor Wut.

„Da hat meine Tochter übrigens recht, Frau Grimm. Wenn Sie etwas wissen, das der Polizei weiterhelfen könnte, müssen Sie das melden. Auch wenn Sie manchmal den Eindruck haben, Ihre Informationen würden nicht ... ich meine, manchmal bekommt man als Außenstehender den falschen Eindruck, Sie verstehen?"

„Aber selbstverständlich, Herr Struck. Ich habe sehr viele von diesen *falschen* Eindrücken. Aber keine Sorge, es sind lediglich noch kleinere Details zu klären. In den nächsten Tagen werde ich einen lückenlosen Abschlussbericht anfertigen. Darin bleibt keine Frage offen. Der kann dann auch in die Polizeiakten. Wie bereits erwähnt, helfe ich der Polizei häufig und gerne."

Annette knallte die Butterdose auf den Tisch.

„Dann mach es auch, verdammt noch mal! Was weißt du?"

„Interessiert euch doch sonst nicht."

„Gertrud!"

„Steht alles morgen in der Zeitung. Noch 'n Käffken?"

40

„Ich verstehe deine Ruhe nicht, Hajo.“

Sie befuhren die B8 durch Dinslaken. Er legte seine Hand auf ihre. Sie fühlte sich angenehm warm und weich an.

„Ich war vorhin beim Anwalt und habe die Scheidung eingereicht. Von nun an darf sie den Wohnsitz nicht ins Ausland verlegen, bevor das Sorgerecht entschieden ist.“

„Das gibt Krieg.“

„Nein, das wird ihn hoffentlich beenden.“

Zehn Minuten später betraten sie die Wohnung. Die Zwillinge Ben Jonas und Jan Thomas rannten auf ihn zu, klammerten sich an seinen Beinen fest. Manuela blieb hilflos dahinter stehen. Im Türrahmen zum Wohnzimmer erkannte sie seine Frau. Sie trug einen dunkelgrauen Hosenanzug, dazu eine weiße Bluse. Die Haare hatte sie streng hochgesteckt.

„Lasst Papi erst mal reinkommen, ihr Lieben.“

Sie wollte ihrem Mann einen Kuss auf die Wange geben, aber er zog den Kopf reflexartig zur Seite und ging an ihr vorbei. Mit aufgesetzter Freundlichkeit gab sie Manuela die Hand. Auf dem Tisch standen eine Teekanne, Geschirr und eine Schale mit Plätzchen.

„Also“, begann Brigitte Klein kühl, „ich finde, wir sollten uns wie erwachsene Menschen mit der Problematik auseinandersetzen und das leidige Thema endlich beenden.“

„Was genau meinst du damit?“, erwiderte Hajo.

„Hast du etwa nicht mitbekommen, wie unsere Kinder dich begrüßt haben?“

Manuela überkam das Gefühl, jemand würde ihr die Luft abdrücken. Sie öffnete den obersten Knopf ihrer Bluse.

„Selbstverständlich. Das machen sie immer so.“

„Ja. Und abends im Bett weinen sie, weil du nicht da bist. Das machen sie auch immer so.“

„Gitta, was soll das?"

„Was das soll? Ich möchte an deine Verantwortung als Vater appellieren."

„Wenn's weiter nichts ist. Die Kinder können gerne bei *mir* bleiben, falls du das wünschst."

„Sind wir jetzt witzig?"

Manuela hatte genug gehört. Sie stand auf.

„Ich warte am Auto, bis ihr alles geklärt habt."

Hajo hielt sie am Arm zurück.

„Kommt nicht infrage. Wir bleiben gemeinsam oder gehen gemeinsam."

„Nein, wie romantisch."

„Gitta, mir reicht es, was willst du?"

Manuela verschränkte die Arme, sah angespannt zu Brigitte Klein hinüber.

„Na schön. Ich möchte dir einen Vorschlag machen, der uns allen entgegenkommt. Du ziehst hier wieder ein. Als Entgegenkommen meinerseits dulde ich die Beziehung zu deiner Freundin. Selbstverständlich erlaube ich mir ebenfalls gewisse Freiheiten."

„Das ist zu gütig", bemerkte Manuela bissig. „Meines Wissens gibt es in dieser Wohnung aber nur ein Schlafzimmer."

„Lieber Himmel, ist deine Süße spießig. Seit wann stehst du denn auf so was?"

„Das ist mir jetzt zu blöd. Auf Wiedersehen."

Für eine Sekunde wirkte Hajo unschlüssig, dann folgte er Manuela.

„Ich sage es ungern, Hajo", rief Brigitte Klein ihrem Mann hinterher, „aber ich kann auch die Scheidung einreichen. Dann dürftest du die beiden nur noch selten sehen."

Im Türrahmen drehte der Rechtsmediziner sich um, ging drei Schritte auf sie zu und erwiderte ihren durchdringenden Blick.

„Das habe ich heute bereits getan. Du hörst von meinem Anwalt."

41

Donnerstag, 19. Juli

„An die Knabe klebt Blut." Van Bruneck warf ihr die heutige Ausgabe des Boten hin. „Das senkt den Preis."

Sie warf einen flüchtigen Blick auf den Bericht, der ihr am Morgen den Appetit verdorben hatte.

Sensationelle Wende im Mordfall Roth – Millionenfund auf dem Fürstenberg!

„Diesen Unsinn glauben Sie?"

Es bereitete ihr große Mühe, ihre innere Unruhe zu unterdrücken. Sie spürte die Zeit im Nacken. Gleichzeitig fragte sie sich, woher der Journalist seine Informationen bezog.

„Was *ich* glaube, spielt keine Rolle."

Sie wischte unbemerkt die feuchten Innenflächen ihrer Hände an der Hose ab. Gestern Nachmittag hatte Dr. Frenzen das Mandat ihres Mannes übernommen. Am Abend teilte er ihr mit, dass Richter Bartel aufgrund der erdrückenden Beweislage Mordanklage erheben würde.

„Es gibt weitere Interessenten."

Er nickte mitleidig.

„Die Sie allerdings nicht kenne werde. Machen wir uns nichts vor, bis irgendeines von diese defizitäre Museen die Mittel bewilligt bekommt, sind wir beide alt und grau. Ja, und dann dürfte Sie kaum den Preis erzielen, den Sie von mir verlangen."

„Ich habe es nicht eilig."

„Das mussen Sie aber." Mit der flachen Hand deutete er auf den Zeitungsbericht. Sie spürte die wachsende Angst, die sich wie ein gefräßiger Lindwurm durch jede Faser ihres Körpers fraß. Verzweifelt bemühte sie sich um einen klaren Gedanken. Du bluffst, dachte sie. Du hast viel zu viel dafür geopfert, um kurz vor dem Ziel aufzugeben. Du lässt dir nicht nehmen, was dir gehört. Die Schlagzeile vor ihr zog erneut ihren Blick auf sich, schob sich drohend in ihr Bewusstsein. Eine Tür öffnete sich, bot ihr den Weg heraus. Ein kleiner Schritt, ein heftiger Schmerz und sie wäre frei – und alleine. Sie konnte ihn nicht gehen. Diese eine Liebe war um so viel stärker als ihr Leben. Niemals würde sie sich durch Verrat davonstehlen. Sie biss die Zähne zusammen, gab sich einen Ruck.

„Herr van Bruneck, ich denke, wir sollten unser kleines Gespräch beenden. Offensichtlich reicht Ihr Interesse an dem Fundstück nicht für einen beiderseitig zufriedenstellenden Abschluss."

Sie stützte die Hände auf die Stuhllehnen, als der Holländer ihr bedeutete, zu warten.

„Ich bitte Sie. Wolle Sie sich nicht erst mal meine Angebot anhöre? Es wäre doch schade, wenn wir so auseinandergehe würde, oder?"

Sie ließ sich die aufkommende Zufriedenheit nicht anmerken.

„Ich höre."

„Eine Million, heute noch."

Wortlos stand sie auf, öffnete die Handtasche, entnahm ihr einen Zettel und einen Stift, kritzelte einige Zahlen darauf und reichte ihn van Bruneck.

„Falls Sie es sich anders überlegen sollten, das ist meine Handynummer. Rufen Sie mich an, wenn Ihnen der Knabe zwei Millionen in bar wert sein sollte. Ich nenne Ihnen dann den Übergabeort. Das Angebot endet um 15 Uhr. Ich wünsche Ihnen einen schönen Tag, Herr van Bruneck."

„Woher soll ich in diese kurze Zeit noch eine Million kriegen?"

„Wenn Sie es wirklich wollen, finden Sie einen Weg."

Der Kunsthändler verzog keine Miene. Im eindringenden Sonnenlicht wirkte seine Glatze wie eine polierte Kugel.

„Woher weiß ich, dass Sie mich nicht reinlege wolle? Immerhin sind Sie eine Diebin."

Ihr überlegenes Lächeln machte ihn wütend.

„Aber, aber, Herr van Bruneck. Wo bleiben denn Ihre Umgangsformen? Spricht man so mit einer Dame?“

„Sie haben meine Frage nicht beantwortet.“

„Sie haben mein Wort.“

42

Gertrud Grimm überflog noch einmal genüsslich den Zeitungsbericht im „Boten für das flache Land“, dem Lokalteil ihrer Tageszeitung. Camel hatte ganze Arbeit geleistet, stellte sie zufrieden fest. Die Meldung dürfte die Täter in helle Aufregung und – viel wichtiger – in Zugzwang versetzen. Es war an der Zeit, die Falle zu stellen und dann blitzschnell zuzuschlagen. Bei dem Gedanken an Bens Golf kamen ihr erste Zweifel. Ein Taxi dürfte zuverlässiger sein. Aber auch auffälliger …

Im Büro fand sie die Internetadresse eines Anbieters, über den man anonyme Kurznachrichten versenden konnte. Sie hatte sie mal bei einer ihrer Recherchen von einem Schüler erhalten und aufbewahrt. Anonym, vorausgesetzt man gab bei der Anmeldung statt seiner eigenen eine andere Handynummer an. Das war sehr praktisch, denn auf diese Art konnte sie auch gleich den „richtigen“ Absendernamen eingeben. Nachdem sie die SMS sicherheitshalber an beide Nummern versendet hatte, rief sie Ben an. Eine Minute später ertönte mehrmals kurz hintereinander die Türklingel.

Vor ihr an der Haustür standen zwei Polizistinnen in Uniform, am Straßenrand parkte der Streifenwagen.

„Tut mir leid, die Damen. Die Frau Staatsanwältin ist außer Haus.“

„Frau Grimm, wir müssen Sie bitten, uns zu begleiten.“

Im Eingangsbereich des Kommissariats kam ihnen Konrad Walther entgegen. Als der Reporter sie erkannte, senkte er peinlich berührt den Kopf. Frau Grimm begriff sofort.

„Petze“, raunte sie ihm im Vorübergehen zu. Seitdem sie von den Beamtinnen erfahren hatte, wem sie die Festnahme verdankte, steigerte sich ihre Wut von Minute zu Minute. Auf dem Flur in der ersten Etage wurde sie von Manuela Warnke empfangen.

„Wo ist sie?", fragte die Seniorin mit vor Wut brüchiger Stimme.

„Wen meinen Sie, bitte?"

„Ich denke, Frau Grimm spricht von mir. Nicht wahr, Gertrud?"

Die Angesprochene drehte sich wie ein Brummkreisel um die eigene Achse und schleuderte der Staatsanwältin einen Blick entgegen, der an einen Lava speienden Vulkan erinnerte. Entschlossen stemmte sie die Arme in die Hüfte und drückte ihr Kreuz durch.

„Was fällt dir ein, mich verhaften zu lassen wie einen … einen hergelaufenen Strauchdieb?"

„Du bist nicht verhaftet, sondern zu einer Vernehmung abgeholt worden. Was sich aber durchaus ändern kann, solltest du nicht kooperieren. Und jetzt möchte ich dich bitten, Frau Warnke ins Vernehmungszimmer zu begleiten."

„So ist das also!", wetterte sie unterwegs. „Da nimmt man die Freundin seines Sohnes wie eine eigene Tochter in den Kreis der Familie auf und das ist der Dank. Schämen solltest du dich!"

Manuela nahm ihre Personalien auf und belehrte sie über ihre Rechte. Dazu zählte auch die Eröffnung des Tatvorwurfs.

„Frau Grimm, Sie werden beschuldigt, sich gemäß Paragraf zweihundertsiebenundfünfzig des Strafgesetzbuches der Begünstigung schuldig gemacht zu haben."

„Quatsch. Aber bitte, vernehmen Sie mich. Und zwar ein bisschen fix, ich habe zu tun." Sie klopfte mit dem Zeigefinger auf ihre Armbanduhr. „Sonst sitzt Ihr Herr Horlemann Weihnachten noch hier."

Manuela massierte ihren Nackenbereich. Die Verspannungen verursachten einen leichten, aber dauerhaften Kopfschmerz.

„Frau Grimm, ich glaube, Sie verkennen den Ernst der Lage."

Die Hauptkommissarin blätterte im Strafgesetzbuch, das sie auf Anraten der Staatsanwältin mitgenommen hatte.

„Hier habe ich es, Paragraf zweihundertsiebenundfünfzig, Absatz eins: Wer einem anderen, der eine rechtswidrige Tat begangen hat, in der Absicht Hilfe leistet, ihm die Vorteile der Tat zu sichern, wird mit Freiheitsstrafe bis zu fünf Jahren oder mit Geldstrafe bestraft."

Sie klappte das Gesetzbuch zu und warf ihr den Zeitungsbericht herüber.

„Vor wenigen Minuten war Herr Walther hier. Er hat ausgesagt, die Informationen von Ihnen bekommen zu haben. Informationen, die Sie uns vorenthalten haben und somit den Täter begünstigen. Frau Grimm, Sie befinden sich mit einem Bein im Gefängnis, ist Ihnen das überhaupt klar?"

„Werte Frau Kommissarin, dass die Weseler Polizei eine Vorliebe dafür hat, Unschuldige einzusperren, weiß ich nicht erst seit Ihrer aktuellen Versuchsreihe. Liegen gegen den armen Mann wenigstens einige halbwegs brauchbare Indizien vor, so dürfte es Ihnen in meinem Fall schwerfallen, den Haftrichter von einer Schuld zu überzeugen. Ich würde daher vorschlagen, das jämmerliche Schauspiel an dieser Stelle abzubrechen und mich weiter meiner Arbeit nachgehen zu lassen. Seien Sie versichert", sie senkte ihre Stimme, kniff dabei ein Auge zu, „dass dies auch in Ihrem Interesse sein wird. Wenn Sie mich nun entschuldigen würden."

Gertrud Grimm stand auf, raffte ihre Jacke zurecht und hielt der verblüfften Manuela zum Abschied die Hand entgegen. Die Hauptkommissarin hatte genug von den Unverfrorenheiten der Detektivin.

„Sie setzen sich bitte wieder hin!", rief Manuela.

„Also schön", antwortete Frau Grimm und verzog dabei die Mundwinkel. „Was gibt es denn noch? Ich dachte, es wäre alles gesagt."

Manuela schlug wütend die Hand auf den Tisch.

„Es ist gar nichts gesagt. Und sollten Sie nicht langsam den Mund aufmachen, behalte ich Sie hier!"

Beleidigt verschränkte Frau Grimm die Arme, rutschte auf dem Stuhl halb herum und richtete ihren Blick in eine leere Zimmerecke.

„Tut mir leid, zu laufenden Ermittlungen sage ich gar nichts."

„Gut. Wie Sie meinen. Frank!"

Ein Kollege in einem kurzärmeligen hellblauen Diensthemd betrat das Vernehmungszimmer.

„Die Dame möchte bei uns übernachten. Führst du sie bitte in ihre Zelle?"

Wie von einer Tarantel gestochen schoss Gertrud Grimm aus ihrem Stuhl hoch. Ihre Lippen bebten.

„Das ... das erlauben Sie sich nicht."

„Ich habe Sie gewarnt. Morgen früh werden Sie dem Untersuchungsrichter vorgeführt. Es sei denn, Sie entschließen sich vorher zur Kooperation. Ich wünsche Ihnen einen angenehmen Aufenthalt, Frau Grimm."

Der Uniformierte trat neben sie und zeigte auf die Tür.

„Wenn Sie mir bitte folgen würden, Frau Grimm."

Erst jetzt realisierte die Seniorin ihre Situation. Sie schluckte, zögerte, suchte nach einem Ausweg. Vielleicht reichen schon ein Informationshäppchen und eine gelungene Szene, dachte sie.

„Schon gut ..." Langsam nahm sie wieder Platz. Nach einem kurzen Blickkontakt verschwand der Uniformierte.

„Ich höre." Manuela trommelte mit den Fingern auf die Tischplatte.

„Es ist mir ein wenig peinlich." Frau Grimm senkte ihren Kopf, nestelte nervös am Saum der Bluse. „Dass Frau Horlemann als Prostituierte arbeitet, stimmt. Das hat ein ... ähm, verdeckter Ermittler für mich herausgefunden. Den Rest ...", sie sah Manuela enttäuscht an, „habe ich ... ich meine, vermute ich. Es hat dort nämlich eine zweite Grabung gegeben, wissen Sie? Was rede ich, selbstverständlich wissen Sie es. Und diese Grube war leer. Also muss sich dort etwas Wertvolles befunden haben, nicht wahr?"

Manuela schüttelte den Kopf.

„Und daraufhin lassen Sie völlig haltlose Anschuldigungen verbreiten? Ich nehme an, Ihr verdeckter Ermittler ist identisch mit der Person“, sie hob den Zeitungsteil an, „die diesen Mist verfasst hat.“

Sie hat angebissen, stellte Gertrud Grimm zufrieden fest und sackte in sich zusammen wie ein Häuflein Elend.

„Ich sagte ja, es ist mir peinlich“, flüsterte sie.

Manuela beugte sich vor, legte die Stirn in die offenen Hände und atmete laut durch. Danach richtete sie sich auf.

„Verschwinden Sie.“

Manuela blieb einige Minuten sitzen, rieb sich nachdenklich die Schläfen. Sie hatte Annette Gerland nicht hereinkommen hören. Die Staatsanwältin setzte sich ihr gegenüber.

„Sie kennen Frau Grimm besser, was halten Sie davon?“, fragte Manuela.

„So einfältig, wie sie sich dargestellt hat, ist sie auf keinen Fall.“

„Sie glauben, ich bin auf sie hereingefallen?“

„Sie wären nicht die Erste. Was halten Sie von Monika Horlemann?“

„Wir haben sie auf dem Schirm. Ich werde sie ab sofort observieren lassen.“

43

Steen van Bruneck betrachtete die vielen Stapel mit den Einhunderteuroscheinen vor sich auf dem Schreibtisch. Es war ihm nicht sonderlich schwergefallen, in Kürze an das Geld zu gelangen. Im Gegenteil, er hatte seine Bank vorgestern angewiesen, die zweieinhalbfache Summe bereitzuhalten. Das seit Tagen schwelende Feuer seiner Wut war allmählich erloschen. Er hatte sich mit dem Gedanken arrangiert, sein Eigentum kaufen zu müssen. Der Ärger darüber hatte das Verlangen, dieses antike Kunstwerk zu besitzen, nur noch verstärkt.

Mit beiden Händen verstaute er die Bündel in einem Aluminiumkoffer. Für eine Sekunde mahnte ihn eine innere Stimme zur Vorsicht. Das Leben hatte ihn mehr als einmal gelehrt, niemandem zu trauen. Van Bruneck öffnete die unterste Schublade seines Schreibtisches und entnahm ihr die Pistole. Zur Sicherheit kontrollierte er noch einmal das Magazin der Beretta, ließ es danach zufrieden einrasten. Damit könnte ich das Geld sparen … Er verwarf den Gedanken. Ein Mord war völlig unnötig. Wenn er es wollte, könnte er ein Vielfaches der Summe mit einem Verkauf des Knaben erzielen. Aber daran würde er nicht einmal im Traum denken. Dieser Knabe war sein. Er würde einen Ehrenplatz einnehmen, alle würden ihn darum beneiden. Im Notfall konnte er ihn immer noch veräußern. Mindestens fünfzehn Millionen würde er einbringen. Damit hätte er für alle Zeiten ausgesorgt.

Der kleine Zettel mit ihrer Handynummer befand sich noch in der Brusttasche seines Hemdes. Er tippte die Ziffern ein, um nach dem Übergabeort zu fragen.

„Ich nehme Ihren Vorschlag an“, meldete sich Monika Horlemann ohne eine Silbe der Begrüßung.

„Was für eine Vorschlag?“, fragte van Bruneck irritiert.

„Mein Gott, Sie haben mir doch gerade eine SMS geschickt.“

Sie klang genervt.

„Eine SMS?"

Die einsetzende Stille machte ihn nachdenklich.

„So ist das also. Da möchte jemand mitspielen. Wem haben Sie von unserer Abmachung erzählt?"

„Sie spreche von eine Rätsel, ich verstehe nicht."

Für einige Sekunden herrschte Stille.

„Also gut, ich erledige das und melde mich dann."

Sie hatte aufgelegt. Verwundert betrachtete van Bruneck das Handy. Es dauerte einen kurzen Augenblick, bis er die neue Situation realisierte. Dann fasste er einen Entschluss.

44

Im letzten Moment hatte Frau Grimm sich die Frage verkniffen, wer sie denn nun nach Hause bringen würde.

Als sie wenige Minuten später in die Jülicher Straße einbog, kam Ben ihr entgegen. Sie sah auf die Uhr und stellte fest, dass seit der vereinbarten Zeit gerade einmal drei Minuten vergangen waren. Er bremste scharf neben ihr und sammelte sie auf. Zu ihrer Überraschung war die Beifahrertür wieder funktionsfähig.

„Hallo, Chefin. Sie sollten in Zukunft pünktlicher sein, wir hätten uns fast verpasst. Man hat ja auch noch andere Termine."

„Tut mir leid! Die Polizei war der Meinung, mich verhaften zu müssen, damit konnte ich leider nicht rechnen", gab sie empört zurück.

„Ey, das ist ja cool."

„So, finden Sie? Dann bringen Sie mich jetzt mal cool nach Birten."

„Sehr wohl, Chefin. Warum hat die Polizei Sie denn verhaftet?"

„Weil sie der Meinung ist, ich kenne den Mörder und verrate ihnen den Namen nicht."

„Stimmt das denn?"

„Allerdings."

Zwanzig Minuten später dirigierte sie ihren Chauffeur auf einen Parkplatz gegenüber der Gaststätte „van Bebber". Ben wirkte unschlüssig.

„Und jetzt?"

„Jetzt warten wir. Man nennt das in der Fachsprache auch observieren."

„Aha."

Lange hatte sie über einen geeigneten Treffpunkt nachgedacht. Das Amphitheater in Birten schien ihr wie geschaffen. Es bot genügend Raum und dazu die Möglichkeit, sich der Zielperson unerkannt zu nähern. Für 14 Uhr hatte sie in van Brunecks Namen den Austausch von Knabe und „Lösegeld“ vereinbart. Sie war davon überzeugt, dass der Täter früher erscheinen würde, um das Gelände vorab in Augenschein zu nehmen.

Obwohl von starken Zweifeln geplagt, hatte sie sich kurzfristig dazu durchgerungen, den ermittelnden Beamten ein gewisses Vertrauen entgegenzubringen. Steen van Bruneck gehörte der Knabe nur dann, wenn er auf seinem Grundstück gefunden wurde. Genau dieser Umstand aber dürfte für ihn schwierig zu beweisen sein. Deshalb, so ihre Überlegung, hat der Niederländer nicht das geringste Interesse daran, mit der Polizei zu kooperieren. Das dürfte auch die Weseler Polizei mittlerweile erkannt haben und van Bruneck in diesem Augenblick observieren. Zudem hatte ihrer Ansicht nach van Bruneck die Anlage auf dem Fürstenberg nur deshalb gekauft, weil er genau wusste, was sich dort in der Erde befand. Demnach wäre er auch der bestmögliche Kunde für den Knaben. Aber da könnt ihr lange warten, dachte sie.

Eine halbe Stunde standen sie bereits hier. Elf Spaziergänger mit insgesamt sieben Hunden waren vorübergegangen und hatten sie teils freundlich, teils neugierig angesehen. Sie rechnete damit, dass jeden Moment ein Kellner der Gaststätte gegenüber ihre Bestellung aufnehmen würde. Bens Gedanken pendelten seit einer halben Stunde zwischen Big Mac, Döner und Pizza Diavolo. Vor wenigen Minuten hatte er die geniale Idee, Verpflegung aus der Stadt zu holen, während sie hier warten und den Mörder im Ernstfall vermutlich zu Fuß verfolgen sollte. Für einen Augenblick fragte sie sich, ob die Zielperson vielleicht doch die schmale Anliegerstraße vom Fürstenberg her genutzt hatte. Dann endlich, um wenige Minuten nach 14 Uhr, war es so weit. Frau Grimm klatschte tatenfroh in die Hände, während ihr Chauffeur den Zündschlüssel herumdrehte.

Hubububub ... hubububub ...

Entgeistert sah sie ihn an. Der silberfarbene Kleinwagen rauschte an dem kleinen Parkplatz vorbei und bog rechts ab in Richtung Amphitheater.

„Scheint wieder was kaputt zu sein", bemerkte Ben trocken. Frau Grimm stieg aus dem Wagen, rief ihm zu, hier auf sie zu warten, und rannte los. Das Beförderungsproblem galt es schnellstmöglich zu lösen, dachte sie unterwegs. Nach preisgünstigem Ersatz hatte sie sich schon längst umgehört, leider erfolglos. Sie beschloss, sich in der kommenden Woche in einer Fahrschule anzumelden.

Zehn Minuten später erreichte sie die versteckt liegende Arena. Der Kleinwagen parkte davor. Vorsichtig schlich sie sich am Rand des Zugangsweges entlang. Ihr Blick fiel auf eine Treppe, die zu einem kleinen Häuschen für Veranstaltungstechnik hinaufführte. Von dort wollte sie sich einen ersten Überblick verschaffen.

45

„Nein, meine Mutter ist nicht hier. Was ist denn los, weshalb bist du so aufgeregt?"

Heinrich hatte es sich mit Claus Gunther Struck auf der Terrasse gemütlich gemacht. Er hatte noch zwei Stücke Kuchen im Kühlschrank seiner Mutter entdeckt und Kaffee dazu gekocht. Annettes Stimmlage machte ihn unruhig. Sie stand für Gefahr.

„Van Bruneck hat sich gemeldet. Jemand, ich kann mir auch schon denken wer, hat sich in seinem Namen mit Monika Horlemann verabredet. Sie ist die Mörderin, behauptet van Bruneck!"

„Wo wisst ihr natürlich nicht."

„Nein, das sollten wir aber schnellstens herausfinden. Und wenn ich sie habe, reiße ich ihr persönlich den Kopf ab! Die Fahndung nach Monika Horlemann ist raus, alle verfügbaren Kräfte sind im Einsatz. Bete für deine Mutter, dass wir sie rechtzeitig abfangen."

Heinrich stürmte ins Haus, Claus Gunther Struck folgte ihm. Auf dem Weg ins Büro der Detektei klärte Heinrich ihn über die neueste Entwicklung des Falles auf.

„Wir müssen irgendeinen Hinweis finden", rief er und durchwühlte den Schreibtisch seiner Mutter. Claus Gunther Struck studierte nachdenklich die „Ermittlungstapete" an der Wand. Heinrich hatte inzwischen die Festnetznummer der Familie Heitkamp gefunden. Dort konnte man ihm lediglich mitteilen, dass Benjamin mit Gertrud Grimm unterwegs war. Man gab ihm die Handynummer des „Chauffeurs".

„Gehr schon ran", flüsterte Heinrich mit bebender Stimme. Erfolglos – es meldete sich die Mailbox. Heinrich bat um sofortigen Rückruf.

„Da stimmt was nicht", murmelte Claus Gunther Struck. Heinrich stellte sich neben ihn, sah ihn fragend an.

„Hier." Er deutete auf einen Kreis, in dem der Name Monika Horlemann stand und von dem mehrere Linien ausgingen, eine davon zur Polizei, eine zum Escortservice und eine zu Julia Roth.

„Sie hat den Fall nach der Darstellung deiner Mutter angeschoben, ihren Mann dem Mordverdacht ausgesetzt. Motiv: Angst vor der Eifersucht ihres Mannes. Aber da gibt es heutzutage Mittel und Wege, ein Frauenhaus zum Beispiel, da wäre sie völlig anonym. Außerdem wäre es reichlich riskant, als Mörderin derart offen zu agieren. Nein, das gefällt mir nicht."

„Hm … der Holländer dürfte ebenso wegfallen." Heinrich deutet auf den Kreis, in dem sich der Name Steen van Bruneck befand. Darüber hatte seine Mutter in Großbuchstaben „ALIBI" notiert.

„Was bedeutet dieser komische kleine Kreis zwischen Monika Horlemann und Sofia Stein?", fragte Struck. Heinrich ging näher heran, sah ihn sich über den Rand seiner Brille an.

„Das sind zwei Kreise, die sich überlappen. Die sehen wie Ringe aus!" Er schlug sich mit der flachen Hand an die Stirn.

„Ringe? Ich verstehe nicht ganz. Was soll das bedeuten?"

„Mensch, Claus. Die beiden Damen sind ein Paar! So wie Annette mir Siegfried Horlemann beschrieben hat, ist er nicht nur extrem eifersüchtig und cholerisch, sondern auch gewaltbereit. Dass seine Frau ihn betrügt, würde allein schon ausreichen, ihn rasend zu machen. Dass sie ihn aber wegen einer anderen Frau verlassen will … Verdammt, Monika Horlemann hat eine Riesenangst vor ihrem Mann, deshalb hat sie das initiiert!"

Während sie sich für einen Augenblick stumm ansahen, klingelte das Telefon. Es war Ben.

46

„Wo steckst du nur?“, fluchte Frau Grimm. Seit fast zehn Minuten verharrte sie in einer äußerst unbequemen Position oberhalb der Zuschauerränge. Die Arena war bis auf ein Amselpärchen absolut leer. Plötzlich kam ihr ein sehr unangenehmer Gedanke. Bens Golf war mehr als auffällig, stand noch dazu alleine auf dem Parkplatz, an dem der Kleinwagen vorbeigefahren war. Auf dem Gelände der Silberpfeile hatte Ben den Golf nur einen Steinwurf von der Schießanlage entfernt geparkt. Genau in Blickrichtung der beiden Damen. Sollten sie etwa … Frau Grimm richtete sich auf, massierte kurz ihren schmerzenden Rücken, drehte sich langsam um und blieb wie angewurzelt stehen. Wenige Meter vor ihr stand Sofia Stein. Was sie aber noch nervöser machte, war der gespannte und schussbereite Bogen in ihren Händen.

„Sie interessieren sich für den Lüttinger Knaben, Frau Grimm?“

„Ähm … ja, ja, ganz richtig. Ich mag Knaben. Ich meine Kunstknaben, also …“

„Aha. Das hätte ich gar nicht vermutet. An welchen Preis haben Sie denn gedacht?“

„Tja, da muss ich mal schauen …“ Sie öffnete ihre Handtasche. „Also, wenn siebenundzwanzig Euro fünfzig …“

„Schluss mit dem Theater! Bevor wir das hier beenden, wie kamen Sie auf uns?“

„Sie haben sehr schöne Freundschaftsringe.“

Sofia Stein verzog das Gesicht.

„Eine untreue Ehefrau hätte Siegfried Horlemann vielleicht noch akzeptiert. Er hätte ihre Freundin verprügelt, eine schmutzige Scheidung und fertig. Aber dass seine Frau ihn für eine andere Frau verlässt, wäre die Höchststrafe. Den Spott hätte sein Ego nicht ertragen, richtig?“

„Ich habe ihr gesagt, lass uns ins Ausland verschwinden, wir stehen das durch, aber …"

„Sie wollte nicht verzichten, wollte das Haus behalten, als neues Heim für sie beide."

„Das Haus? Quatsch, das ist bis unter den Giebel verschuldet. Wir wollten uns in Spanien ein neues Leben aufbauen. Aber Monika ist nicht der Typ, der mit einem Koffer in der Hand irgendwo neu anfängt. Sie braucht Sicherheiten. Dafür ging sie sogar anschaffen. Ich wollte das nicht, es gab oft Streit deswegen. Ja, und dann …"

„Kam es zu einer folgenreichen Verwechslung. Bernd Roth wollte seinem Freund den Sensationsfund mitteilen, er sollte sofort dorthin kommen. Leider hatte Monika Horlemann aus Versehen das Handy ihres Mannes eingesteckt. Bernd Roth war so aufgeregt, dass er drauflosplapperte, ohne mitzubekommen, wer am anderen Ende zuhört, stimmt's?"

Sofia Stein nickte.

„Eine willkommene Gelegenheit für Sie beide. Hatten Sie doch sowieso schon geplant, Siggi den Mord an Bernd Roth in die Schuhe zu schieben. Und jetzt auch noch der Millionenfund, der all Ihre Geldprobleme auf einen Schlag beseitigte ..."

„Sehr spitzfindig, Frau Grimm. Leider werden Sie dieses Wissen nicht mehr weitergeben können."

Langsam hob sie den Bogen.

„Sagen Sie mir wenigstens noch, wo sich der Knabe befindet."

„Die Detektivin, neugierig bis in den Tod." Sie deutete mit dem Daumen hinter sich. „In der Hütte dort. Der Garten gehört Monikas Schwiegermutter, sie schafft es nicht mehr, ihn in Ordnung zu halten. Und nun, denke ich, beenden wir unsere Zusammenarbeit."

Sofia Stein zog die Sehne durch, als sich plötzlich der Schatten eines unterarmdicken Knüppels auf ihre Haare legte. Es folgte ein dumpfer Schlag.

Sofia Stein fiel zu Boden.

Mit einem tiefen Seufzer ließ Claus Gunther Struck den Knüppel sinken und warf ihn achtlos ins Gebüsch.

„Kann ich sonst noch was für Sie tun, Frau Grimm?"

„Herr Struck, Sie waren mir von Anfang an sympathisch."

47

Frau Grimm musste Manuela versprechen, umgehend in ihrer Dienststelle zu erscheinen. Auf dem Weg dorthin wollte sie aber zunächst ihrer Klientin von dem Abschluss ihrer Ermittlungen berichten.

Julia Roth hatte ihr fast apathisch zugehört. Sie konnte nicht glauben, dass ihre beste Freundin den Tod ihres Mannes als billigendes Mittel für ihren Zweck in Kauf genommen hatte. Fast noch schlimmer war es für sie, sich über Jahre hinweg einem Menschen anvertraut zu haben, von dem sie anscheinend nicht das Geringste wusste. Sie kannte weder Sofia Stein noch hätte sie es für möglich gehalten, dass Monika ihr aufwendiges Leben durch Prostitution finanzierte.

„Ich habe mir erlaubt, gleich die Abschlussrechnung mitzubringen", polterte Frau Grimm in ihre Gedanken und faltete dabei ein Blatt auseinander.

„Also, da hätten wird zunächst das Komplettwochenende aus unserem Angebot, dazu vier Werktage à dreihundert Euro inklusive Spesen, abzüglich des Schnupperrabatts für Neukunden, macht zusammen tausendfünfhundertdreißig Euro. Wir würden uns freuen, wenn Sie uns beim nächsten Mal wieder …"

In diesem Augenblick meldete sich die Türklingel.

„Tja, ich denke, wir sind dann auch fertig." Gertrud Grimm stand auf, reichte Julia Roth die Hand und folgte ihr an die Haustür. Dort erwartete sie ein etwa fünfzigjähriger Mann in hellem Anzug mit einem ausladenden Bauch und fülligem blondem Haar, das unecht wirkte.

„Guten Tag, Frau Roth, mein Name ist Martin Volz", begrüßte er sie. Julia Roth betrachtete ihn unschlüssig.

„Vom vierzigsten Geburtstag Ihres Mannes."

„Bitte?"

„Sie haben sich bestimmt gefragt, woher wir uns kennen. Ich habe heute Morgen von seinem plötzlichen Tod erfahren und … ähem … es ist mir etwas peinlich, aber, na ja … ich sollte Ihnen vielleicht etwas sagen.“

„Ja … gut, treten Sie ein. Auf Wiedersehen, Frau Grimm und vielen Dank …“

„Ach was, das eine Minütchen kann die Polizei jetzt auch noch warten.“

Unaufgefordert folgte sie den beiden ins Wohnzimmer.

„Also es ist so“, begann Volz leicht betreten, „Bernd und ich waren doch am vorletzten Wochenende bei diesem Kongress in Bonn. Da wird dann abends an der Hotelbar schon mal das eine oder andere Gläschen getrunken. Und ich bin ja überzeugter Junggeselle, nicht wahr?“

Julia Roth nickte, während Gertrud Grimm sich die Frage nach dem Zusammenhang stellte.

„Ich sag ja immer, wenn ich ein Glas Milch möchte, brauche ich ja nicht gleich die ganze Kuh …“ Er räusperte sich. „Entschuldigung. Auf jeden Fall treffe ich mich gelegentlich, auf ein Gläschen gewissermaßen, mit … ähem“, er zögerte, „na ja, so Damen halt. Bei dieser Gelegenheit habe ich auch Monika Horlemann wiedergesehen. Sie war ja auch auf der Feier damals. Die war übrigens sehr schön …“

„Wenn Sie bitte zur Sache kommen würden, ich habe noch einen Termin“, unterbrach ihn Frau Grimm und wedelte ungeduldig mit der Hand. Volz wirkte irritiert.

„Also, die Frau Horlemann arbeitet beim Escortservice Annabelle. Ich wollte das eigentlich dem Bernd erzählen, aber dann dachte ich mir, das macht man nicht. Später dann, wie gesagt, man trinkt abends so einiges, habe ich ihm die Visitenkarte gegeben und gesagt, da wartet eine Überraschung auf dich. Natürlich nur aus Spaß. Ich weiß, es ist unverzeihlich, wenn ich nur daran denke, dass Sie die Karte jetzt, also gewissermaßen im Nachlass Ihres Mannes, finden würden. Um Gottes willen, was sollen Sie denken? Aber jetzt wissen Sie ja Bescheid, Frau Roth.“ Er atmete erleichtert durch. Frau Grimm reichte es.

„Das fällt Ihnen aber früh ein, junger Mann!“

48

Sofia Stein verweigerte jede Aussage, verlangte stattdessen nach einem Anwalt. Im Büro von Manuela und Adriano saß Gertrud Grimm auf dem Besucherstuhl und wirkte sichtlich zufrieden. Mareike, Josef und die Staatsanwältin waren ebenfalls anwesend.

„So, Frau Grimm, wenn Sie uns jetzt noch irgendeine Kleinigkeit verschweigen, behalten wir Sie hier. Das ist mein Ernst."

„Aber, aber, Frau Hauptkommissarin. Ich helfe doch gerne."

Manuela kochte innerlich. Es waren Fragen offen, für deren Klärung sie ohne die Kooperation der Hauptverdächtigen sicherlich Wochen benötigen würden und deren Antwort die Seniorin vermutlich kannte. Und das nicht erst seit gestern.

„Dann mal los. Woher wussten die Frauen von dem Fund? Ich höre!"

„Na schön, ich fange mal von vorne an. Der Mord an Bernd Roth war von den Damen geplant. Der Grund dafür ist dieses kleine Kärtchen, das Bernd Roth von einem Kollegen überreicht bekam." Gertrud Grimm hielt die Visitenkarte des Escortservice hoch.

„Wir dachten, Monika Horlemann hat die Visitenkarte in das Jackett von Bernd Roth gesteckt", entfuhr es Adriano. Gertrud Grimm lächelte ihn mitleidig an.

„Tatsächlich? Nein, nein, meine Umfeldermittlungen haben sehr schnell ergeben, dass Roth die Karte von seinem Kollegen Martin Volz während eines Kongresses zugesteckt bekam. Volz ist Junggeselle und vergnügt sich ab und an mit den Damen von Madame Annabelle. Bei dieser Gelegenheit geriet er eines Tages an Monika Horlemann, die er von einer Geburtstagsfeier kannte. Er wollte sie nicht direkt verraten, sprach deswegen nur von einer Überraschung, die Bernd Roth dort erleben würde. Wenn herausgekommen wäre, dass Frau Horlemann dort arbeitet, um mit ihrer Freundin ein neues Leben anzufangen, hätte ihr Mann sie umgebracht. Für die geplante Scheidung war nun keine Zeit mehr. Zwar wäre Bernd Roth wohl niemals selber dorthin gegangen, aber er hätte es so lustig finden können, dass er jemandem von der ominösen Überraschung bei „Annabelle" erzählt. Damit war er für die Damen zur Bedrohung geworden. Bernd Roth musste zum Schweigen gebracht werden. Den beiden kam die teuflische Idee, Siegfried Horlemann die Tat in die Schuhe zu schieben. Auf diese Art konnten sie zwei Probleme mit einem Schlag oder besser Schuss erledigen. Frau Horlemann wusste ganz genau, dass eine kleine Andeutung ausreichen würde, um ihren eifersüchtigen Ehemann auf den Fürstenberg zu locken. Von dem Millionenfund wussten sie nichts, das war ein Zufall. Herr und Frau Horlemann haben nicht nur einen Partnervertrag für ihre Handys, sie besitzen auch absolut identische Modelle. Monika Horlemann hat versehentlich das Handy ihres Mannes mit ins Kino genommen, in dem sie sich nur kurz aufhielten. Vermutlich während der Fahrt zum Fürstenberg haben sie dann den Anruf bekommen, in dem Bernd Roth den Fund mitteilte. Damit würden sie endgültig alle Sorgen los sein. Nur um den Verdacht auf ihren Mann zu lenken, hatte Monika Horlemann das Gerücht vom untreuen Bernd Roth gestreut und eine gefälschte Nachricht von ihm an ihrer eigenen Windschutzscheibe hinterlassen. Ihr Mann ist prompt darauf hereingefallen und zur Grabungsstelle gefahren. Fast zur Tatzeit, übrigens. Die beiden Frauen wussten natürlich nicht, wann genau er am Fürstenberg auftauchen würde. Hätte er den toten Roth und daneben seine Pfeile gesehen, er hätte sie wohl mitgenommen, um nicht in Verdacht zu geraten. Die Pfeile durften also in dieser Nacht nicht dort liegen bleiben, mussten aber dennoch von der Polizei gefunden werden, schließlich handelte es sich um das entscheidende Indiz. Daher kamen die Damen auf die Idee, sie ins Kornfeld zu schießen. Das heißt, es war Sofia Stein, die geschossen hat. Diese verfügt, nebenbei bemerkt, durchaus über die Fähigkeit, Herrn Roth auf diese Entfernung mit einem Schuss zu töten. Nicht aber ein sturzbetrunkener Siegfried Horlemann. Daher drei Pfeile. Abtransportiert haben die beiden den Knaben mit einer Sackkarre, bis zum Hohlweg hinter dem Anwesen – den Ihre Spurensucher nebenbei bemerkt vergessen haben. Was eigentlich schade ist, denn sie hätten dort", sie zog ein Fellknäuel und einen Zettel aus der Tasche ihres Blousons, „diesen Sehnengeräuschdämpfer, Modell Beaver Puffs, entdeckt. Siegfried Horlemann benutzt keinen Geräuschdämpfer. Sofia Stein hingegen wohl, und zwar exakt dieses Modell. Irgendwann in der Nacht haben sie den Knaben von dort aus mit einem Anhänger abtransportiert, die Handys wieder vertauscht und ihrem Mann eine SMS geschickt, um jeden Verdacht zu vermeiden. Noch Fragen, meine Damen und Herren?"

Für eine Minute herrschte atemlose Stille. Beendet wurde sie von Manuela, die ihre Kaffeetasse lautstark auf den Tisch knallte.

„Verdammt, Sie wissen das alles und halten Beweismaterial zurück. Das werde ich mir nicht länger bieten lassen!"

„Und dann? Frau Warnke, denken Sie doch auch mal an die vielen Unschuldigen, die Sie einsperren und die womöglich nie mehr freikommen, wenn ich Ihnen nicht helfe."

„RAUS HIER!"

„Wir können sie nicht mehr ändern." Annette Gerland klang resigniert. Nachdem sich der Ärger gelegt hatte, fiel Josef Wolters etwas auf, an das niemand mehr gedacht hatte.

„Was wird jetzt eigentlich aus dem ollen Knaben?"

Mareike stülpte die Lippen vor.

„Die Hälfte gehört dem Finder, die andere Hälfte dem Grundstückseigentümer."

Van Bruneck befand sich im Büro von Michael Kempkes. Nachdem er seine Aussage gemacht hatte, würden sie ihn freilassen müssen. Manuela ahnte, dass er sich trotz allem mit Monika

Horlemann einigen würde. Umgehend suchte sie Siegfried Horlemann auf.

„Herr Horlemann, wir möchten uns bei Ihnen entschuldigen. Sie sind ab sofort ein freier Mann. Mit einer Auflage."

„Welche Auflage?"

„Sie helfen Ihrer Mutter, den verwilderten Garten in Schuss zu bringen, auf der Stelle. Fangen Sie bitte gleich mit dem alten Schuppen an. Sie werden sehen, es wird Ihnen guttun."

49

Gertrud Grimm knallte wütend die Haustüre zu, schmiss ihre Sommerjacke im Vorbeigehen an die Garderobe und wollte in die Küche durchgehen, als sie ihren Sohn bemerkte, der die Treppe herunterkam.

„Was ist denn mit dir los, haben Sie deine Mörderin etwa wieder freigelassen?"

„Nein!", antwortete sie ungewohnt einsilbig.

„Aber?"

„Ich erwarte keinen Dank, schließlich helfe ich der Polizei zum Wohle der Allgemeinheit gerne auf die Sprünge. Aber mich rausschmeißen, das geht zu weit! Die können in Zukunft sehen, wo sie ihre Mörder herkriegen, von mir jedenfalls nicht mehr!"

Für eine Sekunde war Heinrich versucht, Annette die frohe Kunde mitzuteilen. Vorsichtshalber hakte er noch mal nach.

„Heißt das, du gehst in Rente?"

„Jawohl. So etwas lasse ich mir nicht mehr länger bieten!"

„Prima", jubelte Heinrich und öffnete die Haustür.

„Wo willst du hin?"

„In die Stadt, das Gewerbe abmelden, bevor du es dir anders überlegst."

„Ähem … jetzt komm doch erst mal in die Küche, mein Junge. Ich habe Kohlrouladen vorbereitet."

Ende

An diesem Roman wirkten zahlreiche Personen mit, ohne deren Hilfe das Werk nicht zustande gekommen wäre. Ich möchte hier die Gelegenheit nutzen, allen Beteiligten meinen ausdrücklichen Dank dafür auszusprechen.

Sabine Göting, Ursula Grote, Viola Lubjuhn, Kurt Müller
Als Testleser haben sie viele meiner Fehler bereits im Vorfeld schonungslos aufgedeckt und mir manch wertvollen Rat gegeben.

Peter Molden
Zieht als mein Agent im Hintergrund die Fäden und unterstützt mich mit unermüdlichem Einsatz sowie seinem reichen Erfahrungsschatz.

Diana Steinbrede
Die Lektorin hat sich sehr gut in die Geschichte und seine Figuren hineinversetzt und den Roman trotz widriger Umstände mit viel Engagement verbessert.

Dr. Marion Brüggler
Die Mitarbeiterin vom LVR-Amt für Bodendenkmalpflege, Außenstelle Xanten, gab mir wertvolle Einblicke in die römische Geschichte und sorgte mit ihren Ideen und Einwänden für die nötige Plausibilität der Geschichte.

Jacob Steenbergen
Der Physiotherapeut versah die Sprache der Figur „Steen van Bruneck" mit seinem herrlich unperfekten deutsch-niederländischen Sprachmix.

Für sachdienliche Hinweise möchte ich mich bedanken bei:
Dr. Marcus Reuter, Ingo Martell (LVR-RömerMuseum), Bogenschützenvereinen Querschießer e.V. und Golden Arrow e.V., Arnd

Lohmann, Ursula Grote, Thomas Rösen, Christoph Girschik (NRZ), Matthias Franke (Polizei Wesel), Institut für Rechtsmedizin Köln, Friedhelm Borgmann, Martin Schiller

Ein ganz besonderer Dank gilt Dir, liebe Tina. Für alles!